KB116775

판결의
재구성

판결의 재구성

도진기
지음

유전무죄만
아니면
괜찮은 걸까

비채

'졸레틸 1병은 치사량에 못 미치는데, 김성재는 죽었다. 김미영은 졸레틸
1병만을 구입했다. 따라서 김미영은 김성재를 죽이지 않았다.'

_87페이지, '김성재 살인사건 다시 보기'에서

이 논리가 맞을까. 나는 아니라고 생각한다. 이 판결의
결론에 이의를 제기하려는 게 아니라, 판결이 펼친 논리에 이
의를 제기하려는 것이다.

법원을 '유전무죄(有錢無罪)' 같은 말로 공격하면 효과가
적다. 판사들 자신은 '그렇지 않다'고 믿기 때문이다. 오히려,
'유전무죄가 아니니 됐다', '유전무죄가 아니니 그 이유만으
로 잘하고 있다'는 안도감을 주게 된다.

정치적 관점에서 공격하는 것도 마찬가지다. 판사는 법
대로 해야 하는 사람들이다. 법을 넘어 한쪽을 편들어달라고,
그러지 않았다고 비난해봐야 반향이 적다.

이런 종류의 비난들이 성행했기 때문에, 오히려 정작 중

요한 지대가 비판에서 벗어나 있었다. 바로 판결의 논리 그 자체, 즉 판결의 '안쪽'이다. 여기는 과연 어떨까. 시민이 법원에 호소하는 사건 대부분은 정치적이지 않고 신문에 나지도 않는다. 거기서 중요한 건 유전무죄나 정치가 아니라 판결의 올바른 결론을 보장하는 '논리'와 '상식'이다. 과연 그 부분은 시민의 절대적인 승복에 값할 만큼 완벽할까. 늘 그렇지는 못하다는 게 나의 솔직한 생각이다. 견제받지 않는 권력이 폭주하듯, 비판받지 않는 논리는 독선에 빠진다. 무풍지대인 판결의 안쪽에 안주하며 내적 연마를 게을리하는 것은 아닌지.

이런 의문을 갖게 된 건 작가 생활을 하면서부터였던 것 같다. 어느 날, 판결문을 찬찬히 읽었을 때 낯선 것들이 보였다. 불완전했고, 거친 논리가 럭비공처럼 튀고 있었다. 이런 논리로 올바른 결론이 나올 수 있을까. 이런데도 '유전무죄만 아니면' 되는 걸까. 나는 그동안 정말 판결이 옳다고 믿어서가 아니라 판사가 '우리'여서 무의식적으로 편들고 있었던 건 아닐까. 이런 생각이 든 순간, 판결의 내면을 좀 더 들여다보고 싶어졌다.

이 책의 시초가 된 글은 판사 시절에 썼던 '김성재 살인 사건 다시보기'(월간중앙)이다. '포청천과 황희 정승'(월간중앙), 'Size Does Matter'(시사인)도 판사 시절의 글이다.

이 책의 핵심은 변호사가 된 후 2017년 7월부터 2018년 8월까지 경향신문에 연재한 〈판결의 재구성〉 원고이다. 각 파트의 끝에 실린 짧은 수필들은 조선일보 〈일사일언〉 코너에 쓴 것이고, 쉬어가는 뜻으로 다른 매체에 게재한 서평도 두 건 실었다. 또, 글을 쓴 뒤 새로운 사건 전개가 있는 경우 추신을 달아두었다.

사법부의 결정은 따라야 한다. 이건 우리 사회의 질서이다. 하지만 판결 안의 추론 과정에마저 따라야 하는 것은 아니다. 그건 늘 옳다는 보장이 없고, 얼마든지 헤집어볼 수 있다. 유전무죄 비판과 진영 논리들 때문에 오히려 면책되었던 판결의 '내부'를 짚어보려는 것이다. 그래야 판결이 졸지 않고, 외곬 논리는 도태된다.

출발은 그러했지만, 비판만 하지는 않았다. 대중이 법을 오해하는 부분도 분명히 있고, 그로 인해 이해받지 못하는 판결들도 있다. 어느 정도는 법의 숙명이기도 하겠지만, 가능하면 오해는 풀어야 한다. 그래서 '절차'라든가 정당방위, 심신상실 등 법 원리에 관한 이야기뿐 아니라 개별 사건에 이르기까지 여러 주제에 걸쳐 이런 오해를 풀고 법 이해를 돕는 방향으로 썼다.

예전에 《성냥팔이 소녀는 누가 죽였을까》라는 청소년 대상의 법률 교양서를 낸 적이 있다. 그 책이 입문이고, 이 책은 심화 과정이나 실전쯤 된다고 봐도 무방하다.

그동안 내가 썼던 소설 이외의 글들이 한데 모이고 보니 뿌듯한 기분마저 든다. '밀도'라는 측면에서는 지금껏 내가 쓴 것 중 가장 공을 들인 글들이다. 신문 기사나, 이렇다더라 하는 풍문을 적당히 조합해서 사건을 소개하는 식으로는 쓰지 않았다. 이면의 사정을 들여다보고 논리를 추적하기 위해 반드시 판결문을 구해서 참조했다. 도저히 구할 수 없었던 한 건을 제외하고는 모든 사건의 1, 2, 3심 판결문을 다 구해 읽어보았다. 이런 관점으로 쓴 글은 지금까지 거의 없지 않았나 하는, 약간의 반딧불 같은 기대감이 있다.

자기계발에 무관심한 법률가들이 있다. 일생의 젊은 시절에 안정적인 직업을 얻었기에 이후로는 게을러지는 경향이 있다. 하지만 사회는 특정 시기에 도달한 개인의 성취를 빛의 속도로 추월한다. 안도감은 발전을 막고, 뒤처지는 건 순간이다. 이건 남에 대한 비판이 아니라 내 모습이다. 이번에 글을 정리하면서 다시 한번 깨닫고 스스로 채찍질했다.

번뜩이는 발상에 의지해 일필휘지 써내려가는 소설과 다르게, 1년 이상에 걸쳐 수많은 자료 조사를 통해 거북이처럼 꾸준히, 한 자 한 자 정확하게 써내려간 글이고, 그렇게 품을 들인 만큼의 쓸모는 있을 것 같다. 그리고 개인적인 경험인데, 정성을 쏟은 글, 혹은 짧더라도 내 경험이 녹아 들어간 몇 줄의 글귀 같은 건 반드시라고 해도 좋을 만큼 독자들이 알아보는 것 같다. 부디 그러기를 바라면서, 이 책을 통해 맺는 모든 인연에 감사드린다.

2019년 3월, 도진기

차례

2부

3부

1부

정의감과 정의
2004년 사라진 변호사 사건

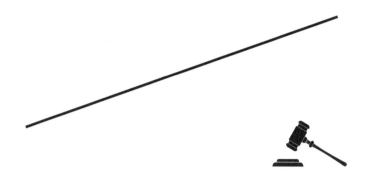

만일 독자 여러분이 다음 사건의 배심원이라면 형을 어느 성도로 하실 것인가. 사건의 개요는 이렇다.

33세 변호사 이종운이 실종되었다. 어느 날, 일찍 퇴근한 후 종적을 감춘 것이다. 일주일이 지나도 돌아오지 않자 가족들은 경찰에 실종 신고를 했다. 이 변호사에게는 2년을 교제한 약혼자 채영서(가명)가 있었다. 채영서는 이 변호사가 자신에게 3억 원과 고급 승용차, 사무실을 요구했고, 난색을 표했더니 결혼을 다시 생각한다며 가버렸다고 했다. 그녀는 이 변호사에게 현금 5천만 원을 건넸는데, 이 변호사가 어디선가 그 돈을 쓰면서 잠적 중인 것 같다고도 했다. 사건은 성인 남자의 단순 가출 정도로 종결되나 싶었다.

그런데, 채영서의 거짓말이 하나둘씩 드러나기 시작했다. 우선 이 변호사가 돈과 혼수를 요구했다는 말은 사실이 아닌 것으로 드러났다. 오히려 이 변호사가 채영서를 위해 오피스텔을 구입한 사실이 있을 뿐이었다.

금전 요구를 들어주지 않자 이 변호사가 결혼을 두고 갈등했다는 채영서의 말과는 달리 놀랍게도 두 사람은 이미 혼인신고가 되어 있었다. 혼인신고서에 적힌 '이종운'의 연락처는 다른 사람의 번호였는데, 채영서가 몰래 동거하던 남자 배호근(가명)의 것이었다. 실종 한 달 전 이 변호사는 생명보험에 가입한 것으로 되어 있었고, 보험금 수익자는 채영서였다. 실종 당일 저녁, 남산 1호 터널 CCTV에는 동거남 배호근의 차량에 이종운 변호사와 채영서로 보이는 남녀가 동승한 모습이 찍혀 있었다.

채영서는 실종 이틀째 되던 날, 이 변호사의 신용카드로 명품 가방 등 800만 원어치의 쇼핑을 했다. 이어 인감증명서를 허위 발급받아 이 변호사의 차를 1천만 원에 처분했다. 이 변호사 명의의 오피스텔을 담보로 7천만 원의 대출을 받으려다 실패하자 이를 임대하여 보증금 6천만 원을 가로챘다. 200만 원의 예금도 인출해 편취했다. 이 과정에서 인터넷 구직 사이트를 통해 고용한 정한주(가명)에게 일당 5만 원을 주고 이 변호사 대역을 시켰다. 정한주는 채영서의 지시에 따라

동사무소에 들러 이 변호사 행세를 하며 인감증명서를 발급받고, 휴대전화를 개통하고, 은행에 들러 '변호사 개업에 필요하다'며 대출을 시도했다.

수사망이 좁혀지던 중, 채영서는 30만 원을 주고 길거리에서 사람을 구해 이 변호사의 고향 집으로 '잘 지내고 있다, 곧 돌아가겠다'는 전화를 걸게 했다. 채영서는 또 '헤어지자, 너도 다른 남자 만나라'는 자필 팩스를 받았다며 경찰에 제출했는데, 글씨를 잘라 붙여 조합한 것임이 드러났다. 채영서의 집에서 이 변호사의 주민등록증과 일기용 수첩이 발견되었는데, 수첩 곳곳이 찢겨 여기서 글자를 오려내 붙인 것임을 짐작하게 했다.

이쯤 되면 이종운 변호사의 실종은 살인이 아닐까 하는 의심이 들 법하다. 채영서가 '실종'에 깊게 관련돼 있을지 모른다는 의심도 함께. 경찰도 같은 의심을 두고 수사를 계속했지만, 벽에 부딪혔다. 이종운 변호사의 사망을 증명할 수 없었던 것이다. 하지만 '시신 없는 살인'에 관해 우리 판례는 융통성이 있다. 죽음이 확실하다면 시체가 없어도 살인죄를 적용할 수 있는 것이다. 이 사건의 경우 다량의 피라도 발견되었다면 죽음이 분명해졌겠지만, 아니었다. 죽었다는 확실한 증거가 없었다. 검찰은 결국 살인죄를 포기하고, 사기죄와 문서위조 등으로만 기소했다. 채영서로부터 돈을 받고 이 변호사 대역을 한 정한주도 공범으로 기소되었다.

처음의 질문으로 돌아가서, 독자 여러분은 어떻게 판단하실 것인가. 공평한 처우를 위해서 채영서 측의 항변도 소개하기로 한다. 채 씨는 결혼이 한 차례 연기된 후, 이 변호사와 그 가족들에게서 냉대를 받았다. 그러던 중 이 변호사가 갑자기 사라졌다. 그가 자신과 결혼하기 싫어서 모습을 감춘 것으로 생각한 나머지 화가 나 위자료에 해당하는 돈이라도 받아야겠다는 생각이 들었고, 그래서 사기라든가 문서위조 같은 범행을 저지르게 되었다. 자신은 살인이나 실종과는 무관하다. 돈은 전부 돌려주었다. 이상이 그녀의 주장이다.

1심 판결은 놀라웠다. 채 씨에게 징역 10년을 선고한 것이다(공범 정한주는 징역 2년). 사기죄의 법정형 상한이 10년이다. 문서위조와 경합범이기에 법적으로 15년 형까지 가능하다. 하지만 이 정도 사기죄는 실무상 기껏해야 2년 형 정도가 한계다. 내가 현직에 있을 때 한 재판 중에는 할머니 수백 명을 상대로 40억 원을 편취한 사건에서 징역 9년을 선고한 것이 최고였는데, 검색해보니 그것이 몇 년간 전국 최고 형량과 맞먹는 기록이었다. 징역 10년은 명백히 실종(혹은 살인)의 책임을 물은 것이다. 우발적 살인의 경우 당시 통상적인 형량이 12년 정도였던 것을 감안하면, 살인을 했다고 전제하고 판결한 것이나 다름없다. 실제로 1심 판결문은 '양형의 이

유'에서 채영서의 수상한 행적을 상세히 기술하고, 이는 이종운 변호사가 절대로 살아 돌아오지 않는다는 것을 확신하는 사람의 행동이라고 했다. 피고인이 이종운 변호사의 실종에 깊게 관련되어 있다고 판단하고 그 책임을 묻는다는 취지였다. 기소되지 않은 범죄를 사실상 저질렀다고 인정하고 형을 정한 판결인 셈이다. 판결문에서 판사의 서슬 퍼런 정의감과 분노가 느껴진다.

1심 판결은 2심에서 처참하게 깨졌다. 채영서는 징역 2년으로 감형되었다. 그녀가 실종에 관련되어 있다는 점이 합리적 의심을 배제할 만큼 엄격하게 입증된 바 없다. 그러니 형을 정할 때도 그러한 점을 고려해서는 안 된다는 것이 이유였다. 공범 정한주의 형도 6개월로 줄었다.

1심과 2심, 독자 여러분은 어느 쪽을 지지할지 궁금하다. 1심의 결론이 정의 관념에 더 부합할지 모르지만, 2심이 지적한 법리상의 한계를 넘어서기 힘들다. 2심은 법리에 충실한 결론이지만, 많은 사람이 그 결말에 분개할 듯하다.

정서적으로 2심을 공격하기는 쉽지만, 이런 측면도 있다. 1심과 같은 결론이 1회성이라면 몰라도, 재판이란 그렇지 못하다. 법률 적용으로서의 판결은 유사한 사안에서도 이렇게 판단한다는 일관성이 전제되어야 한다. '다른 범죄를 저질렀다는 강한 의심이 있을 때면, 기소가 되지 않았어도 책임을 물을 수 있다.' 이것을 일반론으로 우리 재판 절차에서 채택할 수 있을까. 도무지 불가능하다. 일반의 오해와 달리, 재판이란 원래 최종적인 정의에 도달하려는 목적을 가진 절차가 아니다. 솔로몬 같은 판관이 개별 사안에서 지혜를 발휘해 현명한 판결을 내리는 것이 사람들이 생각하는 재판의 원형적 모습일 것 같다. 하지만 솔로몬이 늘 옳은가? 만일 그가 미친다면? 아침에 부부싸움을 하고 나온다면? 솔로몬도 감정이 있는데, 미운 놈 오면 괜히 없던 죄도 뒤집어씌우고, 벌을 더 줄 수도 있지 않나? 아니, 솔로몬은 괜찮은 사람이니까 믿을 만하다고 치자. 그런 판사가 수십, 수백, 수천 명으로 늘어난다면, 그래도 다 개인의 인격을 믿고 맡겨야 할까? 그렇지 못하다. 인간은 믿을 수 없다. 그래서 절차를 만들어놓았다. 형사소송법이라는 쇠사슬을 친친 감아놓았다. '이걸 지키면 못해도 중간은 간다'는 뜻에서 만들어진 법이다. 악인을 빠짐없이 처벌하는 것이 최선이겠지만, 모두가 솔로몬이 될 수 없는 한 불가능하다. 그러니 절차라도 지키라는 것이다. 불가능한 최선을 포기하고, 그나마 차선이라도 건지기 위함이다. 그러다 보니 악인을 놓치고 부들부들 떠는 일이 생긴다. 그러면 사람들은 또 재판이 뭐 이래, 하고 등을 돌린다.

고백하건대, 판사로 재직하던 시절, 법률가답지 못한 응보심에 가득 찬 적이 있었다. 증거와 정황이 강력해 보였던 살인사건이었는데, 피의자가 증거 부족으로 무죄를 받아 확정되었다. 신문에서 그 기사를 읽고 판결문도 찾아 읽었다. 법리적으로는 타당했지만 난 개인적으로 그 결론이 마음에 들지 않았다. 그런데 그 뒤 그 피고인은 다른 사기 범죄가 발각되어 다시 구속되었다. 나는 해당 사건이 내 재판부에 배당되기를 간절히 바랐다. 온갖 그럴듯한 명분을 동원해 사기죄의 법정 최고형에 처하리라. 말하자면 사기죄 재판하는 김에 사실상 살인의 죄책을 묻겠다는 심산이었다(그랬기에 1심의 '성난 판사'에 실은 박수를 쳤다. 인간적으론 이분이 더 좋다). 그에게는 다행스럽게도 사건은 다른 재판부로 배당되었고, 해당 피고인은 3년 형을 받는 데에 그쳤다. 물론 3년이 그 사기죄에서는 적절한 형이었고, 내가 품은 마음은 생활인으로서는 몰라도 판사로서는 성급한 것이었음을 인정할 수밖에 없다.

이종운 변호사는 끝내 돌아오지 않았다. 사건이 있은 때가 2004년 7월이니 공소시효는 지나지 않았다(2015년 형사소송법 개정으로 살인죄의 공소시효가 폐지되었고, 그때까지 공소시효가 지나지 않은 사건에도 적용된다). 가능성은 있다. 경찰이 이 사건을 여전히 붙들고 있는지 궁금하다.

다른 가능성도 있다. 아니, 그저 공상에 불과한 것인데, 법률가로서가 아니라 소설가로서의 몽상이라고 해두자. 당시 재판과 달라진 점이 하나 있다. 바로 '시간'이다. 그땐 이종운 변호사가 실종된 지 불과 1, 2년이었다. 지금은 14년째다. 이종운 변호사가 살아 있지 못하리라는 건 상식을 넘어 거의 사실에 가까운 게 아닐까. 그렇다면, 만약 이 변호사의 사체가 없이도, '살인'으로 기소한다면 어떻게 될까(당시에 살인으로 기소되지 않았으니, 일사부재리에 어긋나지는 않는다). 이제는 어느 정도 확실시된 이종운 변호사의 '죽음'을 전제로, 수상한 주변인들의 움직임에 대해 어떤 형사상 책임을 묻는 판단이 내려질 수 있지 않을까. 세월이 지나 법정에 서면 묻혔던 사실이 더 밝혀지지 못하리란 법도 없으니까. 혹시 또 모른다. 만약 영화 〈올드보이〉에서처럼 이 변호사가 어디엔가 갇혀 있다면, 그들은 살인의 죄책을 피하기 위해서라도 진실을 털어놓게 되지 않을까. 다시 말하지만 어디까지나 '비법률가적인' 공상이다.

덧붙이자면, 이 사건의 피고인이었던 채영서는 살인이 입증되지 않았기에 보험금 수취에 법적인 문제가 없었고, 아마 전액을 수령하였을 것으로 보인다. 보험금은 15억 원이었다. 동거남 배호근은 아예 기소조차 되지 않았다.

관점으로 모든 것이 바뀐다

1997년 이태원 살인사건

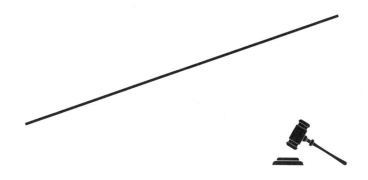

아서 패터슨이 한국으로 송환된다는 보도를 접했을 때, 다행이라고 생각하면서도 한편으론 불안했다. 패터슨은 전 국민이 아는 '이태원 살인사건'의 두 용의자 중 한 명이다. 또 다른 용의자 에드워드 리는 20년 전 재판을 받아 무죄방면되었다. 그렇다면 패터슨이 범인이라야 맞는데, 재판에서는 다른 논리가 작용한다. 그래서 패터슨도 무죄를 받을지 모른다는 불안감이 들었다. '내용'을 배제한 채 사건의 '경과'만 봐도 그렇다. 20년 전, 검사와 1, 2심 재판부는 에드워드 리를 유죄로 판결했다. 당시 대법원이 이걸 깼고, 파기환송심에서도 그랬다. 무색무취하게 바라보자면, 심급제도상 '하필' 상급심에서 달리 판단해서 리가 풀려났을 뿐, 그가 범인이라고 믿을 이유와 믿은 사람이 있었다는 이야기가 된다. 그렇다면, '확신'이 있어야 하는 형사재판에서 이 장애물들을 극복하고 패터슨이 범인이라는 분명한 믿음에 도달할 수 있을까, 하는 의문이 생길 수밖에 없다. 다행히도, 이번에는 1, 2, 3심 모두 유죄로 판단했고, 확정됐다. 둘 중 하나가 범인인 게 분명한데 둘 다 무죄가 되었다면 사법부는 거의 박살날 만큼 질타당했을 것이다. 법원은 그 곤경을 면했다.

1997년 4월 3일 밤 10시경, 이태원의 버거킹에서 에드워드 리와 아서 패터슨은 일행과 함께 떠들고 있었다. 리는 범죄 이야기를 하면서 "나가서 아무나 찔러봐라"는 식으로 동료를 충동질했다. 마침 피해자가 이들을 지나쳐 화장실로 향했고, 그걸 본 리 혹은 패터슨이 "I'm going to show you something cool, Come in the bathroom with me(내가 멋진 걸 보여줄 테니 화장실로 같이 가자)"고 말했다. 리가 먼저 화장실로 향했고, 패터슨이 뒤따랐다.

1층 화장실에는 이들밖에 없었다. 범인은 소변기 앞에 있던 대학생 조중필의 뒤에서 잭나이프로 목을 3회 찔렀다. 돌아선 피해자의 가슴을 2회 찌르고 목을 4회 더 찔렀다. 피해자는 출혈과다로 즉사했다.

에드워드 리와 아서 패터슨은 며칠 뒤 체포됐다. 두 사람은 서로 상대방이 범인이라고 주장했다. 용의자를 특정하지 못해서가 아니라 오히려 용의자가 너무 적어서 애매한 상황이었다. 검찰은 고심 끝에 에드워드 리가 칼로 찔렀다고 보고, 그를 살인으로 기소했다. 1심과 2심 재판부도 거기에 동의했고, 리는 20년 형을 선고받았다. 패터슨은 현장에 떨어진 칼을 갖고 나와서 버렸다는 증거인멸죄로 1년 6개월 형을 받았을 뿐이다. 그런데 대법원은 이를 뒤집었다. 패터슨이 범인으로 보인다는 취지였다.

피해자의 유족은 패터슨을 살인으로 다시 고발했다. 그런데 검찰이 출국정지를 하지 않아 용의자 패터슨이 미국으로 떠나버리는 어이없는 일이 발생했다. 더구나 검찰은 소재불명으로 기소중지만 걸어놓고서 수년간 패터슨의 소재를 파악하려는 진지한 노력을 기울인 것 같지도 않다. 보다 못한 TV 시사프로그램에서 패터슨을 찾아나선 지 일주일 만에 그의 소재를 밝혀낸 걸 보면 그렇다. 패터슨은 자신이 수배된 줄도 모른 채 평온한 생활을 보내고 있었다.

미국 현지에서 패터슨에 대한 범죄인 인도를 둘러싸고 길고 긴 공방이 있었고, 4년 만에 송환 결정이 내려졌다. 패터슨은 2015년에야 마침내 다시 한국으로 왔다. 그러고는 세 번의 재판을 거쳐 살인죄로 20년 형이 확정되었다.

20년 만에야 밝혀진 진범은 패터슨이었다. 그를 유죄로 판단하게 한 가장 강력한 근거는 혈흔이었다. 피해자는 왼쪽 소변기와 벽면 사이 모서리에 목을 기댄 채 죽어 있었다. 왼쪽 소변기와 세면대 사이에 피가 잔뜩 묻어 있었다. 패터슨은 자신이 왼쪽 소변기와 세면대 사이에 서서 리가 칼로 찌르는 것을 목격했다고 진술했다. 칼에 찔린 피해자가 피를 흘리며 자신 쪽으로 다가오자 그를 밀어냈고, 피해자가 소변기 왼쪽 모서리에 쓰러졌다고 했다. 자신의 손과 옷에 피가 많이 묻었던 것에 대해 변명하려 했던 것 같다. 그런데, 그의 말대로라면 왼쪽 소변기와 세면대 사이에는 피가 묻어 있을 수 없다. 패터슨이 자신의 몸으로 가리고 있었던 부분이기 때문이다. 패터슨의 이 변명은 현장의 혈흔을 설명할 수 없었다. 반면 리는 세면대에서 손을 씻으면서 거울을 통해 패터슨의 범행을 목격했다고 했다. 이쪽 진술이 두 사람의 몸에 묻은 피의 양 및 현장의 혈흔에 더 부합한다.

사건 후에 리는 화장실에서 나와 일행이 있던 4층 술집으로 곧장 올라갔다. 그리고 그 자리에서 "우리가 방금 재미로 사람을 찔렀다"며 자랑했다. 공분을 살 일이지만, 그가 사건 후 손을 씻지 않았다는 사실이 중요하다. 패터슨은 사건 후에 1층 화장실에서 나와 바로 4층 화장실에 가서 손을 씻고 옷을 갈아입었다. 리는 상의에 피가 조금 묻어 있었을 뿐인 반면, 패터슨은 양손과 온몸에 다량의 피가 묻어 있었다는

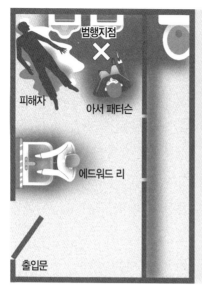

"세면대에서 손을 씻다가 거울을 통해 패터슨의 범행을 목격했다."

에드워드 리의 주장

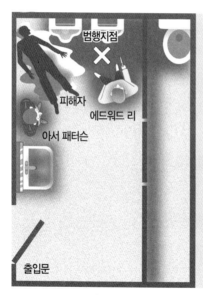

"소변기와 세면대 사이에 서서 리의 범행을 목격했다. 칼에 찔린 피해자가 내(패터슨) 쪽으로 다가와 밀쳤다."

아서 패터슨의 주장

사실이 증언과 정황상 명백했다. 범인의 몸에 피가 더 묻었을 것이며, 은폐하려 했을 것이라는 점을 고려하면, 패터슨이 더 범인에 가깝다.

패터슨은 여자친구에게도 별 말을 하지 않았고, 친구들이 누가 찔렀느냐고 물었지만 아무런 대답을 하지 않았다. 말하자면 자신이 의심을 받는 상황에서 묵비한 것이다.

흉기인 칼은 원래 패터슨 것이었고, 범행 후 패터슨은 그 칼을 화장실에서 가지고 나와 미군 영내의 하수구에 몰래 버렸다.

20년 전 재판에서는 피해자의 목에 난 상처가 위에서 아래로 난 점에 비추어 범인은 그보다 키가 클 것이라는 점이 부각되었었다. 피해자는 176센티미터이고 리는 180센티미터, 패터슨은 173센티미터이다. 그래서 당시에는 리가 의심을 받았다. 하지만 이번 재판에서는 의사가 다른 의견을 밝혔다. 그건 일반론이고, 소변 보는 자세에 따라 다르며, 범인이 손을 들어 목을 찌른다면 신장의 차이는 의미가 없다는 것이다. 이리하여 패터슨을 범인으로 특정하기 어려웠던 의문점 중 하나도 제거되었다.

패터슨은 유죄로 확정되었다. 이번 판결에서는 리도 살인의 공범이라고 판단했다. 칼로 찌르지는 않았지만, 범행을 부추기고 피해자 구호도 하지 않았다는 것이다. 하지만 리는 살인죄로 이미 재판받았기에 일사부재리로 언터처블이 된 상태다.

우리는 리가 범인으로 기소됐다가 무죄 판결이 난 상황을 먼저 목격했다. 둘 중 하나가 범인인데, 리가 아니라면 패터슨이 범인이군, 하고 판단하는 건 자연스럽다. 패터슨이 범인이라는 근거들이 설득력을 얻는 것은 시간상 후순위에 발표되었다는 점도 없지 않은 것 같다. 그렇다면, 사건의 발생 순서를 떠나, 오로지 논리적으로 강약을 따져보면 어떻게 될까. 20년 전 리 재판의 논거를 반대 선상에 나란히 두고 따져본다면 어떤 생각이 들까.

검찰과 1, 2심 법원이 에드워드 리를 진범으로 본 이유는 이랬다. 우선, 사건 직전 "멋진 걸 보여줄게"라고 말한 사람이 리라는 동료의 진술이 있었다(나중에 그 말을 한 사람이 누군지 모르겠다며 뒤집었기에 크게 반영되지는 않았다). 아무래도 피해자를 따라 화장실로 먼저 들어간 사람이 범인일 가능성이 더 높을 텐데, 리가 먼저 화장실에 들어갔고, 패터슨이 뒤따랐다(이는 현재의 판결문상에서도 확인된 사실이다). 화장실에서 나온 순서를 보아도 그렇다. 리는 패터슨이 먼저 나갔다고 했고, 패터슨은 리가 먼저 나갔다고 했다. 그런데 일행은 입을 모아 리가 먼저 나왔다고 했다. 목의 상처로 보아 범인이 피해자보다 키가 큰 사람일 거라는 추정이 있었음은 앞에서 말한 대로다.

혈흔에 대한 해석도 달랐는데, 세면대 모서리에 집중적으로 피가 묻은 건 패터슨이 다가오는 피해자를 밀치자 그쪽으로 쓰러졌기 때문이라고 봤다. 오히려 리의 진술로는 혈흔이나 피해자의 최종 위치가 설명이 어렵다고 했다. 그의 말대로 세면대에서 손을 씻었다면 피가 신발이나 바지에는 몰라도 상의에는 묻기 어렵다고도 했다. 흉기인 칼이 패터슨 것이기는 하지만, 일행들끼리 칼을 돌려보고 있었고, 마지막으로 리가 갖고 있는 것을 보았다는 동료의 진술이 있었다.

거짓말 탐지기 조사에서 리는 거짓 반응이 나왔고, 패터슨은 진실 반응이 나왔다(이 점에 대해선 당시 거짓말 탐지기 기술이 낙후돼 오류율이 30퍼센트에 달했고, 패터슨에 대한 조사는 통역을 통해 이루어져 부정확했을 거라는 반론이 있다. 하지만 거짓말 탐지기 오차가 30퍼센트나 된다는 얘기는 들어본 바 없다. 그런 기계는 쓸 이유조차 없을 것이다. 또, 그렇다 하더라도 에드워드와 패터슨 둘의 결과가 모두 틀릴 확률은 30퍼센트×30퍼센트=9퍼센트다).

리가 범인이라는 근거도 이렇게 모아보면 그럴듯하다. 그렇다면 20년 전의 법률가들이 리를 범인으로 믿었던 딱 그만큼, 패터슨을 범인으로 단정하기에 찜찜한 구석도 있는 것이다. 리가 범인일 수 있는 몇 가지 근거에도 불구하고 진범이 패터슨이라는 '확신'에 도달할 수 있을까. 수리적으로는

'패터슨이 범인이라는 근거—리가 범인이라는 근거≥합리적 의심'이라는 공식이 성립되어야 하는 것이다. 이 관문을 통과하기란 결코 쉽지 않다.

이번 판결에서는 이 난제를 넘어 결국 패터슨이 유죄라는 지점에 도달했다. 이 결론은 '관점의 전환'으로 이해할 수 있다. 20년 전과는 사건을 보는 틀을 달리한 것이다.

이전 재판에서는 '둘 중 하나가 범인'이라는 게 기본적인 시각이었다. 이번에는 '둘 다 공범'이라는 시각이다. 리가 찌르지 않았다고 해도, 적어도 그는 범행을 부추겼다. 화장실에 범행을 말리러 따라간 건 절대 아니었다. 친구가 피해자를 칼로 찌르는 10초 동안 멀뚱히 구경했고, 찌른 후에도 피해자를 구호하거나 경찰, 119에 신고하지 않았다. 오히려 일행에게 돌아와 사람을 찔렀다고 자랑했다. 공범이 아니라면 할 수 없는 행동들이다. 반대로 리가 찔렀다 해도 패터슨은 공범 역할로서 역시 살인 유죄란 얘기다. 이런 무동기 살인에서는 직접 실행범이 아니라 하더라도 20년 형은 높지 않다. 그렇다면 이 재판은 살인의 유무죄를 다투는 재판이 아니라 기껏해야 그 안에서의 역할 분담을 가리는 재판이 되는 셈이다. 굳이 패터슨이 찔렀느냐 안 찔렀느냐를 100퍼센트의 확실성으로 가려서 기술적이고 이론적인 재판을 할 필요성이 있지는 않다고 재판부는 판단했던 것 같다. '진범은 패터슨'이라고

한 게 아니다. 진범은 둘 다이다. 이 재판에서는 그 점을 분명히 했다.

여기서 소설적인 상상을 더해본다. 만에 하나, 에드워드 리가 이제 와서 "실은 내가 찔렀다"라고 증언을 뒤집는다면 어떻게 될 것인가. 그는 살인죄로 이미 재판을 받아 일사부재리라는 카드를 거머쥐었다. 살인죄 처벌은 없다. 이전 재판에서 위증한 셈이 되니 그 죄책은 지겠지만 비교가 안 된다. 심경의 변화로 혹은 어떤 다른 이유로 그가 위증죄를 감수하고 증언을 바꾼다면, 패터슨에겐 재심 사유가 있게 된다. 끝나지 않는 사건이 되고, 진실은 또 혼돈을 맞을 위험이 있다. 재판의 뫼비우스. 그런데 이런 최악의 사태에 대한 안전장치가 있다. 이번 판결에서 두 사람을 살인의 공범으로 판단한 것이다. 만약 증언을 뒤집는다 해도 패터슨이 살인의 실행범이냐 공범이냐가 달라질 뿐, 죄책은 같다. 재심해본들 살인죄다. 결과적으로 실낱같은 파국의 가능성도 봉쇄된 이번 판결에는 이래저래 고개를 끄덕일 수 있을 것 같다.

추신

피해자의 유족은 "검찰이 출국정지 연장 기한을 놓친 틈을 타 패터슨이 미국으로 도주해 진실 발견이 늦어졌다"며 국가를 상대로 손해배상 소송을 제기했다. 이에 법원은 국가가 3억 6천만 원을 배상하라는 판결을 내렸다.

합리적 의심의 한계

2010년 낙지 살인사건

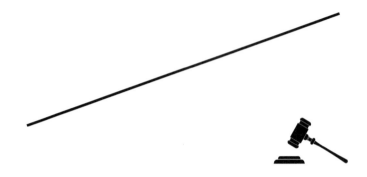

　당신은 몇 가지 이유로 삼성전자 주가가 오르리라 확신하고 있다. 술자리에서 토론이라도 벌어진다면 상승 주장을 강하게 밀어붙일 것이다. 하지만 전 재산이 걸려 있다면 어떨까? 삼성전자 주가 상승에 전 재산을 베팅할 수 있을까? 다리가 덜덜 떨릴 것이다. 그러려면 털끝만큼의 의혹이나 불안도 없어야 한다.

　비슷한 딜레마가 법정에도 종종 등장한다. 판사는 상식선에서 A가 유죄라고 믿는다. 증거도 많다. 하지만 이 재판에는 A의 인생이 걸려 있다. 살인죄쯤 되면 더 선명해질 것이다. 판사는 A의 유죄에 전부를 걸 수 있을까? 마찬가지이다. 이 판결에는 털끝만큼의 의문도 없어야 한다. 이것이 '합리적 의심 없는 증명'의 원칙이다.

사람들은 범인임이 뻔한 자를 풀어주느냐며 판사를 비난하기도 한다. 사법부와 대중 간의 이런 괴리는 자주 발생한다. 실은 판사의 내면에서도 분열이 생긴다. 생활인으로서의 자아와 판사로서의 자아가 갈라지는 것이다. 이때 판사는 생활인으로서의 자기를 버리고 '합리적 의심 없는 증명' 원칙을 지켜야 한다. 사또가 아니라 시스템에 의한 재판이기 때문이다.

판사 입장을 무작정 대변하려는 건 아니다. 합리적 의심이라고 하지만, 그 의심은 '상식적'이어야 한다. 상식적인 판단과 다른 결론을 내리기 위해서 상식적이어야 한다는 게 아이러니하지만 그래야 최소한의 객관성을 담보할 수 있다.

여기서 누구나 아는 사건 이야기를 해보려 한다. 소위 '낙지 살인사건'이다.

20대 초반의 김성은(가명)은 남자친구 장만녕(가명)과 함께 모텔에 투숙했다. 새벽 시간, 돌연 프런트에 장만녕이 사색이 되어 달려왔다. 여자친구가 낙지를 먹다가 목에 걸려 질식했다는 것이다. 김성은은 급히 병원으로 이송되지만 끝내 사망한다. 질식사였다. 그런데 장례식을 치른 후 반전이 일어난다. 김성은이 가입한 2억 원짜리 사망보험증서가 유족에게 날아온 것이다. 가입일은 사망 직전이었고 수익자는 장만녕이었다. 충분히 장만녕이 의심스러운 상황. 그는 구속되어 법정에 섰다.

이 사건에는 '낙지 살인사건'이라는 이름이 붙었는데, 사실 이 명칭은 엉뚱하다. 낙지가 목에 걸려 죽었다는 건 장만녕의 주장에 불과했고, 기소 내용은 장만녕이 모종의 방법으로 피해자의 코와 입을 막아 질식사시켰다는 것이었기 때문이다.

질식으로 인한 사망은 크게 기도(氣道)폐색과 비구(鼻口)폐색으로 나뉜다. 쉽게 말해 기도폐색은 식사 도중 음식물을 잘못 흡입해서 일어나는 사고이고, 비구폐색은 물건으로 사람의 입을 틀어막아 살해하는 경우이다. 기소 내용은 장만녕이 수건 따위로 김성은의 코와 입을 막아 살해했다는 것이니 비구폐색에 해당한다. 장만녕의 주장은 김성은이 낙지를 먹다가 목에 걸려 죽었다는 것이니 기도폐색에 해당한다. 김성은의 질식사가 비구폐색으로 인한 것이냐, 기도폐색으로 인한 것이냐에 따라 이 사건의 결론, 장만녕의 운명이 갈린다고 보아도 무방하다.

법의학자들은 비구폐색 타살의 경우, 정상적인 성인의 코와 입을 손이나 수건 등으로 막으면 피해자가 격렬히 저항하기 때문에 구강 안쪽 점막이나 입술 또는 코 등에 상처가 남게 된다고 증언했다. 그런데 김성은의 입 주위에는 상처가 없었다. 정확히는 상처가 있었다는 입증이 없었다. 부검이 이루어지지 않았기 때문이다. 진상 규명에 있어 가장 안타까운 부분이다. 이 사건을 두고 가상의 토론을 벌여보았다.

▲ : 피해자의 입 주변에 상처가 확인되지 않았어. 그렇다면 코와 입을 막아 살해한 거라고 단정할 수 없어. 정말로 낙지가 목에 걸렸던 건지도 몰라.

■ : 법의학자들은 피해자가 의식을 잃은 경우라면 입가에 상처가 없을 수도 있다고 했어.

▲ : 코와 입을 틀어막는데도 피해자가 저항하지 못하는 경우란 단순히 술에 만취해 정신이 없는 정도를 의미하는 건 아니야. 본능적인 생존 의지조차 없을 정도로 의식을 잃은 경우이거나 자신의 몸을 의지대로 가누지 못하는 영아나 고령의 환자 등이 여기에 해당하지. 따라서 얼굴에 상처가 없음에도 비구폐색 살해가 인정되려면 피해자가 본능적인 저항조차 하지 못할 정도로 완전히 의식을 잃었다는 사실이 입증되어야 해. 피해자가 당시에 술을 꽤 마신 것 같지만 모텔에 들어갈 땐 자기 발로 걸어서 엘리베이터를 탄 만큼, 그렇게 취하지는 않아 보였다고 종업원이 진술했어.

■ : 술을 사서 가지고 들어갔어. 모텔 방에서 더 마셨단 얘기지.

▲ : 두 사람은 모텔에 들어가기 전인 밤 11시 30분경부터 주점에서 소주 두세 병과 맥주 2천 시시를 나눠 마셨고, 모텔에는 새벽 3시경 소주 한두 병과 맥주 한 병을 사서 들어갔어. 사고는 새벽 4시 20분쯤 일어났으니 약 4시간 50분 동안 소주 세 병에서 다섯 병과 맥주 한 병, 2천 시시를 나눠 마신 것으로 추정할 수 있겠지. 그것도 술을 남기지 않고 다 마셨다고 가정할 경우의 이야기야. 이 정도라면 평소 김성은의 주량으로 봤을 때 상당히 취했겠지만 저항이 불가능할 정도로 의식을 잃었다고 단정하기는 어려워.

■ : 취하는 건 그날그날 달라. 아무튼 장만녕은 비교적 멀쩡했어. 그렇다면 김성은이 훨씬 더 많이 마셨단 얘기고, 인사불성이었을 수 있지.

▲ : 어디까지나 추측에 불과해. 김성은의 주취 상태에 관해 우리가 가진 증거는, 모텔에 투숙할 무렵에는 제대로 걸었다는 종업원의 진술뿐이야. 방에서 소주 한 병과 맥주 한 병을 더 나눠 마셨다고 해서 남이 자기를 죽여도 모를 만큼 정신을 잃었다고 확언할 수는 없어.

■ : 다시 앞의 이야기로 돌아가보자. 법의학자들의 결론이 과연 '비구폐색 타살의 경우에는 입 주변에 반드시 상처를 남긴다'는 것이었을까? 먼저 A학자는 '부검한 3천 200명 중에 몸에 상처가 없이 비구폐색으로 사망한 경우가 있었는가'

하는 질문에 한 건도 없었다고 대답했지. 얼핏 들으면 상처 없는 비구폐색 사건이 일어날 확률이 희박한 것처럼 해석되지만 그 질문에는 함정이 있어. 그렇게 묻기 전에 '3천 200명 중에 비구폐색으로 사망한 경우가 몇 건 있었는지'를 묻는 단계가 먼저 있었어야 했어. 그중에 상처 없는 사건이 몇 건이었는지가 통계적으로 의미 있는 거니까.

▲ : 하지만 B교수를 신문할 땐 천 건 중 비구폐색 사망 사건이 몇 건 있었는지를 일단 물었지 않은가.

■ : 겨우 2건이었어. 그것만 보아도 그전 A에 대한 신문을 할 때 3천 200대 0이란 대비가 허상이었단 걸 알 수 있지. 2건 모두 입술 주변에 외상이 없는 경우가 없었다고는 했어. 하지만 천 건 중 2건을 보고 판단한 거라면 절대로 어떤 일반성을 끌어낼 만큼 충분하다고는 할 수 없어. 그걸 두고 '천 건 중 이런 죽음은 하나도 없었다'는 식으로 받아들이는 건 인지적 착각이야.

▲ : 천 건 중 2건이 비구폐색 사건이었다면, A가 부검한 3천 200건 중에는 약 6건 정도의 비구폐색 사건이 있었을 거라고 추산해볼 수 있어. A는 그 6건 모두 입 주변에 상처를 남겼다고 한 셈이야. 결국 입가에 흔적을 남기지 않고 비구폐색으로 죽은 경우는 임상적으로 없었단 얘기지. 그걸 두 명의 법의학자가 경험적으로 증언한 거야.

■ : 그렇다 해도 일반화하기엔 사례가 너무나 적어. 더구나 마지막 법의학자 C는 앞의 두 사람과는 다른 진술을 했어. 그는 자신이 검안한 1만여 건 중 비구폐색 질식사를 3건 보았다고 했어. 그중에 입가에 상처가 없는 사건이 1건 있었다고 했고. 비구폐색 3건 중 상처가 없는 사건이 1건 있었다면 의미가 커. '겨우'가 아니라 '무려' 33퍼센트의 비중이니까.

▲ : 3건 중 1건이라고 하지만 A, B의 케이스까지 넣으면 11건 중 1건이야. 비율이 현저히 낮아.

■ : 이 부분은 더 이야기해봐야 결론에 도달할 것 같지 않군. 그렇다면 장만녕 쪽의 말이 타당한지를 한번 볼까.

▲ : 장만녕의 진술은 이랬어. '김성은과 같이 모텔방에서 술과 안주를 먹고 있었는데, 갑자기 김성은이 목을 잡고 고통스러워하면서 손가락을 입에 넣어 무엇인가를 꺼내려는 듯했다. 등을 두드려주고 김성은의 등 뒤에서 안쪽으로 양손을 깍지를 끼고 배를 압박해보았지만 김성은은 계속 고통스러워했다. 입에 손가락을 넣어 무엇인가를 꺼내려 했지만 김성은이 세차게 움직이는 바람에 실패했다. 그 직후, 객실 내의 전화로 모텔 프런트에 연락해서 119 신고를 부탁했고, 그 사이 김성은은 의식을 잃었다. 그 후 김성은의 목에 손가락을 넣어 낙지를 꺼냈다.' 이런 내용이야.

■ : 아무래도 앞뒤가 안 맞지 않아? 법의학자도 말했지

만, 사람의 목구멍에는 음식물을 밀어내리는 연하작용이란 게 있어. 음식물이 기도를 막은 상태에서 의료도구 없이 맨손으로 음식물을 빼내는 건 어렵다고.

▲ : 그 부분은 의견이 갈려. C교수는 낙지가 기도의 위쪽에 걸린 경우라면 손가락이 인후두부까지 닿을 수 있기 때문에 손가락으로 꺼낼 수도 있다고 증언했지.

■ : 장만녕의 말은 계속 오락가락했어. 모텔 종업원이 보는 앞에서 낙지를 꺼냈다고 했다가, 병원에 가서 의사가 낙지를 빼낸 것을 보았다고 하기도 했지. 또 경찰 조사 때의 진술을 보면, 누구한테는 김성은이 낙지를 통째로 입안에 털어 넣다가 질식했다고 했다가, 다른 사람한테는 낙지를 베어 물다가 질식했다고 했어.

▲ : 당시 장만녕은 술에 취해 있었어. 또, 김성은이 갑자기 질식으로 고통스러워하는 것을 보고 심하게 당황하기도 했을 거야. 그렇다면 기억이 얼마든지 불분명할 수 있어.

■ : 김성은이 질식하자 장만녕이 김성은의 등 뒤에서 깍지를 끼고 배를 눌러주었다고 했지. 그런데 모텔 종업원이 방에 들어갔을 때 김성은은 자는 듯 똑바로 누워 있었어. 표정도 평온했고. 그것도 앞뒤가 맞지 않아.

▲ : B교수는 질식해서 의식을 잃고 쓰러지게 되면 얼굴 표정이 펴지기 때문에 편하게 누워 있는 것처럼 보일 수도 있

다고 했어.

■ : 애당초 낙지를 먹었다는 말부터가 의심스러워. 김성은은 치아가 거의 마모된 상태여서 질긴 음식은 못 먹었어. 낙지도 물론 잘 안 먹었고.

▲ : 어쨌든 그 술자리에 낙지가 있었잖아. 평소에 좋아하지 않는다고 해서 그 당시에도 반드시 먹지 않았다고 볼 수는 없어. 의심스러운 점은 얼마든지 더 있겠지. 하지만 처음으로 돌아가서, 비구폐색으로 질식, 살해하면 입가에 상처를 남긴다는 건 과학이야. 적어도 통계적으로 의미 있는 결론이지. 그런데 비구폐색의 증거가 없지 않아? 김성은의 입가 상처가 확인되지 않았어. 김성은이 반항을 못할 만큼 만취했다는 입증도 없고. 낙지를 먹다가 사고사했을 수 있다는 '합리적 의심'이 여전히 존재해. 그래도 유죄에 걸 수 있을까.

'낙지 살인사건'은 부검이 이루어지지 않아 비구폐색 여부를 밝히지 못했다는 근본적인 한계가 있는 사건이었다. 1심은 장만녕을 유죄로 판단하고 무기징역을 선고했지만, 2심은 '합리적 의심 없는 증명'에 도달하지 못하였다는 이유로 무죄를 선고했다. 대법원은 결국 무죄 판결을 확정했다. 정황은 의심스럽지만 의혹을 지울 확고한 증거를 손에 쥐지 못한 법관이 무죄로 기울었을 고심을 이해할 수는 있다.

한 가지만 말하고 싶다. '합리적 의심 없는 증명' 원칙은 법률가라면 누구나 안다. 하지만 그 원리를 어느 경우에, 어디까지 적용할 것인지는 각자의 척도가 다른 것 같다. '의심'의 취향은 사람마다 다르니까. 계량화되거나 더 세부적인 기준이 있으면 좋으련만, 지난한 작업이다. 많은 부분이 판사 개인의 결단에 맡겨진 현재는 사법부와 대중의 괴리가 좀처럼 좁혀지지 않을 것 같다.

극단의 무죄추정

2014년 캄보디아 아내 보험살인 의혹 사건

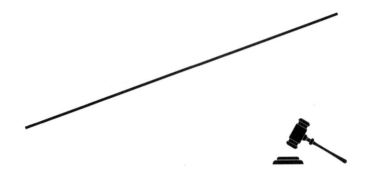

2014년 8월 경부고속도로 하행선 천안삼거리 휴게소 부근에서 스타렉스 승합차가 갓길에 서 있던 8톤 화물차를 들이받는 사고가 일어났다. 운전자인 남편은 안전벨트를 맨 상태여서 큰 부상을 당하지 않았다. 조수석에 있던 캄보디아 출신 아내는 즉사했는데, 남편과 달리 안전벨트를 하지 않은 상태였다. 그녀는 임신 7개월이었다.

처음엔 단순 교통사고로 보였지만 점차 수상한 정황이 드러났다. 남편은 아내의 명의로 26건의 보험에 가입해 있었고, 보험금은 95억 원에 달했다. 보험금을 노리고 교통사고로 위장해 아내를 살해한 게 아닐까 하는 의심이 드는 상황이었다. 수사 끝에 검찰은 결국 남편을 살인죄로 기소했다. 아내를 살해하려고 앞에 정차해 있던 화물차를 일부러 들이받았다는 의혹이었다. 반면 남편은 졸음운전을 하다가 추돌사고를 낸 것에 불과하다고 항변했다.

사고 상황을 조금 더 구체적으로 보면, 스타렉스는 앞 오른쪽 부위(조수석 부위)로 고속도로 갓길 비상정차지대에 있던 8톤 화물차의 뒤 왼쪽을 들이받았다. 조수석에 앉아 있던 아내가 그 충격으로 사망한 것이었다. 직접적인 증거는 사고 직전에 찍힌 CCTV 영상뿐. 그런데 여기에 의혹이 있었다.

첫째, 스타렉스는 사고 지점 약 400미터 앞에서 돌연 상향등을 켰다. 상향등이 우연히 켜지기는 어려우니, 졸음운전을 했다는 그의 말과 배치된다. 게다가 스타렉스는 상향등을 켠 후에 흔들림 없이 직선으로 주행했고, 속도도 빨라졌다. 전방에 화물차가 있는 것을 보고 기회를 포착, 정확히 확인하려고 상향등을 켠 후 차를 달린 게 아니냐는 의혹이 인다.

둘째, 교통전문기관에서 사고 영상을 분석해보니, 스타렉스는 충돌 직전 차를 오른쪽으로 조금 틀어 갓길에 진입한 후에 다시 차를 왼쪽으로 조금 틀어 곧장 달리다가 다시 조금 오른쪽으로 틀어 트럭을 들이받은 것으로 판독됐다. 이런 섬세한 조향은 졸음운전을 했다는 주장과는 맞지 않는다.

셋째, 스타렉스 차량은 수동 변속기였는데, 6단에서 4단으로 변속된 채 발견됐다. 역시 졸았다면 있을 수 없는 일이다. 여기에 더하여, 사고 지점까지 계속 커브 구간이었고, 특히 마지막 두 개의 커브는 사고 지점 직전이었다. 적어도 이 커브를 돌 때까지는 졸지 않았을 것인데, 바로 사고 지점에서 졸았다는 말도 설득력이 약했다.

사고 외적으로 의심스러운 정황도 많았다. 역시 가장 눈에 띄는 부분은 결혼 직후부터 아내 이름으로 가입한 거액의 생명보험이다. 월 보험료가 400만 원을 넘었다. 남편은 충남 금산군에서 생활용품점을 운영하고 있었는데, 수입에 비해 과도한 보험료가 아닌가 하는 의문이 든다. 남편은 보험 청약서에 월수입을 500만 원으로 썼다가, 경찰에서는 700만 원이라 했다가, 검찰에서는 1천만 원이라고, 법정에서는 1천 500만 원이라고 각각 다르게 주장했다. 자료로 드러난 매출액은 최대 월 1천만 원 정도였는데 비용을 제외하면 수입은 이에 훨씬 못 미칠 것이다. 그렇다면 월 400만 원의 보험료는 비상식적이다.

사고 당시 아내는 잠들어 있었는데, 혈액에서 디펜히드라민이라는 수면유도제가 검출됐다. 감기약에 들어 있는 성분이다. 혹시 남편이 이걸 음료수 등에 타서 아내에게 먹여 재운 게 아닐까. 아내가 스스로 약을 마셨을 수도 있겠지만, 당시 임신 7개월인 아내가 감기약을 먹었다고는 생각하기 힘들다.

평소 부부는 안전벨트를 매지 않았고, 사고 직전 찍힌 CCTV 영상에서도 둘 다 안전벨트를 매고 있지 않은 걸로 확인됐다. 그런데 사고 당시 아내는 안전벨트를 안 맸고, 남편은 공교롭게도 안전벨트를 매고 있었다. 사고 후 남편은 휴대전화를 교체하였는데, 이전 휴대전화로 살인에 필요한 검색을 하였고, 휴대전화를 바꾸어 이를 은폐하려던 게 아니었을까 하고 검찰은 추정했다. 남편은 사고 후 병원에서 웃으며 V자를 만들어 셀카를 찍기도 했다. 아무래도 아내를 잃은 사람의 행동이라고 보기는 어려웠다. 정신의학 교수는 남편의 말과 내면 정서가 불일치한다는 감정의견을 내기도 했다.

이런 의심스러운 정황들을 두고도 재판결과는 오락가락했다. 직접증거가 없었기 때문인데, 남편은 1심에서 무죄 판결을 받았다. 그랬다가 2심에서 결론이 뒤집어졌다. 재판부가 위의 사정들을 근거로 유죄로 인정하고 남편에게 무기징역을 선고한 것이었다. 그런데 이 결론은 대법원에서 또다시 뒤집혔다.

대법원은 무죄 취지로 파기환송했는데, 이유는 크게 두 가지였다. 우선, 동기가 분명치 않다는 것이었다. 대법원은 "피고인이 특별히 경제적으로 궁박한 사정도 없이 고의로 자동차 충돌사고를 일으켜 임신 7개월인 아내를 태아와 함께 살해하는 범행을 감행했다고 보려면 그 범행동기가 좀 더 선명하게 드러나야 한다"고 했다. 거액의 보험금을 노려 매달 보험료만 400여 만 원에 이를 정도로 여러 건의 보험에 들었다지만, 생활용품점을 운영하는 남편의 월 수입이 1천 500만~1천 650만 원에 이를 정도여서 경제적으로 궁박하지 않다는 것이다. 대법원은 또, "졸음운전으로는 이 사건과 같은 상황이 발생할 수 없다는 점에 대해서 좀 더 과학적이고 정밀한 분석이 뒷받침되어야 한다"며 "그러지 않는 한 고의에 의한 교통사고라고 쉽게 속단할 수 없다"고 파기환송 이유를 밝혔다.

누가 봐도 의심스러운 사건이고, 대법원의 판결이 지나치게 엄격한 거 아니냐고 할 분들이 많을 것이다. 여기서 문득 뇌리에 떠오르는 사건이 하나 있다. 수년 전에 있었던 유사한 케이스인데, 역시 남편이 교통사고로 위장해 아내를 살해했다는 의혹으로 기소된 사건이었다.

때는 2008년. 남편을 상대로 이혼과 재산분할 소송을 제기한 아내가 있었다. 대화라도 하려던 것이었을까. 그날 남편은 아내를 그랜저 승용차에 태우고 경기도 양주시 장흥면 편도 2차선 도로를 달리고 있었다. 그러다 밤 9시경, 대전차 방호벽이 설치된 터널의 입구를 그랜저 우측 부분으로 들이받는 사고가 일어났다. 안전벨트를 매지 않은 아내는 죽고 남편은 경미한 상처만 입었다. 경찰은 이 사건을 수사하고는, 놀

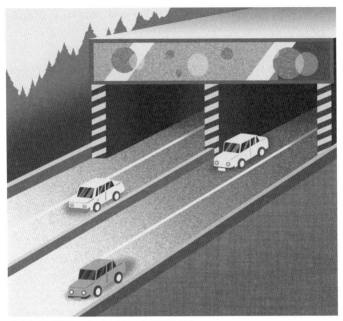
대전차 방호벽은 콘크리트 구조물로, 터널과 비슷하다.

랍게도 사고가 두 번 있었다는 결론을 내렸다. 그랬저는 터널 '안쪽'을 들이받는 1차 사고를 냈는데, 남편은 얼마 후 다시 이곳으로 돌아와 이번에는 터널 '입구'를 들이받아 2차 사고를 일으켰고, 그때 아내가 죽었다는 것이다. 경찰은 1차 사고는 통상적인 과실로 일어난 교통사고라고 보았다. 그런데 이 사고가 일어난 직후 남편은 머리를 굴린다. "이 사고를 잘 이용하면 교통사고로 위장해 아내를 죽일 수 있겠군." 남편은 차를 되돌려 현장에 왔고, 이번에는 고의로 터널 입구를 들이

받아 아내를 살해했다. 이것이 수사기관의 견해였다. 검찰은 남편을 살인죄로 기소했다.

1, 2심에서는 유죄로 인정하고 남편에게 각각 15년, 9년을 선고했다. 하지만 대법원에서 무죄 취지로 이를 파기했다. 남편에게 살인죄가 인정되려면 우선 사고가 두 번 있었음이 전제되어야 하는데, 그렇게 보기엔 과학적 근거가 부족하다는 거였다. 1, 2심에서 유죄의 증거, 즉 두 번의 교통사고가 있었다고 본 근거는 '보강용 강판 조각'이었다. 사고 차량은 터널 바깥의 입구 쪽에 충돌했는데, 사고 차량의 보강용 강판이 어쩐 일인지 터널 약 2미터 안쪽으로 들어간 곳에 있는 철제 구조물에 낀 채 발견됐다. 또 차체 옆 긁힌 자국도 그 철제 구조물에 칠해진 페인트와 동일했다. 이는 사고 차량이 터널 안에서 차체 측면으로 벽(철제 구조물)을 들이받은 1차 사고가 있었음을 의미한다. 터널 입구를 들이받아 멈춘 사고 차량이 다시 터널 안으로 들어갈 수는 없는 일이니까. 유일하게 가능한 설명은, 터널 안쪽에서 1차 사고를 낸 차량이 현장에 되돌아와 이번에는 터널 입구를 들이받은 2차 사고를 냈다는 것뿐이다. 고의적 사고, 즉 살인이다.

이 결론에 대법원은 회의적이었다. 터널 안쪽 벽에 사고 차량의 강판 조각이 끼어 있는 건 맞다. 그런데 낀 시기가 문제다. 검찰 주장은 1차 사고가 있어 그때 차량의 강판 조각이 터널 안쪽 철제 구조물에 끼었다는 이야긴데, 그게 분명치 않다. 사고 직후에 촬영된 사진으로는 그곳에 강판 조각이 분명하게는 확인되지 않는다. 그렇다면 사고 당시부터 강판 조각이 터널 안 철제 구조물에 끼어 있었다고 단정할 수는 없다. 그러니, 1차 사고가 별도로 있었다는 증거가 불충분하다. 이런 논리였다. 하지만, 이 판단은 의문이다.

사고가 일어났을 때 터널 안에 강판 조각이 낀 것이라고 단정하지 못한다면, 이 강판 조각을 사고 직후 (경찰이 출동해서 터널 내부를 촬영하기 전까지 사이에) 차량에서 빼서 터널 안 벽에 끼워 넣었단 말인가? 도대체 누가? 어느 틈에? 어떻게? 왜? 이 가능성은 거의 길 가다가 떨어진 간판에 맞는 사람을 보고 놀라 심장마비로 넘어진 사람 뒤에 깔려 죽을 확률 정도 아닐까. 아무튼 이 사건은 최종적으로 무죄가 확정되었다.

다시 2014년의 사건으로 돌아와보면, 대법원은 결국 이것이 교통사고인지 고의적 사고인지 확신하지 못하겠다고 선언한 셈이다. 더 신중하게 재판하라는 것이다. 하지만 다른 면으론 이런 생각도 든다. 대법원은 이 건과 흡사한 2008년 양주시 교통사고 사건에서 증거불충분으로 무죄 판결을 했다. 그래서 이번에도 무죄로 간 측면도 있지 않았을까. 거의 동일한 사안에서 예전에는 무죄라고 해놓고 이번엔 유죄라고 하려니 논리적 일관성도 없고, 꺼려졌을 수 있다. 혹시 첫 사건에서, 첫 단추를 잘못 끼운 것은 아닐까.

파기환송 사유가 선뜻 납득이 가지 않기에 더 그렇다. 특히 범행동기가 불분명하다는 논리는 의문이다. 피고인이 돈이 궁하지 않았으니 동기가 부족하다고 했지만, 세상에는 경제적 궁핍에서 벗어나기 위한 '장발장형' 범죄만 있는 게 아니다. 더 많은 돈을 탐한 이욕(利慾) 범죄도 있다. 오히려 살인에는 이쪽 동기가 더 흔하다. 이 사건에서는 남편이 가입한 보험 내역만 보더라도 이욕 동기를 품고서 미리 준비했다고 의심할 여지가 있다. 가난하지 않았으니 동기가 없다는 판단은 이 사건이 '장발장형' 범죄라는 전제하에서만 가능하다. 그런 걸 미리 단정하는 건 논점 선취의 오류다. '이례적인 보험금을 들었으니 이욕범의 의심이 든다'는 논리가 자연스럽다.

또 다른 사유, 즉 졸음운전으로는 이 사건이 일어날 수 없다는 점에 대한 과학적 입증을 하라는 부분은 난제다. 범행 동기는 관점을 달리한다면 인정될 여지도 있다. 반면 이쪽은 대법원 판결 취지로 보아 100퍼센트에 가까운 완전 입증을 요구하는 듯한데, 쉽지는 않을 것으로 보인다.

법원이 가혹하리만치 엄격한 증거를 요구하는 것은 두 가지 측면에서다. 당위적으로는 '억울한 사람을 만들지 마라'는 형사법의 지상명령 때문이다. 정책적으로는, 이렇게 함으로써 수사의 수준을 높이고 과학수사 발전의 계기가 된다는 점 때문이다. 그런데, 후자 즉 정책적인 측면만 본다면 이런 종류의 사건에서는 반대로 대단히 위험한 '범죄촉진책'이 돼버릴 수 있다. '차에 태우고 가다가 교통사고인 척 들이받아 죽이면 대략 무죄로군……' 잠재적 범인에게 이런 생각을 불러일으킨다면? 이미 그런 일이 우리 눈앞에 벌어진 건지도 모른다. 만일 법원이 2008년 양주시 교통사고 사건을 의식해서 이번 판결을 내렸다고 한다면, 거꾸로 '만약 남편이 범인이라고 가정한다면', 그는 양주시 교통사고의 무죄 판결에서 이번 범행을 실행할 힌트와 용기를 얻었을 수도 있지 않았을까. 물론 둘 다 나의 공상이다.

무죄로 판결해버리면 판사는 마음 편하다. 억울한 죄인을 만들 가능성은 제로가 되니까. 하지만 그걸로 된 건지는 알 수 없다. 피해자가 사적으로 보복하는 것을 엄격히 금지해놓고서, 정작 처벌을 맡은 국가가 아무것도 안 하는 것처럼 보인다면? 법관은 당위 말고 다른 건 고려할 필요 없어, 하고 외면하면 그만일까. 살의를 품은 예비 범인을 안심시키는 판결이 되지는 않을지 한 번은 생각해봐야 하지 않을까. 완전 입증을 요구할수록 오판 가능성은 낮아진다. 판사의 마음은 이쪽이 편하겠지만 그만큼 완전범죄의 가능성도 높아진다. 판사는 그 책임은 지지 않는다.

유죄로 하기 위해서는 '합리적 의심'이 들지 않아야 한다. 그렇다고 '바늘 끝 같은 의심'도 들지 않아야 하는 것은 아니다. 이건 극한의 입증을 요구할 때 발생하는 재판 불가능성을 방지하기 위한 절충으로 확립된 형법상 원칙이다. 그렇다면 위 사건들에 존재했던 가능성은 합리적 의심일까, 아니면 신경증적 의심일까.

추신

이 사건은 현재 대전고등법원에서 파기환송심 재판이 진행 중이다.

자유의지라는 환상

2016년 시흥 딸 살인사건

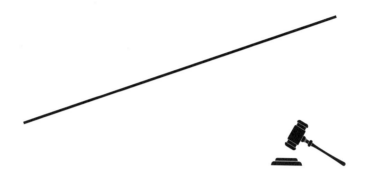

　영화 〈캡틴아메리카: 시빌워〉에서 윈터솔져 버키는 과거에 악당들한테 세뇌당해 아이언맨의 아버지를 살해했다. 이를 알고 격분한 아이언맨은 윈터솔져에게 덤벼든다. 하지만 캡틴아메리카가 아이언맨을 막아선다. 아니, 막는 정도를 넘어 아이언맨을 공격한다. 살인을 저지른 윈터솔져를 두둔하는 논리는 이렇다. '애는 세뇌당해 제정신이 아니었잖아!' 그러면서 캡틴은 윈터솔져와 손잡고 아이언맨을 제정신 못 차릴 만큼 두드려 팬다.

　위와 같은 캡틴아메리카의 행동이 올바르다는 생각이 각본가의 정서, 혹은 미국인에게 먹히는 평균적인 정서로 보인다. 악당조차도 사정을 살펴 이해해주고 감싸주는 행동이 어른스럽다는 의식도 있는 듯하다(좋은 사람한테 잘 대해주는 건 당연하기에 인기가 없다. 그러나 악인한테 선의를 베풀면 고개를 갸웃하면서도 '저 사람은 어딘가 의식 수준이 남달라' 하는 평판을 얻는 건 미국도 마찬가지이리라. 하지만 '피해자가 자신인 사건'에서도 그럴 수 있어야 그 같은 평판을 얻는 게 정당하지 않을까). 반면에 아이언맨에게 연민을 느낀 관객도 있었을 것이다. 실은 나도 그랬다. 법률가로서 판단하자면 윈터솔져가 무죄이겠지만, 생활인으로서 아버지를 살해한 범죄자에게 분통을 터뜨리는 아이언맨의 마음이 이해가 간다. 캡틴의 행동 또한 살인자를 보호하기 위해 피해자를 폭행하는 셈인데, 어딘가 불편하다.

윈터솔져의 살인을 법적으로 보면, '심신상실로 인한 행위이므로 무죄'이다. 물론 실제 재판에서는 다를 수 있지만 법리적으론 그렇다. 심신상실이란 '사물의 선악과 시비를 합리적으로 분별할 능력이 없는 상태'인데, 이 경우에는 처벌하지 않는다. 그보다 조금 정도가 약한 때는 심신미약이라고 해서 형을 감하도록 되어 있다. 정신이 혼미한 사람한테 무슨 책임을 묻겠느냐는 것이다.

일반 시민 입장에서는 정서적으로 받아들이기 힘들 때가 많은 얘기다. 더욱이 우리는 잔인한 살인사건 소식을 먼저 접한다. 이런 나쁜 놈, 하다가 재판에서 범인이 정신이상이라는 이유로 무죄 판결을 받았다는 보도를 접하면 허탈해진다. 실은 판사도 마찬가지이다. 잔혹한 범죄를 사건 기록이나 재판을 통해 더 생생하게 본다. 그런데 정신에 문제가 있으니 무죄라는 판단을 하기는 싫다. 요약하면 국민의 법감정 더하기 자신의 법감정에도 위배된다. 그래서일까, 비록 피고인에게 정신병력이 있다 하더라도 심신상실로 무죄를 받는 일은 우리나라에서 매우 드물다.

그런데 얼마 전, 조금 다른 판결이 나왔다. 키우던 애완견을 죽이고, 애완견의 악령이 딸에게 옮겨갔다면서 딸까지 살해한 여성의 사건에서였다. 그녀의 아들도 여동생을 살해하는 데에 힘을 보탰다.

구옥영(가명)은 새벽까지 자녀들과 밤새워 찬송가를 부르며 기도했다. 기도 내용은 '악귀가 돌아다니고 있으니 잡아먹히지 않게 도와달라'는 것이었다. 새벽에 돌연 애완견이 으르렁거리며 짖어댔다. 구옥영은 개에게 악귀가 씌었다는 망상에 사로잡혔다. 흉기를 사용해 개를 죽이고 토막냈다. '개를 죽이지 않으면 우리가 위험하다'고 말하며 아들과 딸로 하여금 거들도록 했다. 그녀는 이어 애완견의 악귀가 딸에게 옮겨갔다고 믿고 딸을 살해했다. 아들은 이번에도 모친의 범행을 도왔다. 모자는 시신을 무참히 훼손하기까지 했다. 개의 시체는 삶았다.

구옥영은 평소 종교생활을 열심히 하고, 착하고 살림을 잘하며 동물을 사랑했다. 적어도 그런 평판을 들어온 여성이었다. 이 평범하고 조용한 사람이 어느 날부터인가 알 수 없는 말을 읊기 시작했다. 신의 계시를 받았다, 하늘로 올라갈 거다, 천사를 만났다는 말을 했다. 식사를 거부했고, 잠을 자지 않았으며, 사진과 옷가지를 버렸다. 무언가 정신에 이상이 생긴 것이다(혹시라도 종교 탓으로 흐를까 싶어 덧붙이면, 판결문은 구옥영이 알코올의존증인 시아버지 때문에 수년간 고초를 겪은 사실을 언급하고 있다).

사건이 있던 날, 유독 정상적인 행태가 아니었음은 범행 자체가 말해준다. 참극이 있은 후에도 구옥영은 이상 징후를 보였다. 집을 청소하고 흰 옷으로 갈아입은 다음 밖으로 나가 동네를 쏘다녔다. 전화를 걸어온 지인에게 악령에 사로잡힌 개를 자녀들과 같이 죽였고, 귀신 들린 딸을 아들과 같이 죽였다고 말했다. 경찰에 체포된 뒤에도 같은 말을 반복했다. 딸에게 들린 악귀가 자신과 아들을 해칠 것 같아 죽여야 했다고 오히려 공포를 호소했다.

구옥영은 정신병원에서 한 달간 '편집조현병'으로 치료를 받았다. 감정의는 구옥영을 '양극성 정동장애, 정신병적 증상이 동반된 조증 상태'로 진단했다. 증상을 가장하는 것으로 보이지는 않는다고 밝혔다. 임상심리전문가는 구옥영이 범행 당시 자신의 행동을 제어하거나, 행위의 결과를 판단할 능력이 없었던 것 같다고 증언했다. 달리 설명하기도 어려울 법하다. 평소 딸과의 사이도 원만했고, 개를 좋아했다.

1, 2심 재판부는 구옥영이 심신상실에 해당한다고 보고 무죄를 선고했다. 범행 경위를 자세하게 기억하고 있지만 그것이 곧 그녀가 제정신이었다는 의미는 아니라고 했다. 딸에게 악귀가 씌어서 죽였다는 말을 일관되게 하고 있는데, 구옥영이 망상에 사로잡혀 범행을 저지른 게 분명하고, 그렇다면 정신병적 상태였던 것으로 보인다는 것이다. 반면 모친의 범행을 도운 아들은 심신상실이나 심신미약이 인정되지 않았다. 감정의도 정상 판정을 내렸다. 아들은 징역 10년이라는 비교적 가벼운 형에 처해졌다. 모친에게 정신적으로 이끌려 범행을 하게 된 점 등이 참작됐다.

구옥영의 범행은 보통 사람의 상식으로는 도저히 이해되지 않는다. 그래서 오히려 정신이 이상하다는 판정을 받았는지 모른다. 이 판결이 우리 사법부의 심신상실 판정이 확대되는 신호탄이 될지, 아니면 단발성으로 그칠지는 앞으로 두고 봐야 할 것 같다.

심신상실은 자유의지의 문제에 맞닿아 있다. 정신병자가 정신의 통제권을 잃고 자신의 의지가 아닌 행동을 했다면 그는 자신의 행동과 그 결과에 책임이 없다. 그러니 죄가 되지 않는다. 그렇다면, 범죄를 저지른 어떤 이도 이렇게 항변할 수 있을 것이다. '화가 나서 욱한 순간에는 제정신이 아니었다. 난 책임이 없다.' '내가 믿는 이데올로기가 그렇게 하라고 명했다. 난 잘못이 없다.' 혹은 더 일반적으로 이렇게 주장할지도 모른다. '나라고 자유의지가 있는가. 타고난 DNA, 성격, 환경이 나에게 이런 선택을 하게 만들었다. 나에겐 책임이 없다. 나는 이런 사람이다. 다른 사람일 수 없다.'

철학적, 뇌과학적으로 인간에게 자유의지가 있느냐는 물음에는 달리 말할 수도 있고, 여전히 논쟁거리이다. 하지만 우리 형법은 단호하다. 그런 항변은 받아들이지 않는다. 인간은 기본적으로 자유의지가 있다. 다르게 행동할 수 있었다. 그런데도 그렇게 행동했다. 그래서 책임을 묻는다. 이것이 형법의 태도다. 자유의지가 없다고 전제한다면 모든 범죄자는 무죄가 될 테니까. 결국 형사책임은 인간에게 자유의지가 있다는 환상 하에 유지되고 있는 셈이다. 심신상실은 자유의지가 없었다는 말과 거의 동의어이다. 그래서 형사책임을 지우지 않는다. 이 경우는 '악(惡)'이 아니라 '병(病)'이라고 취급하는 것이다.

우리 형사법체계하에서 심신상실자에세 무죄를 선고하는 것 자체를 기피해선 안 될 것 같다. 다만, 정말 자유의지가 부정될 만한 수준의 심신상실이었는지를 신중하게 심리하고 판단해야 시민들이 납득할 것이다. 그래야 범죄에 발을 들이고 만 불행한 이들이 내뱉는 '환경이 나를 이렇게 만들었다'는 항변을 무시하고 결과에 책임을 묻는 우리의 엄중한 사법 체계가 더 설득력을 가질 것이다.

1981년 프랑스 파리, 일본인 유학생 사가와 잇세이는 같이 공부하던 네덜란드인 여자 유학생을 살해하고 사체를 욕보인 후 인육을 먹었다. 남은 인육을 버리려다 체포되었는데, 무죄 판결을 받았다. 의사가 정신이상 판정을 했기 때문이다. 일본의 유명 코미디언 기타노 다케시는 '사람을 죽이면 살인죄, 사람을 죽이고 먹으면 무죄'라며 판결을 비꼬았다. 사가와 잇세이는 범행 경험을 책으로 펴내 베스트셀러 작가가 되었고, 성인드라마에 출연하고 신문에 칼럼을 연재하는 등 유명인이 되었다. 나이 들어 가진 인터뷰에서 여전히 인육을 먹고 싶다는 소망을 비친 바 있다. 그의 행보를 보면 우리가 생각하는 '실성한 사람'과는 사뭇 다르다. 심신상실 판정은 그가 한 살 때 앓은 장염을 의사가 뇌염으로 오인해 잘못 내려진 거라는 견해도 있다. 무엇보다 우리의 법감정, 도덕관념에 어긋난다. 윈터솔져는 아예 세뇌를 당했으니 이해한다 쳐도, 사가와 잇세이는 정말 제정신이 아니었는지, 아니면 그저 남

다른 식인 '취향'을 가졌을 뿐이었던 건지 애매하다. 이 사건 이후 그는 살인을 더 저지르지 않았다고 한다. 본인도 더 안 하겠다고 했다. 물론 회개해서가 아니라 형사처벌이 두려워 서일 것이다. 그렇다면 형벌의 억지력이 통했다는 건데, 이건 손익을 계산할 이성이 있다는 의미가 아닌가? 제대로 심신상 실이었다면 상황 불문하고 유사한 범죄를 또 저질렀어야 하지 않나? 하는 의문들이 찝찝하게 남는다. 이런 사례들을 보면 범죄자에게 심신상실 판정을 내려 면책하는 일에도 신중 해질 수밖에 없다.

한 가지, 오해의 소지가 없도록 밝혀둘 것이 있다. 심신 상실로 무죄를 받는다고 해서 곧바로 자유인이 되는 건 아니 다. 자유의지가 없어 더욱 어디로 튈지 알 수 없는 사람들, 이 미 자신의 위험성을 행동으로 입증한 이 시한폭탄들을 거리 에 풀어놓을 수는 없다. 이들은 거의 필연적으로 치료감호를 받는다. (구옥영도 치료감호처분을 받았다.) 명분은 '처벌'이 아 니라 '치료'이지만, 어쨌든 감금이란 면에서는 같다. 15년이 한계라서 성에 안 찰 수 있겠지만 시민의 울분을 조금은 달랠 수 있지 않을까.

일사부재리, 무너지다

1998년 대구 여대생 성폭행 사망사건

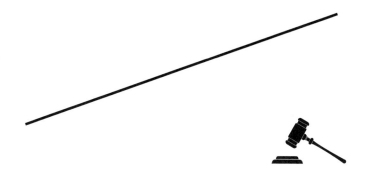

1998년의 비극은 결국 현재의 비극으로 끝났다. '대구 여대생 성폭행 사망사건'의 진범이 천신만고 끝에 잡혀 법의 심판을 받는가 했지만, 얼마 전 대법원에서 무죄가 확정되었다.

사건의 경위를 요약하면 이렇다. 1998년, 대구의 모 대학 1학년이던 A는 친구들과 모임을 가졌다가 헤어진 후 행방이 묘연했다. 그리고 다음 날 새벽, 집에서 7킬로미터 떨어진 구마고속도로 한가운데에서 화물트럭에 치여 사망한 채 발견되었다. 당시 겨우 만 18세였다.

유족은 도로변에서 A의 속옷을 찾아내 경찰에 제출했다. 하지만 경찰은 이를 묵살하고 단순교통사고로 종결했다. 5개월 뒤 재조사가 이뤄졌고, 속옷에서는 신원불상 남성의 정액이 검출되었다. 성범죄의 피해를 입은 것이 명백히 의심되는 상황이었지만, 추가 단서가 없어 수사는 진척되지 않았다. 그러다 2012년 우연히 스리랑카인 데바(가명)의 DNA 정보와 일치한다는 사실이 확인돼 수사가 재개되었다. 검찰은 A가 데바를 포함해 스리랑카인 세 명에게 성폭행을 당한 후 고속도로 가드레일을 넘어 도망치다, 맞은편에서 오던 트럭에 치여 사망했다고 결론 내렸다. 나머지 두 명의 스리랑카인은 이미 본국에 돌아가 있었다.

검찰은 데바를 기소하려 머리를 싸맸다. 그가 범인인 건 분명한데, 공소시효가 문제였다. 이미 사건 발생일로부터 14년이 지난 시점이었다. 사건 당시 법률로는 강간죄의 공소시효가 5년이어서 2003년에 일찌감치 만료되었다. 두 명 이상이 같이 강간을 하면 특수강간에 해당되는데, 이 경우도 시효는 10년이어서 역시 만료되었다. 고심하던 검찰은 결국 데바가 A를 강간하고 가방 속 현금과 학생증, 책을 훔쳤다는 특수강도강간 혐의로 기소했다. 강도죄와 강간죄가 결합된 것인데, 이는 대단한 중죄로서 공소시효가 15년이었다.

1심에서 데바는 무죄를 받았다. 증거불충분이었다. 어느 정도 예상된 것이, 강간은 명백했지만 데바가 A의 물건을 빼앗았다는 증거가 없었다. 공소시효를 맞추기 위한 무리한 기소가 철퇴를 맞은 것이다.

검찰은 1심 패배 후 절치부심했다. 즉각 항소한 후, 국내 거주하는 스리랑카인을 상대로 전수조사를 벌였다. 마침내 데바와 그 동료들로부터 범행을 전해 들었다는 세 명의 진술을 확보했다. A로부터 책과 현금, 학생증을 빼앗았다는 진술이 포함되었다.

하지만 2심에서도 무죄였다. 입증의 핵심은 세 스리랑카인의 증언을 믿을 수 있느냐인데, 재판부는 아니라고 보았다. 증거에는 두 단계의 심사가 필요하다. 먼저 증거로 쓸 자격이 있는가를 심사하는 '증거능력', 그다음 단계로 그 증거를 믿을 수 있는가 하는 '증거의 신빙성'이다. 세 사람의 증언은 '전문(傳聞)증거'다. 직접 경험한 사실을 증언하는 게 아니라, 직접 경험한 사람으로부터 '전해 들었다'는 증언을 전문증거라 한다. 이른바 '카더라 통신'이다. 이건 우리 형사소송법상 엄격한 요건하에 증거능력이 인정된다. 당사자가 외국에 있는 경우엔, 증인의 진술이 '특히 신빙할 수 있는 상태(특신상태)'에서 행해졌음이 증명된 때에 한한다. 그런데 공범들은 모두 출국한 상태였다. 법정에서 반대신문을 할 수 없다. 결국, 세 사람의 진술은 공범들이 반대신문할 기회가 없었으니 '특신상태'도 없다고 보았다. 내용이 맞는지의 여부를 떠나 일단 증거가 될 자격 즉 증거능력부터가 흔들린다. 증거능력이 있다고 쳐도 그렇다. 이들이 공범들로부터 말을 들은 시기는 14~16년 전이었다. 그토록 오래전에 들은 내용을 그대로 증거로 채택해 데바가 특수강도강간범이라는 공소사실의 치명적이고 유일한 증거로 삼기는 어렵다고 본 것이다. 그 진술을 한 공범이 누군지 특정되지 않았고, 증인들이 들었다는 진술 내용이 서로 다른 부분도 있었다. 요약하면, 데바가 A의 물품을 빼앗았다는 이들의 증언은 애당초 증거능력이 없고, 설사 있다 하더라도 유죄의 증거로 삼을 만한 신뢰성이 없다는 것이다.

검사는 상고했고, 대법원은 원심 판단이 정당하다고 결론 내렸다. 그것이 이번 판결이다. 최소 강간범인 데바는 국외 추방되었을 뿐이다. 검찰은 스리랑카 현지에서 데바를 다시 기소하여 처벌받도록 하는 방안을 추진 중이라 한다. 나라가 달라지면 일사부재리 원칙이 적용되지 않기 때문에 이론상으론 가능하다. 하지만 이런 사례는 전무하다고 해도 과언이 아니다.

이제 데바를 보내주어야 하나? 다른 방법이 없었을까?

우선, 공소시효를 달리 볼 가능성을 생각해본다. 여기서 데바의 공범 두 명이 2001년, 2005년 각기 고국으로 돌아갔다는 점을 주목해볼 수 있다. 형사소송법 제253조 제3항에 따르면 처벌을 피할 목적으로 해외로 도피하면 그 기간 동안 공소시효가 정지된다. 그리고 동조 제2항에는 공범 중 1인에 대한 시효정지는 다른 공범자에 대해 효력이 미친다고 되어 있다. 그렇다면 공범이 한국을 뜬 2001년이나 2005년부터 데바의 공소시효도 정지되어 있었다고 보면 어떨까. 아쉽지만 이 방안은 무리다. 우선 공범의 시효정지가 다른 공범에 미친다는 규정은 법문상 '전항의 시효정지'의 경우에만 그렇다고 되어 있다. 전항, 즉 제1항은 공범에 대해 재판이 진행된 경우를 말한다. 해외도피인 제3항은 해당되지 않는 것으로 되어 있다. 또, 공범 2인은 당시 불법체류로 적발돼 추방된 것이라는 보도가 있다. 그렇다면 처벌을 피한 해외도피가 아니다. 역시 이 방법도 어렵다.

유족이 데바를 상대로 민사소송을 하면 어떨까. 승소는 확실하다고 본다. 공소시효 탓에 풀려났지만 판결에서도 데바의 성폭행 사실은 거의 인정하고 있기 때문이다. 그런데 몇 가지 문제가 있다. 우선 민사 소멸시효에 걸린다. 손해배상채권은 가해자를 안 날로부터 3년이 지나면 소멸한다. 데바가 기소된 게 2013년이니, 지났다. 설혹 민사 승소 판결을 받아낸다 해도 데바는 스리랑카로 돌아가 있을 테니 집행이 요원하다. 민사소송을 제기한다고 해서 데바가 출국금지를 당하지도 않는다. 거액의 세금 체납이 있으면 출국을 정지시킬 수 있지만 외국인 노동자였던 데바가 그럴 것 같지는 않다. 유족은 국가를 상대로 수사부실에 대한 손해배상을 청구해볼 수 있겠지만 역시 시효가 걸리고, 데바에 대해서는 아무런 제재가 되지 못한다.

도무지 방법이 없다. 데바는 시간과 법 시스템의 도움으로 온갖 법률공격에도 끄떡없는 금강불괴가 되어 있다. 무엇보다, 이미 재판을 받았으니 일사부재리 원칙상 다시는 한국에서 같은 사건으로 형사재판을 받지 않는다.

여기서 문득 떠오르는 물음이 하나 있다. 과연 '일사부재리', 영미법상의 '이중위험금지'는 난공불락의 철옹성일까?

2005년 영국 검찰은 14년 전 살인죄로 기소돼 무죄를 받았던 피고인에 대해 재심을 청구했다. 어쩌면 이 사건과 비슷하다. 줄리 호그라는 22세 여성이 실종되었는데, 80일 만에 놀랍게도 자기 집 욕실 벽 뒤에 암매장된 채로 발견되었다. 줄리는 성폭행 후 살해당한 것으로 밝혀졌고, 남자친구 빌리 던롭이 기소됐지만 증거 부족으로 무죄를 받았다. 그런데 10년 후 던롭이 다른 이에게 자신이 줄리를 죽였다고 털어놓은 것이다. 검찰은 살인죄로 재심을 청구했고, 결국 재판이 개시되었다. 같은 범죄로 두 번 재판을 받지 않는다는 일사부재리, 이중위험금지는 영국이 창안하고 확립한 원칙인데 어째서 이것이 가능했을까? 그것은 영국이 2003년 이중위험금지를 제한하는 법을 만들었기 때문이다. 이 법은 살인, 강간, 유괴와 같은 중대범죄로 무죄를 받은 사건에서 새로 분명한 증거가 나오면 재심을 할 수 있는 길을 열어놓았다. DNA 기술 발전이 이를 뒷받침했다. 피고인 보호에 치중해 피해자 보호에 소홀했다는 반성도 컸다. 던롭은 다시 재판받은 끝에 종신형을 선고받았다. 이 법은 일사부재리의 종주국을 따르던 주변 국가의 사법 관계자들을 어리둥절하게 만들었다. 하지만 시사점이 전혀 없다고는 못할 것이다.

2010년, DNA 증거가 있는 성범죄는 공소시효를 10년 연장하는 법이 시행됐다. 하지만 이 법은 당시 기준으로 공소시효가 만료된 사건에는 적용되지 않는다. 그런 제한을 두지 않았다면, 데바를 처벌할 수 있었으리라. 강간죄는 15년으로, 특수강간죄는 20년으로 늘어나니까. 법을 시행 이전의 사건에 소급적용하는 것에 대한 거부감은 위에서 언급한 영국의 입법 사례를 보면 조금은 달랠 수 있지 않을까. 피해자 보호와 DNA 기술에 발맞춰 일사부재리도 제한되는 판에, 기껏 기술적인 공소시효 정도야……. 물론 비법률가적인 공상이다.

이쯤 되니, 또 하나의 공상이 스멀스멀 고개를 든다. 판사의 판단 영역에 관한 문제다. 아무튼 현행 법률상 공소시효는 좌지우지할 수 없지만, 증거의 증거능력과 신빙성 판단은 판사의 재량 영역이다. 증거능력, 즉 특신상태는 있다고 판단하면 되고, 증명력은 자유심증주의 원칙상 판사가 믿으면 그만이다. 물론 진범인지 아닌지를 가르는 증거에서 이런 식이어서는 곤란하다. 나쁜 놈 '같다'고 해서 증거법칙을 완화하거나 사또 재판으로 증거를 판단해서는 안 된다. 하지만 이 사건은 DNA가 있다. 데바는 악당임이 분명하다. 그렇다면 법에 어긋나는 것도 아닌데, 좀 신축적이어도 무방하지 않은가 말이다. 판사들은 중요도가 떨어지는 사건에서는 비교적 유연하게 판단한다(더 솔직히 말하면 '대충 유죄'식 판결도 적지 않다). 반면, 이런 중대 사건일수록 오히려 철저히 원칙에 충실하려는 경향이 있다. '정의'에 앞서는 법률가들의 영원한 등불, '법적안정성'을 의식해서일 것이다. '법적안정성'이란 것의 실체는 결국 공동체 구성원의 머릿속에 존재한다. 법은 어떤 경우에든지 일관되고 동일하게 적용된다는 일반 공중의 믿음이다. 이 사건에서 스리랑카인의 증언을 믿었다고 해서 법적안정성과 증거법칙이 훼손되었다고 우려할 사람이 몇 명이나 있을까. 문제가 된 건 겨우 공소시효다. 유무죄가 아니다. 절대적이지도 않고, 정책적이며, 가끔은 정의관념에도 반하는 기술적인 제도다. 그렇다면 이 증거를 믿고서 공소시효가 지나지 않았다고 판결했어도 되지 않았을까. 이번에 놓치면 데바에 대해서는 법적으로 공식적으로 어떤 손도 쓸 수 없다는 걸 판사가 모를 리 없다. 데바를 처벌하는 결론이 정의에 부합하는 반면, 증거법칙에 명백히 어긋나지는 않는다. 자유심증주의니까. 이렇게 한다고 누가 손해를 본단 말인가? 물론 법원칙의 일률적 고수라는 관념의 제국이 입는 무형의 손실이 남겠지만, 현실의 피해는 아닌 것 같다. 판사가 증거능력이 있다고 판단하고 자유심증으로 그걸 믿었다는데, 그게 판사 개인의 무리수가 될지언정 법 체제에의 위협이 될 일은 없을 것이다.

쓰다 보니 소설가의 영역으로 들어가버렸다. 다시 법조인으로 돌아가면, 이 판결은 법리상 어쩔 수 없었다. 사건 초기 경찰의 무성의한 수사가 근본 원인이었다. 이미 세월이 흘러 증거는 부족하고, 그 상태에서 나쁜 놈이니 무조건 유죄로 해달라고 해서야 판사도 난감한 일이다. 마지막으로 궁금한 건, 데바는 길 가던 대학생을 성폭행해 죽음에 이르게 하고도 이 나라에서 어떻게 겁도 없이 20년을 살았을까 하는 점이다. 혹시 이곳이 허술해 보였을까.

추신

검찰은 포기하지 않았다. 스리랑카법상으로는 성범죄 공소시효가 20년이어서 시효가 남아 있었다. 검찰은 형사사법공조 조약이 체결되지 않은 스리랑카에 전담팀을 파견하고 증거서류를 모두 번역해 보내는 등 노력을 기울였고, 마침내 2018년 10월 12일, 데바는 자국 스리랑카에서 성추행 혐의로 기소되었다. 스리랑카가 외국에서 범죄를 저지른 자국민을 수사·기소한 것은 처음이다. 공소시효 만료를 나흘 앞둔 시점이었다.

김성재 살인사건 다시 보기

1995년 김성재 살인사건

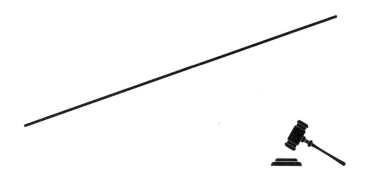

　나는 작가가 된 덕분에 성장했다고 믿는다. 그 이유 중의 하나는, 비판을 받아보았다는 점이다. 물론 칭찬만 받을 수 있다면 제일 좋겠지만, 다양한 독자를 상대로 작품 활동을 하는 일이니 그런 건 불가능하다. 처음에는 '어떻게 이렇게 생각할까' 하며 납득 못 하는 시간도 있었다. 하지만, 갖가지 비판에 익숙해지면서 모든 이의 취향에 부응할 수는 없음을 인정하고 다른 의견을 수용하는 과정을 겪었다(그중에는 정체와 의도가 의심스러운 비난도 있었다. 이런 종류의 '타락한 비판'은 무시한다). 이렇게 잘리고 깎여나가는 경험을 통해 작가로서뿐 아니라 판사로서도 더 성장했다고 믿는다(이건 작가가 되면 얻으리라고는 전혀 생각지 못했던 부산물이었다).

판사는 비판에 익숙지 않은 존재다. 판결은 사법부의 독립이라는 기치 아래 존중의 대상으로 되어 있다. 어떤 판결이 내려지면 정당성을 따지기보다는 그 결론을 인정하고 다음 단계를 강구하는 게 사회의 반응이다. 간혹 비판 물결이 일더라도 정서적이고 즉물적인 반응이 대부분이니, 판사들은 무시하게 된다. 신문 기사 몇 줄을 보고서 내린 판단과 두툼한 증거물 목록과 증인의 생생한 증언을 거친 판단의 무게가 같을 수 없다. 그런 자신감이 있는 것이다. 이런저런 이유로 판결은 비판에서 조금 비껴 서 있고(학술적인 '판례 평석'이란 게 있지만 비판이라기보다는 '판결 이해'에 가깝다), 대중의 비판을 받더라도 판사는 끄떡도 없다.

판사는 법률전문가이자 오랜 세월 법과 사실인정이라는 한 우물을 판 베테랑이다. 일단은 그의 판단을 더 신뢰할 만하다. 하지만 이 안에 몸담고 있으면서 조금 달리 느껴온 점도 몇 가지 있다. 전문가에게는 '논리 협곡'이라고 불러도 좋을 맹점이 존재한다. 한 우물을 깊게 파 들어갈수록 보이는 하늘은 좁아진다. 분석이 깊어지면 종합은 죽는다. 사회의 정서와 동떨어졌다고 질타당하는 결정들이 혹시 이런 논리 협곡에 빠진 탓은 아닌지 한번쯤 되돌아보는 일도 가치 있을 것이다. 이건 건전한 비판에 해당될 거라고 믿는다. 새로운 형태의 판례 평석이라 불러도 좋다. 다만, 내가 비판적인 시선으로 바라보는 판결보다 내가 더 판결을 잘할 수 있었다는 생각은 전혀 갖고 있지 않다. 원래 세상에서 가장 쉬운 게 비판이고, 훈수다. 그걸 하려는 것뿐이다.

듀스 김성재 살인사건은 아마 대중과 법원 사이의 괴리가 가장 심한 케이스 중 하나일 것이다. 피해자는 영문도 모른 채 죽어가야 했다. 스물을 겨우 몇 년 넘긴 나이, 막 솔로 가수로 영예로운 출발을 한 바로 그날이었다. 여자친구가 체포되어 법정에 섰지만 최종적으로 무죄를 받아 확정되었다. 사람들은 그 결과에 분노했다. 20년이 지났지만 아직도 많은 이들이 고개를 갸우뚱하고 있다. 사람들의 분노와 의혹에는 과연 이유가 없는 것일까. 그저 신문 기사만 보고 감정적으로 흥분한 것일까.

시사가 아니라 역사가 된 사건이라 할 만하다. 지금쯤은 재평가해도 무방할 것이다. 물론 이제 와서 판결을 뒤집으려는 건 아니다. 내가 하고 싶은 건, '판결문의 논리에 국한해서' 과연 그 안에 사람들의 의심을 때려눕힐 만큼의 설득력이 있는지 들여다보는 작업이다. '일반론적으로' 또 '논리적으로' 비판과 피드백의 기회를 가져보자는 것이다(판결문을 텍스트 삼을 수밖에 없기도 하다. 그 사건에 관해 지금 접할 수 있는 자료는 무척 제한적이다. 판결문 말고는 몇 건의 신문 기사 정도가 전부이다. 소송 기록이나 수사 기록은 당사자나 직접 관계자 말고는 접근 불가능하다.).

　1995년 11월 19일, 남성 듀오 '듀스' 출신 가수 김성재는 SBS '생방송 TV가요 20'에서 솔로 데뷔무대를 가진 후 서울 서대문구에 있는 S호텔 별관 57호에 투숙했다. 치과대학생인 여자친구 김미영(가명), 매니저 김동형(가명)과 백댄싱 팀 멤버 등 8명과 함께였다. 이들은 거실에 모여 공연을 녹화한 비디오테이프를 반복해 시청하다가 밤이 되자 차례로 방으로 자러 들어갔고, 11월 20일 새벽 1시에는 거실에 김성재와 여자친구 김미영 두 사람밖에 남지 않았다. 김미영은 김성재가 소파에 누워 있는 상태에서 그의 화장을 지워주고 몸을 주물러주며 공연에 관한 이야기를 나누다가 새벽 3시 40분경 집으로 돌아갔다(김미영의 진술이다). 아침 6시, 김동형이 일행 중 가장 먼저 깨어 거실로 나갔다. 소파에 엎드려 머리를 오른쪽으로 돌리고 누워 있는 김성재를 보고 깨우려 했지만 일어나지 않자, 6시 50분경 김성재를 뒤집어 똑바로 눕히고서 재차 그를 흔들었다. 그는 끝내 일어나지 않았다.

　그의 오른쪽 팔에서만 28군데의 주삿바늘 자국이 발견되었다(오른팔 위쪽 3곳. 오금 5곳, 아래쪽 20곳의 자국도 있었고, 모두 불규칙하게 정맥 혈관을 따라 분포되어 있었다). 피하출혈은 신선혈로서 사망 이전에 발생했으며, 서로 근접한 시간대에 만들어진 것으로 판명되었다. 김성재의 혈액, 소변, 위 내용물에서는 틸레타민과 졸라제팜이라는 약물이 발견되었고 정상인보다 많은 마그네슘이 검출되었다. 다른 특이사항이 전혀 없었기에 부검의는 약물 주입을 사망원인으로 판단했다(이상은 판결문에서 확정된 최소한의 사실이다).

처음에는 김성재의 약물 오용으로 인한 사고사인가 했는데, 상황을 뒤집는 결정적인 제보가 날아들었다. 김성재의 마지막 순간에 같이 있었던 여자친구 김미영이 사건 얼마 전 동물병원에서 '졸레틸 50'과 주사기를 구입했다는 것이었다. 그리고 '졸레틸 50'은 김성재의 몸에서 검출된 바로 그 틸레타민과 졸라제팜이 혼합된 동물마취제였다. 김미영은 부검결과가 나오기 직전, 동물병원 의사에게 약품 구입 사실을 말하지 말아달라는 부탁을 하기도 했다. 경찰은 김미영을 체포했고, 1심은 그녀에게 무기징역을 선고했다. 사람들은 김성재의 죽음을 안타까워하면서 판결에 대부분 납득했다.

하지만 2심의 결론은 사람들을 경악시켰다. 김미영은 무죄. 2심 재판부도 대중의 정서와 판단을 모를 리는 없다. 1심의 유죄 판단이 누구에게나 상식적으로 보였으니 이를 뒤엎는 일이 쉽지는 않았으리라 짐작된다. 재판부는 도대체 어떤 근거로 무죄라는 판단을 한 걸까. 언론에서 보도한 사실을 토대로 모두가 유죄라 믿었던 그녀에게 어떤 억울한 속사정이 있었던 걸까.

　판결문은 첫째, 김성재의 사망시간대를 오전 1시에서 오전 2시 50분 사이라고 추정한 1심의 판단에 의문을 제기했다. 1심에서 사망시간대를 추정한 근거는 이랬다. 사체의 혈액 중 적혈구가 아래쪽에 가라앉아 생기는 반점을 시반이라고 하는데, 사망한 지 최소 4시간이 지나 사체의 체위를 뒤집으면 적혈구 일부가 다시 아래쪽으로 이동해서 사체 위아래에 반점이 생기고, 이를 '양측성시반'이라 한다. 법의학자 세 사람은(고려대 의과대학 교수 겸 동 대학 법의학 연구소장 A, 부검의 B, 검안의 C) 그의 몸에 양측성시반이 보인다고 확인해주었다. 양측성시반이 나타나려면 사망한 지 최소 4시간 이상이 지나야 하고, 오전 6시 50분에 매니저가 김성재를 깨우면서 몸을 뒤집었으니, 이때부터 양측성시반 형성에 필요한 최소 시간인 4시간을 거슬러 올라가면 오전 2시 50분이 된다(즉, 김성재는 오전 2시 50분 이전에 죽은 것이다). 김성재가 살아 있는 모습을 사람들이 최후로 본 시간이 오전 1시. 그때부터 오전 2시 50분 사이에 김성재와 같이 있었던 사람은 피고인 김미영뿐이다. 추정된 사망시각이 결정적으로 김미영을 지목하고 있었다.

　2심 재판부는 법의학자들의 이 진술을 믿기 어렵다고 했다. 법의학자들은 김성재의 사체 부검 직전에 찍은 폴라로이드 사진을 보고서 시반이 있다고 판단했는데, 시반이라고 지적한 지점이 각자 달랐고, 폴라로이드 사진의 특성상 거뭇한 음영이 나타나는데 이것이 시반으로 오인될 소지가 있다는 것이다(김미영의 변호인은 직접 부검대 위에 올라 알몸으로 찍은 사진을 제출하였고, 이 사진에도 거뭇한 음영이 관찰되므로 김성재의 폴라로이드 사진만으로는 시반을 알 수 없다고 주장하였다). B는 폴라로이드 사진을 보고서 양측성시반이라고 판단한 법의학자 중 한 명이었지만, 2심에서는 부검 사진 중 다른 법의학자 A가 시반이라고 지적한 부분은 사진상에서 흔히 볼 수 있는 것으로 시반으로 볼 수 없다고 하였고, 2심 재판부는 이를 근거로 1심 이전에 있었던 다른 법의학자들의 진술을 믿을 수 없다고 배척하였다.

사망시각에 의문을 제기한 근거는 더 있다. 매니저 김동형은 오전 1시에 방에 자러 들어가면서 건조기를 작동시켜놓았는데, 아침 6시에 일어났을 때 건조기가 여전히 돌아가고 있었다고 진술했다. 건조기의 최대 타이머 작동시간은 135분이었으므로, 밤중에 누군가가 타이머를 재작동시켰다는 이야기가 된다. 판결문에서는 '건조기의 타이머는 범인에 의해 재작동된 것으로 보여지고 그 목적은 범행의 실행시에 일어날 수 있는 소음이나 범행 현장의 이탈시 문에서 나는 소음 등을 중화시킬 목적이라고 추단'하고, 이러한 가정하에서 오전

6시부터 역산하여 135분 이전인 오전 3시 45분은 범죄를 실행한 무렵일 것이므로 김성재가 살아 있었거나 막 사망한 때일 거라고 판단했다(그렇다면 오전 1시부터 2시 50분 사이에 사망했다는 원심의 추정이 깨지며, 그 시간 동안에 김성재와 같이 있었던 김미영의 혐의도 대폭 옅어진다).

또, 김미영이 별관 57호실을 나갔다고 진술한 시각이 오전 3시 45분인데, 그녀가 범인이 아니라면 김성재는 그때 살아 있었을 것이고, 그녀가 범인이라면 김성재가 살아 있을 때 범행 현장을 떠났다고 진술하는 쪽이 유리하므로 그 무렵에는 김성재가 생존해 있었을 가능성이 훨씬 높다고 판단했다. 결국 김성재의 사망시각은 빨라도 김미영이 방을 떠난 오전 3시 45분 이후라는 것이 판결문상의 숨겨진 추정이다.

몇 가지 이의를 제기하고 싶어진다. 우선 폴라로이드 사진만을 본 법의학자들이 판단 미스를 했을 거라는 부분에 관해서다. 판사의 눈으로 보니, 보통 사람의 알몸을 찍은 사진에서도 음영이 보이고 시체 사진에도 음영이 보이는데 다 비슷하고 혼동될 만한 거 아니냐, 하는 것이다. 하지만 판사는 법률전문가이지 법의학전문가가 아니다. 전문가의 판정을 비전문가가 상식선에서 의아함을 품고 부정하는 건 성급해 보인다. 대개의 경우 그런 장면에서 전문가는 자신의 오류를 깨닫기보다는 답답함을 느낀다. 법정에 법의학자들을 불러 물어보았다면 폴라로이드 사진만으로 그렇게 판단한 전문적인 근거를 댔을 것이다. 전문가의 반론 기회도 주지 않고 일반인의 상식선에서 부정해버리는 건 무슨 경우일까. 네이버 지식 검색 결과를 들고 와서 '판결이 이래야 하는 것 아닙니까'라며 항의하는 당사자를 볼 때 법관들이 느끼는 답답함을 기억하지 못한 걸까. 판결 전체를 관통하는 확증편향의 시작이 아닌지, 벌써부터 두려움이 든다.

우리나라 법의학자들이 '사진발'로 오독되는 경우 정도를 고려하지 않고 그런 중대한 증언을 했을까? 다른 법의학자 B가 2심 법정에서 조금 달리 증언했지만, 내용을 자세히 들여다보면 'A 박사가 지적한 부분은 시반이 아닐' 거라는 성도의 진술이다. 이미 자신이 다른 부분을 시반으로 지적해놓은 상태니 그런 증언은 예상된 것 아닐까. 그의 증언만으로 다른 법의학자들의 증언 전체를 부정하는 건 비약이다. 무엇보다 전문가들의 이 같은 견해들이 '증언'이라는 형식을 취한 탓에 혼동이 있었던 것 같다. 말하자면 전문가를 목격자 취급한 것이다. '증언'이라고 뭉뚱그려 부르지만, 여기에는 두 가지 종류가 있다. '사실 증언'과 '감정 증언'이다. 우리가 보통 증언이라고 할 때는 전자의 사실 증언을 가리킨다. 감정 증언은 의사나 과학자 같은 전문가들이 법정에 출석하여 전문지식으로 사건을 바라보고, 자신들이 내린 결론을 다각도로 말해주는 증언이다. '법정에 출석해서 증인석에 앉아 어떤 것에 관해 말한다'는 형식은 같지만 두 증언은 본질적으로 다르다. 감정 증언은 '팩트'에 관한 진술이 아니라 '의견'이다. 전문가의 경험과 식견과 전문지식을 바탕으로 내린 판단과 결론을 법정에서 직접 제시하는 것이다. 재판 과정에서 전문가에게 감정을 의뢰해서 감정서를 받는 일이 흔한데, 이것과 같다. 다만 전문가가 작성한 서류냐, 전문가의 말이냐가 다를 뿐이다. 김성재 사건에서 법의학자들이 증언한 것이 '사실 증언'일까, '감정 증언'일까. '시체에 양측성시반이 있느냐'의 여부이니 사실에 관한 증언이라고 할 여지가 있을지도 모른다. 하지만 '양측성시반이 나타났느냐'는 의사로서의 전문적인 판단이자 의견으로 보는 게 더 합당해 보인다. 사진상 피부 위에 거무스레한 흔적이 있다는 것은 누구의 눈에도 보인다. 그런데 그게 양측성시반에 해당하느냐의 여부는 전문가의 판단 영역이기 때문이다. 그렇다면 세 사람의 전문가가 각자 시반으로 가리킨 부분에 차이가 있다고 하여 세 사람의 말 모두를 부정해서는 안 된다. 목격자의 증언 같은 종류의 '사실 증언'이 이처럼 중구난방이라면 증언의 신빙성을 의심하는 게 자연스럽겠지만, 양측성시반의 존재 여부는 전문가로서의 판단이자 의견이다. 판단을 내리기까지의 과정이 제각기 다르다고 해서 그들의 결론 전부가 의심스럽다고 하면 곤란하다.

양측성시반이 있는가 하는 '결론' 혹은 '판단'을 기준으로 한다면, 세 명 모두가 오판을 했을 가능성은 오히려 세제곱으로 낮아진다고 해야 한다(한 명의 오판 가능성이 2분의 1이라고 가정하면, $1/2 \times 1/2 \times 1/2 = 1/8$이다). '말'이었기에 일반 증인의 증언처럼 치부되었던 건 아닐까. 차라리 이들이 법정에 출석하지 않고, 양측성시반이 발견되었다는 세 장의 감정서를 제출했다면 혹시 달리 판단되지는 않았을까.

건조기 타이머 문제도 그렇다. 범인이 타이머를 재작동시킨 건 분명해 보인다. 하지만 그게 오로지 '범행을 저지르는 동안'의 소음이나 혹은 '범행 직후' 현장을 이탈할 때 문짝 소리 등을 없애기 위해서라고 단정할 수 있을까.

김성재는 그날 저녁 내내 웃통을 벗고 있었다고 한다(원래 그는 집에서는 위에 아무것도 입지 않는 버릇이 있었다). 그런데 아침에 발견될 때는 긴팔 옷이 입혀져 있었다. 주삿바늘이 당장 눈에 띄는 걸 꺼림칙해한 범인이 입힌 것으로 추정된다. 될 수 있으면 범죄 현장을 늦게 발견시키게 하고픈 것이 범죄자의 심리다. 죽은 사람의 옷을 갈아입히는 데는 상당한 시간과 노력이 들 것이다. 더구나 범행 이후 당황하고 흥분된 상태에서 잘될 리 만무하다. 범인은 범행 현장과 사체의 사후 정리에 상당한 시간을 소모한 것 같다. 당연히 소음이 생길 터이고, 호텔 객실을 나서는 소음 또한 걱정되었으리라. 그래서 건조기의 타이머를 틀어놓았던 것 같다. 그렇게 보는 쪽이 주사기 찌르는 소음밖에 없을 행위를 무마하려 건조기를 틀었다는 추측보다는 그럴듯하다. 적어도, 살인 '이후'에도 얼마든지 건조기 타이머를 작동시킬 이유가 있었다는 얘기다. 타이머 작동 무렵에 김성재가 살아 있었다거나 죽은 직후라고 가정하는 건 실제적으로나 추리적으로나 근거가 없다. 판결문은 범죄 실행시 소음 제거를 위해서라고 '추단(미루어 판단)'할 수 있다는 정도로 표현하고 있다. 이 추단하에서는 김성재가 오전 3시 45분에 살아 있었을 거라는 얘기다. 하지만 이 추단은 기껏해야 '추측'(그것도 근거가 미약한)에 불과하고, 겨우 이걸 근거로 법의학자들에 의해 확정된 사망시각을 반증하는 건 안 될 말이다(양측성시반의 문제로 법의학자들의 확인을 탄핵할 여지가 있는지는 앞서 이야기했다).

　김미영이 범인이라면 김성재가 살아 있을 때 떠났다고 진술했을 거라는 이유로 김성재가 사망한 시각이 그녀가 진술한 오전 3시 45분 이후일 거라는 부분도 납득이 어렵다. 범인을 마치 철저하게 합리적인 시장경제주체로서 행동하는 것처럼 상정한 논리다. 어차피 한밤중, 떠난 시각 정도는 문제가 되지 않으리라 생각하고 솔직하게 말할 수도 있다. 나가면서 CCTV에 찍히거나 프린트 직원 눈에 띄었을 수도 있으니 거짓말하는 쪽이 오히려 의심을 산다고 생각했을 수 있다.

진술의 가능성이란 실로 다양하고 예측할 수 없는데, 어떻게 '진범이라면 오로지 이런 점 때문에 이렇게 진술했어야 한다'고 단언한단 말인가. '이게 최선입니까?' 하며 사후적으로, 이성적으로만 판단하면 다 미흡할 뿐이다. 살인이다. 아무리 강심장이라도 정상적인 이성이 작동하기 힘들다. 범죄의 모든 면에서 합격하는 범인이란 존재하지 않는다. 있다면 완전범죄이니 법의 심판대에 오를 일도 없다. 범인이 판사가 예측하고 고려하는 대로 움직이지 않는다고 해서 '이상하다, 그러니 믿을 수 없다'라고 해선 안 된다.

2심 판결문은 약물에 대해서도 의문을 제기한다. 김미영이 사건 직전 구입한 동물마취제 '졸레틸 50' 1병은 사람을 죽이기에 충분한 양이라고 부검의 B가 진술한 바 있었다. 2심 법정에서는 개와 고양이를 상대로 한 동물실험보고서와 약품사용설명서 등이 제출되었는데, 이를 근거로 '졸레틸 1병은 사람에게 충분한 마취효과를 낼 수는 있으나 사망에 이르게 할 충분한 양이라고 보기는 어렵다'며 그 증언을 배척해버렸다. 나아가 1병으로는 사람을 죽이기 어렵다는 위 판단을 근거로 김미영이 구입한 졸레틸 1병만이 김성재에게 투여된 것으로 볼 수 없다고 하였다. 또, 작은 개 1마리를 안락사시킬 만한 분량의 약물을 가지고 치과대학까지 나온 피고인이 건강한 청년을 죽일 수 있다고 믿었을 리 없으며, 설사 김미영이 투여하였다고 하더라도 졸레틸 1병이라는 분량으로 미루어보아 살해의 범의를 가지고 투약했다고 단정할 수 없다고 썼다. 김성재의 반항 없이 28군데나 주사바늘 자국을 남길 수 있을지도 의문이라고도 했다. 1심은 김성재의 혈액에서 67.8피피엠, 소변에서 281.5피피엠의 마그네슘이 검출되었고, 이는 정상인보다 높은 수치라고 판단했지만(부검의 B는 김성재의 뇨중 마그네슘염 함량 수치가 높은 것으로 보아 외부에서 마그네슘염을 포함한 물질이 투여되었을 가능성이 있다고 진술), 2심은 켄터키 후라이드 치킨 1인분에도 127.43밀리그램의 마그네슘이 포함되어 있어 음식 섭취로도 마그네슘 함량이 상승할 수 있고, 뇨중 마그네슘염 농도는 정상범위 내에 있기에 마그네슘이 외부에서 투입되었다고 단정할 수 없다고 했다.

앞서 이야기한 '논리 협곡'이 보인다. 판결문은 졸레틸 1병으로는 사람을 죽이기에 용량이 좀 부족한 듯하다는 입장이다. 설마 사인이 졸레틸이라는 결론 자체를 부정하는 뜻인 걸까? 하지만 법의학자, 부검의가 다른 특이점이 없는 걸로 보아 사인은 졸레틸(틸레타민과 졸라제팜)이라고 판단했고(마그네슘염도 검출되었지만 정상범위 내로도 볼 수 있다 하니 빼기로 한다), 김성재의 팔에는 주사 자국이 28군데나 있었다. 졸레틸은 명백하게 그날 밤 김성재의 팔에 투여된 약물이다(지인들 모두 오전 1시 이전에는 김성재의 팔에 주삿바늘 자국 따위는 없었다고 증언했다. 김성재는 웃통을 벗고 있었기에 이 사실은 거의 확정적이다). 김성재는 졸레틸 주사로 죽은 것이다. 범행에 준비된 용량이 그보다 적었다고 하여 '사인'이 뒤바뀌지는 않는다.

판결문도 차마 사인까지 뒤집으려는 것 같지는 않다. 그러면서 다른 결론을 내고 있다. '졸레틸 1병은 치사량에 못 미치는데, 김성재는 죽었다. 김미영은 졸레틸 1병만을 구입했다. 따라서 김미영이 졸레틸을 주사해서 김성재를 죽인 게 아니다.' 풀어보면 이런 이야기가 된다.

우선 1병으론 용량이 부족하다는 판단부터 근거가 확고해 보이진 않는다. 1병으로도 사람을 죽일 만하다고 1심에서 전문가가 밝혔는데, 2심은 동물실험보고서와 약품 사용설명서를 근거로 삼아 독자적인 판단으로 1병 용량이 사람을 죽이기에 충분하지 않다고 결론내렸다. 또다시 전문가가 무시되고 있다. 상식인이 상식을 근거로 전문분야의 판단을 내리는 일이 얼마나 위험한지 전문가들은 안다. 이렇게 판단하는 것도 '피고인의 이익'이라면 용인되는 걸까?

과연 용량이 부족한가 하는 의문은 잠시 접어두고, 판결문이 펼친 다음 단계의 논리를 보자. 치사량이 되기 어려운 졸레틸 1병만을 구입한 김미영은 범인이 될 수 없다는 논리 말이다. 과연 그런가? 김미영으로 향하는 혐의의 본질은 졸레틸이라는 특수한 약품과 주사기를 사건 직전에 샀다는 사실, 그리고 김성재가 졸레틸 주사로 죽었다는 사실이다. 약물의 종류가 같다면 이 상황에선 그 약물이라고 보는 게 맞다. 더구나 졸레틸이라는 아주 특수한 약물이다. 아닐 수가 있을까? 김미영이 구입한 게 아니라면 이 졸레틸은 도대체 어디에서 온 것이란 말인가? 판결문은 그에 대해서는 침묵한다. 피고인의 혐의에 의문만 제기하면 끝이라는 입장인지는 모르겠다. 하지만 김미영이 구입한 용량이 확실한 치사량에 '못 미칠 수도' 있다고 해서 범행 자체가 부정된다는 논리는 낯설다.

이런 판단이 논리적으로 설득력을 갖게 되는 경우는 딱 하나다. 비슷한 시기에 졸레틸을 구입한 사람이 김성재의 주변에 여러 명 있는 경우다. 그중 김미영이 구입한 약물이 용량이 좀 부족하다면 혐의가 상대적으로 줄어든다. 하지만 이 사건에서는 김미영이 그 약품을 구입한 유일무이한 사람이었다. 그리고 김성재의 사망시각 근처에 같이 있었던 사람이기도 하다. 그런데 용량 때문에 혐의 자체를 지운다는 건 어불성설이다(판결문은 외부인이나 그날 투숙했던 다른 지인의 범행 가능성을 염두에 두고 이런 판단을 한 듯하다).

치사량이란 어차피 특정 수치로 정해지는 게 아니다. 법정에 제출된 건 동물에 대한 실험 보고나 약품사용설명서뿐, 인체에 관해서는 용량이 검증된 바도 없다. 체질이나 컨디션에 따라서 결과는 얼마든지 가변적이다. 당시 부검을 담당했던 국과수 정희선 전 원장은 자신의 저서 《보이지 않는 진실을 보는 사람들》에서 '사람들이 술을 마시고 알코올이 해독되는 과정이 천차만별인 것처럼 약독물에 대한 신체반응도 마찬가지'이며, '어떤 사람에게는 치사량인 농도가 어떤 사람에게는 전혀 영향을 주지 않기 때문에, 전문가들은 그 차이를 100배까지 두기도 한다'고 했다. 치사량은 점이 아니라 선이란 얘기이다. 수치를 정해놓고 그에 못 미치니 치사량이 아니라는 판결문의 논리를 전문가는 부정하고 있는 것이다. 졸레틸 1병에 사람이 죽을 수도 있고 안 죽을 수도 있지만, 어쨌든 김성재는 죽었다. 그렇다면 그게 김성재에겐 치사량이었다. 이렇게 판단해야 한다(사람을 죽인 양이 바로 치사량이다. 치사량이 아니라면 죽었어도 그 약물이 아니라는 논리는 거꾸로 되어 있다).

2심은 치과대학을 나온 피고인이 이 약물로 청년을 살해할 수 있다고 믿었을 리 없다고 했는데, 치과대학에서 동물 안락사용 약물까지 공부할 것 같지는 않다. 김미영은 구입 당시에도 졸레틸을 콕 찍어서 달라고 한 게 아니라 애완견을 안락사시키는 방법을 물었고, 동물병원 의사가 졸레틸과 마그네슘, 주사기를 건네며 사용법을 알려주었다. 김미영은 졸레틸에 관해서라면 그 수의사가 알려주는 대로 알고 있었을 뿐이었다고 보는 쪽이 사리에 맞다.

판결문은, 설사 김미영이 투여하였다고 하더라도 졸레틸 1병이라는 분량에 비추어 살해의 범의를 가지고 투약했다고 단정할 수 없다고 한다. 이 논리는 김미영이 졸레틸의 치사량이 어느 정도인지를 미리 알고 있었다고 전제해야 성립한다. 하지만 졸레틸 1병으로 사람을 확실하게 죽인다고 단언할 수 없다는 점은 재판 과정에서 병원에의 사실 조회 등을 통해 겨우 드러난(재판부가 인정한) 사실이다. 김미영은 치사량이 얼마인지 인식하기 힘들었다. 앞에서와 마찬가지로 그저 수의사가 용법을 알려주는 대로 (죽일 수 있다고 믿고) 사용했을 거라 보는 쪽이 더 자연스럽다.

공소장이나 1심에서는 김성재에게 피로회복제라고 속여서 주사했을 거라고 추측하고 있는 반면, 2심은 김성재의 반항 없이 28군데나 주삿바늘 자국을 남길 수 있을지도 의문이라고 했다. 하지만 의사인 여자친구가 하는 말이라면 믿었을 수 있으니 충분히 가능하지 않을까. 한두 번의 주사로 마취된 후에는 얼마든지 주삿바늘을 더 찔러 넣을 수 있다. 다른 방식도 가능하다. 그리고, 실제로 그의 팔에 누군가가 28군데를 주사해서 살해했지 않은가. 그게 김미영이냐 다른 사람이냐의 문제일 뿐이다.

평소 김미영은 김성재와 싸우면서 가스총을 쏘기도 했

고, 그가 외출하지 못하도록 몸을 끈과 테이프로 묶었을 정도로 소유욕과 집착이 강했다. 김성재는 1995년 7월 가수 활동에 지장을 주는 김미영과의 관계를 청산하려 마음먹은 채 미국으로 떠났고, 김미영은 김성재에게 연일 전화를 하여 마음을 되돌리려 하였으나 냉담한 반응만을 얻었다(김미영은 하루에도 몇 번씩 전화를 걸었으나 김성재가 건 경우는 한 번도 없었다). 김미영은 자신이 곧 일본으로 유학을 떠날 예정이니 그때까지만 잘해달라고 애원하여 김성재는 귀국 후 그녀를 만나주었다. 하지만 김성재의 마음이 이미 돌아선 것을 느낀 김미영은 증오심에, 혹은 그를 죽여서라도 소유하려는 마음에 결국 살해를 결심했다. 이것이 주변인의 증언과 주변 정황으로 미루어 1심이 추측한 김미영의 살해동기였다.

그러나 2심은 동기에 대해서도 판단을 달리했다. 가스총은 실수로 쏘았다는 김미영의 변소를 받아들였고, 신체결박 사건도 장난 삼아 벌어진 일이라 판단했다. 1995년 4월 이후부터 김성재와 김미영이 자주 싸운 사실은 인정되지만, 완전히 관계가 악화되었다고 보지는 않았다. 김성재의 모친이 김미영에게 잘해주었고, 김성재가 미국에 있을 때 김미영의 전화를 받기 싫었다면 한 달에 수십 회의 전화통화가 이루어질 수 없었을 것이며, 김성재가 미국에서 귀국했을 때 모친보다 먼저 김미영을 만났으며 선물까지 준비하였고, 사망 당일에도 김미영이 생방송 녹화를 하고, 김성재에게 안마를 해주는 등 둘만의 시간을 가졌다는 점 등을 근거로 삼았다. 그래서 두 사람의 관계가 악화되었다는 주변인들의 진술은 '통상의 연인들에게서 볼 수 있는 다툼을 김미영이 범인으로 지목되자 적개심에서 과장하여 표현한 것이 아닌가 의심된다'고 일축했다.

DNA와 같은 확실한 증거가 있다면, 범행동기가 뚜렷하게 보이지 않는다고 해서 그가 범인이 아니라고 단정하는 반증이 되지는 않는다. 그저 '별 이유도 없어 보이는데 왜 그랬을까' 하고 의문을 품을 수 있을 뿐이다.

DNA같이 확실한 증거가 없는 경우는 조금 다를 것이다. 어떤 이가 동기가 없다면 범행 자체도 했을 리가 없다고 판단할 수 있다. 이욕범으로 추정되지만 범인이 얻는 경제적 이익이 전혀 없다면? 우발범으로 보이지만 피해자와 원한 관계나 다툼이 없었다면? 이런 때에는 범인을 잘못 짚은 게 아닌가 충분히 의심해볼 수 있고, 그래야 한다. 반면, 동기의 완전한 부재가 아니라, 동기를 납득할 만한 정황이 좀 부족해 보인다고 하여 범행을 부정할 만큼 결정적인 흠결이 있다고 취급해선 안 된다. 특히 눈에 보이는 경제적 이익이 걸린 범죄가 아니라 증오나 사랑 같은 감정이 개재된 사건이라면 함부로 동기가 없다고 단정 짓기 힘들다. 사람의 내면은 천태만상이니까.

김성재 사건의 경우는 어떨까. DNA같이 확실한 증거는 없다. 그러니 동기가 아예 없다면 범행 자체도 의심해볼 만은 하다. 그런데, 동기가 없다고 분명하게 잘라 말할 수 있을까. 열렬히 사랑하는 연인 사이, 하지만 다툼이 많았다. 상대는 잡으려 해도 절대 잡히지 않고, 곧 자신의 손아귀를 벗어나려 한다. 아, 뒷부분은 지인의 증언 내지 의견이니 불확실하다고 제쳐두자. 하지만 가스총 사건, 결박 사건은 실제로 있었다. 다만, 그 정도가 심각했느냐, 장난스럽게 넘길 수준이었느냐는 해석이 갈릴 뿐이다. 아무튼 가스총도 결박도 조금은 비정상적으로 보인다. 2심은 다른 점들을 들어 통상의 사랑싸움에 불과한 것 같다고 판단하면서 지인의 증언을 배척했다. 복잡미묘한 남녀의 애정 문제를 두고 그나마 사정을 더 잘 아는 지인의 진술에 대한 겸손한 청취보다 판사의 합리와 이성을 앞세운 느낌이다. 김성재와 거의 하루 종일 붙어 지내는 로드매니저의 증언조차 여기서는 깃털처럼 가볍게 배척되었다. 사랑에 판사식의 합리판단이 적중할 확률은 얼마나 될까? 하긴, 악의적인 집단 증언 왜곡의 사례도 없지 않으니, 피고인 보호 차원에서 2심의 선택을 일단 수긍해보자. 하지만 최소한의 팩트로만 보아도 둘 사이에 갈등이 있었다는 정도는 부인 수 없고, 특히 더 좋아한 여자 쪽에서 큰 갈등과 고뇌가 있었음은 자명하다. 아무리 양보해도 동기가 뚜렷하지는 않다는 정도이지, 동기가 전혀 없다고 단정할 수 있는 상황은 아니다.

판결문은 통상의 다툼 정도가 아닌가, 사람을 죽일 만한 성격이나 동기가 있었을까, 하고 의문을 표하지만, 사랑의 고뇌에 빠진 청춘의 내면을 노회한 판사의 이성으로 판단하면 초점이 맞지 않는다. 사랑할수록 미움도 커진다. 연인을 살해하는 이별 범죄는 실제로 일어나고 있다. 김성재는 '범생이'들이 즐비한 판사들 사회에선 좀처럼 볼 수 없는 치명적인 매력을 갖춘 남자였던 것 같다. 그와 사귀었던 김미영도 그만큼 깊이 빠졌고, 떠나갈지 모르는 그를 소유하기 위해 절망적인 심정이 되었을 수 있다. 그런 동기, 그런 가능성이 없다고 단정할 수 있어야 동기의 부재로 인해 범행의 증명이 흔들리게 되는데, 이 격정적인 청춘의 사랑 이야기에서 그런 단언을 한다는 건 어불성설이다. 이 사건에서는 동기가 없으니 범행도 의심스럽다는 식의 논리에는 동의하기 어렵다.

김미영은 사건 발생 얼마 전, 자주 가던 동물병원에 들러 애완견을 안락사시키려 한다며 도움을 요청했고, 동물병원 의사인 금진석(가명)은 졸레틸과 주사기, 마그네슘을 팔면서 사용법을 알려주었다. 그 뒤 김미영은 사실은 동물을 안락사시키려던 게 아니라 의사고시에 떨어진 후 괴로움에 자살하려 약물을 구입한 거였는데, 용기가 없어 쓰레기장에 버렸다고 진술했다(하지만 김미영이 약물을 구입한 건 의사고시에 떨어진 후 9개월이나 지난 시점이었다). 사건이 일어나고 김성재에 대한 부검이 이루어지기 직전, 김미영은 동물병원 의사를 불러내 자신이 약물을 구입한 사실을 말하지 말아달라고 부탁했다. 1심은 이를 유죄의 근거로 삼았지만 2심은 다르게 보았다. 김미영의 분위기가 범죄를 숨기려는 것보다는 난처한 처지에 놓여 부탁하는 정도로 보였다는 게 금진석의 진술이었고, 김성재의 마약투약설 등이 돌고 있었던 당시 상황에서 김미영이 환각작용과 신경안정작용이 있는 마취약물과 주사기를 사간 사실이 알려지면 곤경에 처하게 될지 모른다고 걱정해서 금진석을 찾아간 것으로 이해할 수 있다는 것이다.

우선, 졸레틸에 환각작용 등이 있다는 게 과연 분명한가. 이 점을 뒷받침할 자료는 재판에 제출되지 않았다. 판결문상으로는 졸레틸이 마약 대용으로 사용된다는 변호인의 '주장'이 있었을 뿐이다. 김성재가 약물오용으로 사고사했을지도 모른다는 의혹을 제기하려는 의도겠지만, 입증은 없다. 졸레틸은 동물마취제, 그 이상도 이하도 아니다. 판결문 어디에도 졸레틸에 환각성분이 있다거나 마약 대용으로 사용될 수 있다는 판단이 없다. 그런데, 돌연 판결문은 김미영이 '환각작용 등이 있는 졸레틸'을 사간 사실 때문에 오해받을까 봐 그랬을 수 있다고 인정하고 있다. 김미영이 한 변명보다 오히려 더 좋은 해석을 붙여서 받아들여준 셈이다.

　이런 이해가 가능하려면 김미영이 졸레틸에 환각작용 등이 있다고, 그래서 세간에 언급될 때 불필요한 오해를 낳을 수 있는 약품이라고 인식했어야 한다. 과연 김미영은 졸레틸에 마약성분이 있다고 생각했을까. 그렇게 믿어줄 근거는 전혀 없다. 그녀는 동물병원 수의사가 안락사용 약물이라고 전해주는 걸 그저 받아왔을 뿐이다. 더구나 곧장 버렸다고 했으니, 그 약물을 두고 환각성분이 있다고 오인했을 기회는 없어 보인다. 애당초, 김미영은 그 약물을 환각성분이 있다고 생각했다는 주장까지는 안 한 것 같다(판결문이 김미영의 변명을 받아들이면서 그녀의 주장을 보충해서 상상한 것으로 보인다).

　약물이 거론되는 난처한 상황을 피하기 위해서였다면 약물중독사로 보도되었던 사망 직후부터 그런 부탁을 할 이유가 존재했다. 그런데 왜 하필 부검이 시작되고 결과가 나오기 직전이었을까. 경황 중이어서 뒤늦게 그 생각이 떠올랐을 수도 있으니 이건 의문에 불과하다고 인정한다. 하지만, 앞서 언급한 여러 가지 면모를 보았을 때, 부검을 하면 졸레틸 성분이 검출될 것을 예상하고 미리 동물병원 의사를 만나 입막음하려 했다고 보는 1심 판단이 훨씬 더 상식에 부합해 보인다.

　이제 판결문은 마지막 장벽을 펼친다. 법관들의 영원한 숙제이자 관문이며, 피고인들에게는 절대 방화벽 같은 존재.

바로 '합리적 의심'이다. 형사소송법상 피고인이 범인이 아닐 수도 있는 '합리적 의심'이 존재한다면 유죄로 할 수 없다. 상식적으로는 명백히 유죄인데, 어떻게 된 일이 법원에만 들어가면 이상하게 무죄방면되느냐며 사람들의 공분을 사는 일이 주로 이 탓에 생긴다. 판사들이 상식인으로서는 유죄로 믿으면서 법리상 무죄로 판결해야 하는 딜레마에 처하는 것도 이 법리 때문이다.

판결문은 두 가지 합리적 의심을 제시한다. 첫째는 외부인 침입의 가능성이다. 당시 일행이 투숙한 호텔 데스크 근무자가 폐쇄회로 화면을 통해 모든 출입자를 일일이 확인하였던 것은 아니며, 누구든지 투숙객을 통해 열쇠의 복제가 가능하다는 점을 근거로 들었다. 그러면서도 통상 데스크에서는 출입구마다 설치된 폐쇄회로 화면을 통해 출입자를 감시하고 있고, 별관 57호 현관문은 밖에서는 자동으로 닫히면서 잠기어 열쇠가 있어야만 열 수 있으며, 투숙객과 데스크에서 열쇠를 보관하고 있어 외부인의 침입이 어렵다는 점은 인정했다.

상황을 보면 알 수 있듯, 외부인의 침입은 물리적으로 아예 불가능한 건 아니니 일어날 수 있다는 정도에 불과하다. 아무튼 '괴도 뤼팽' 같은 존재가 있어 그 곤란함을 뚫어내고 별관 57호에 침입했다고 가정하자. 근본적인 문제는 김성재의 살인에 졸레틸이라는 전대미문의 약물이 동원되었다는 점이다. 한국에서 유일무이하며, 아마도 전세계적으로도 사례를 찾아보기 힘들 것 같다. 졸레틸, 졸레틸 하면서 재판 도중에 허다하게 나오니 어느 순간 익숙해졌을 수도 있겠다. 하지만, 이 사건이 아니었더라면 이런 약품을 대체 누가 알기나 할까? 사건이 일어나기 얼마 전에 여자친구가 졸레틸과 주사기를 구입했는데, 하필이면 침입자가 졸레틸을 김성재에게 주사할 확률은 몇 퍼센트일까? 여기에 전제가 되었던 외부인의 침입 가능성과, 일행들만이 인식했을 건조기를 외부인이 엉뚱하게 재작동시켰을 가능성까지 곱하면 도대체 이 확률은 어느 안드로메다까지 가야 하는 걸까?(사망시각추정의 장벽을 넘어야 하는 문제는 지면 관계상 넣지도 않았다) 이걸 '합리적인 의심'이라고 부를 수 있을까?

두 번째 제기한 '합리적 의심'은 내부인 범행 가능성이다. 김미영이 호텔을 떠난 오전 3시 40분경 이후에 김성재의 다른 일행 7명 중 누군가가 거실로 나와 김성재에게 주사를 놓았을 수 있다는 것이다. 이건 외부인 침입설보다는 조금 그럴 듯하다. 호텔의 삼엄한 경계를 뚫고 외부인이 침입해야 한다는 어려운 단계가 일단 없다는 점에서 그렇다. 하지만 사망시각의 난제를 넘어야 한다는 약점이 있다(이건 앞의 가설도 마찬가지이긴 하다). 앞서, 사망시각을 오전 1시에서 오전 2시 50분 사이로 추정한 법의학자들의 견해를 배척한 2심 판단의 위험성에 관해 이야기했다. 그 점을 인정한다면 오전 3시 40분 이후에 김성재가 사망했다고 전제한 이 가능성은 대폭 줄어든다. 더 큰 난관은 역시 졸레틸이다(논란의 여지가 있지만 마그네슘도 있다). 하필이면 범인이 우연히도 김미영이 구입했던 이 특수한 약물을 김성재에게 주사했다는 어려운 가정을 해야 한다. 청산가리쯤만 되어도 양보할 수 있다. 비교적 흔한 독물이니까. 하지만 졸레틸은? 이 '듣도 보도 못한 잡'약물에 관해선 도저히 양보할 기분이 들지 않는다. 마그네슘은 그보다는 덜하지 싶다. 하지만 졸레틸과 같이 검출되었단 점이 문제. 두 희귀약물을 동시에, 우연히, 범인이 김미영과 겹치게 구해서 투여했을 개연성은 또다시 안드로메다로 향한다. 여기에 외부인이나 김미영과는 달리, 주사기와 약병을 적절히 처리해야 하는 어려움을 더해야 한다. 외부인 침입설보다 수학적 확률이 조금 높다 뿐이지, 역시 '합리적 의심'이라고 하기엔 턱없이 부족해 보인다.

마지막으로 상정해볼 수 있는 의심은 그나마 이것밖에 없다. 진범이 김미영에게 혐의가 가도록 함정을 판 경우다. 범인은 어떤 경로로 김미영이 졸레틸과 주사기를 구입한 사실을 알았다. 범행을 그녀에게 뒤집어씌우기 위해 기회를 엿보고 있었다. 그러다 데뷔 무대를 가진 김성재와 그날 밤 같이 호텔에 투숙하게 되었고, 마침 김미영도 같이 있게 되었다. 그리고 또 마침 밤에 한동안 김성재와 김미영 둘만이 같이 있었다. 또 안성맞춤으로 김미영이 새벽에 그곳을 혼자서 떠났다. 범인은 거실로 몰래 나와 김성재에게 독을 주사해 살해했다. 이런 스토리 말이다. 이 가설하에서는 범인은 그날 밤 호텔에 투숙한 일행 중에 있다. 몰래 졸레틸과 주사기를 숨기고 있다가 천우의 기회를 잡은 셈이 된다.

이런 의심까지 해보는 게 타당할까. 이런 수준의 함정 파기와 우연의 만남은 거의 신이나 악마만이 가능할 것 같다. 추리소설로 쓴다고 해도 너무 억지라 독자들이 외면할 게 분명하다. '오컴의 면도날'이란 게 있다. 어떤 현상을 설명할 때 불필요한 가정을 하지 말고 더 간단한 쪽을 선택하라는 원칙이다. 중세의 무익한 철학 논쟁을 종식시킨 이 논리 도구가 지금껏 살아남은 건 그만큼 쓸모 있고 옳다고 검증되었기 때문일 것이다. 이에 따르면 이 가설은 아웃이다. 전혀 합리적이지 못한 이 '터무니없는 의심'은 판결문에 적시되지도 않았다.

판결문은 그 밖에도 여럿이 있던 호텔방이라는 곳이 살해장소로서 부적합하다는 점, 피로회복제로 속여서 약물을 주사하였다는 검찰의 주장이 범행방법으로서 부자연스럽다는 점을 의혹으로 들고 있다. 하지만 김미영이 범인이라는 사실 자체에 대한 '합리적 의심'으로 한 자리씩 차지하기에는 한참 모자란다.

호텔방이 살해장소로서 부적합해서 의문이라면 외부인 침입설이나 다른 내부인의 소행설 역시 설 자리가 없어진다. 그 가정하에서도 범행장소는 어떻든 호텔방이니까. 합리적 의심을 포함한 모든 범행 가능성이 제로가 돼버린다. 피로회복제로 속였다는 범행방법이 부자연스럽다고 해서 약물이 주사되었다는 사실 자체가 사라지지는 않는다. 아마도 김성재가 스스로 주사했을 가능성을 암시하는 듯한데, 오른손잡이인 김성재가 오른팔에 28번이나 주사를 놓았을 리 없다는 점에서 일찌감치 제거된 가능성이었다. 그 바탕에는 마약 유사품으로 사용했을지 모른다는 의혹도 있는 것 같다. 하지만 앞서 말했듯이 졸레틸이 마약 대용으로 사용된다는 증거가 전혀 없고, 김성재나 김미영이 그렇게 믿었다고 볼 정황도 전혀 없다. 또, 김미영이 주장하지도 않은 약물주사 사고사로까지 판단하려는 건(약물이 졸레틸인 점이라든가 사망시각을 보면 사고사라 하더라도 김미영은 필시 알았거나 도왔다고 봐야 한다) 형사절차상의 직권주의를 감안하더라도 범위를 넘어섰다. 피고인이 놓쳤지만 재판부는 가능했던 공상까지 피고인의 이익으로 써먹는 건 과하다. 아무리 보아도 역시나 판사 기준의 이성과 합리성을 잣대로 삼은 것 같다. 하지만 내 입장에선, 호텔방이나 피로회복제 같은 문제들보다, 김미영이 왜 그 춥고 쓸쓸한 11월의 새벽에 연인을 두고 홀로 호텔을 빠져나갔나

하는 점이 더 의심스럽다.

　다시 말하지만 결론을 뒤집으려는 의도는 없다. 판결에 관계했던 분들을 공격하려는 의도 또한 당연히 없다. 당시 수사가 그다지 철저하지는 못했던 것 같다. 김미영이 약품을 구입한 사실에 환호해 디테일을 놓쳐버린 느낌도 든다. 판결문은 밝혀진 사실 안에서는 분석 논리에 충실했다. 나는 종합과 직관 논리의 관점에서 조금 다르게 뜯어보았다. 직접 재판을 담당하지 않았기에 책임 없이 쉽게 말하고 있다는 점은 인정한다. 다만, 김미영이 졸레틸과 주사기, 마그네슘을 구입한 지 얼마 안 되어 김성재가 같은 약물 주사로 사망했고, 법의학자들이 입을 모은 사망추정시각에 같이 있었던 유일한 사람이 김미영이라는 근본적인 사실을 외면해서는 안 되지 않을까 하는 의견을 말하고 싶었다. 판결에서 제시한 의심이 과연 '합리적'인가에 의심을 가졌다. 무엇보다 서두에 말했듯이, 판결을 순전히 논리적 측면에서 요모조모 살펴보는 일은 의미가 있을 거라고 믿는다. 모든 작업은 비판을 견디고 진화해나가며, 판결도 예외일 리 없다.

화차를 탄 용의자 X

2010년 부산 시신 없는 살인사건

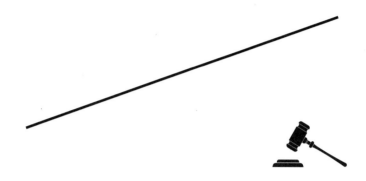

이 글에는 미야베 미유키의 소설 《화차》와 히가시노 게이고의 소설 《용의자 X의 헌신》의 스포일러가 포함돼 있다. 이런 말을 미리 해둬야 할 만큼 이 사건에는 추리소설을 방불케 하는 면모가 있다. 그것도 걸작 두 권을 합친 만큼이다.

2010년 6월 17일 밤 부산의 병원 응급실에 한 여성이 실려왔다. 그녀를 데리고 온 송재희(가명)는 환자를 오자영(가명), 41세라고 밝혔다. 오자영은 이미 사망한 것으로 밝혀졌다. 모친이 달려와 얼굴을 보고 울음을 터뜨렸다. 시신은 곧 화장되어 재는 바다에 뿌려졌다. 의사가 작성한 사체검안서에는 사인이 심근경색으로 추정된다고 적혔다.

두 달 후 보험회사 사무실에 송재희가 등장했다. 죽은 오자영의 보험금을 대리 수령하러 온 것이었다. 오자영은 30억 원의 생명보험에 가입해 있었다. 그런데, 돌연 형사들이 나타나 그녀를 에워쌌다. 송재희가 항의했지만 그 자리에서 체포되고 말았다. 그런데 놀랍게도, 그녀는 송재희가 아니라 오자영이라는 것이었다. 어떻게 된 일일까. 이 여자가 오자영이라면 죽은 사람이 자신의 보험금을 받으러 왔단 얘기다. 그렇다면 죽은 여성은 누구란 말인가?

이 사건의 수사는 보험회사의 신고로 시작됐다. 오자영은 수입이 전혀 없는데 30억 원의 생명보험에 가입해 있었다. 보험료만 매달 300만 원에 달했다. 오자영의 사망보험금을 찾으러 온 송재희라는 여성이 아무래도 수상했다. 보험회사 직원이 지문을 확인해보려고 일부러 펜을 빌려줬을 때, 이 여성은 펜을 쓴 후 수건으로 싹싹 문지른 다음 돌려주었다. 빈틈이 없었다. 하지만 보험금 수령서에 쓴 필적과 보험가입 증서 필적이 동일하다는 사실이 드러났다. 사진도 흡사했다. 보험에 가입한 사람은 죽었는데, 바로 그 여자가 보험금을 받으러 온 괴이한 일이 벌어진 것이다. 경악한 보험사 직원은 경찰에 알렸고, 송재희 행세를 하던 오자영은 그 자리에서 체포됐다. 죽은 사람은 오자영이 아니라 송재희였다. 시신을 병원에 신고 온 사람이 오자영이었다. 산 자와 죽은 자가 바뀌었고, 오자영의 모친도 미리 짜고 우는 연기를 했다. 말하자면 오자영은 송재희의 시신을 이용, 자신이 죽은 것처럼 위장해 사망보험금을 타내려 했던 것이었다. 41세의 오자영은 얼핏 20대로 보일 만큼 동안이었다. 그래서 26세의 송재희 역할이 가능했다.

오자영은 송재희를 '자살 사이트'에서 만났다고 했다. 메일로 연락해서 그날 공원 벤치에서 만나기로 했는데, 이미 자살한 뒤였다. 병원으로 급히 싣고 갔고, 그러다가 자신이 거액의 생명보험에 가입된 사실이 떠올라 사람을 뒤바꾸자는 발상을 했다는 것이다. 즉 보험사기는 인정하지만 송재희의 사망과는 전혀 관계없다는 주장이었다.

그렇다면 죽은 송재희는 어디에 사는 누구인 걸까? 경찰은 그녀의 주민등록증을 입수해 추적에 나섰다. 주소지는 대구였다. 찾아가보니 노숙자 쉼터였다. 송재희는 4년 전에 이 시설에 들어와 생활하고 있었다. 오자영은 사건 3개월 전 쉼터에 메일을 보내왔다. 어린이집을 운영하고 있는데, 여성 노숙자와 일하고 싶다면서 "그곳에 30대 여성도 있나요?" 하고 문의했다. 부모가 없거나 찾아오지 않는 사람이어야 한다고 덧붙였다. 오자영은 6월 16일 노숙자 쉼터를 직접 찾아왔다. 자신이 운영하는 어린이집의 보모로 고용하겠다며 송재희를 데리고 나갔다. 송재희는 천진난만하게 들떠서 오자영을 따라나섰다. 그리고 그날 밤 죽었다.

이런 사실들이 확인되자, 오자영은 사실을 인정했다. 자살 사이트에서 만난 게 아니라 자신이 노숙자 쉼터에서 데리고 나온 것이 맞는다고. 하지만 그녀의 죽음과는 여전히 관계없다고 일관했다. 6월 16일 아침 7시에 쉼터에서 데리고 나와 자신의 차로 부산까지 왔다. 그날 밤 11시 30분 공원 벤치에서 캔맥주를 마시며 이야기했다. 맥주를 더 사서 벤치로 돌아와보니 송재희가 쓰러져 있었다. 송재희는 "이제 계획대로 되었다, 마음이 편하다"는 말을 했고 상태가 이상해 보여 차에 태운 후 병원 응급실로 향했다. 결국 송재희의 죽음은 살인이 아니라 자살이나 돌연사라는 주장이었다.

오자영의 말에는 몇 가지 모순이 있었다. 공원에서 3킬로미터나 떨어진 곳에서 송재희 휴대전화의 발신 흔적이 나왔다. 또, 공원에서 병원까지는 차로 5분 거리인데, 시신이 이미 식어 있었다는 간호사의 진술도 있었다.

오자영의 실체가 더 밝혀졌다. 과거 그녀는 대학 동창과 동거하다가 아이를 출산했는데, 동창 명의로 계약서를 위조해 '차치기'라는 사기행각을 벌이다가 구속됐고, 동창과는 헤어졌다. 오자영은 원래 유복한 집안에서 자랐지만 씀씀이가 크고 사치가 심해 늘 돈에 쪼들렸던 것으로 밝혀졌다. 병원 입원확인서를 위조해 보험금을 편취했고 창업자금 명목으로 대출금을 편취하기도 했다. 졸업증명서와 임대차계약서도 위조해 범행에 사용했다.

송재희가 죽던 날은 오자영이 법정에 출석하는 날이었다. 사기사건으로 피소되어 있었는데, 보험회사와 합의를 못 하면 구속될 위기에 처해 있었다. 이 절박함이 범행의 한 동기가 되었을 것으로 검찰은 추측했다. 오자영은 범행 당일 법정에 나가는 대신 보험회사에 '이 편지를 받을 때쯤 나는 이 세상 사람이 아니겠지요……'라는 글을 보내기도 했다.

동기는 또 있었다. 오자영은 열세 살 연하의 애인에게 깊이 빠져 있었다. 그 남자를 붙잡으려 부잣집 딸 행세를 하며 돈을 물 쓰듯 했다. "20억을 물려받았으니 결혼해서 해외로 나가 살자"고 유혹했다. 그러다 동거 전력과 아이의 존재가 들통나 결별을 통보받자, 인터넷에서 태아의 사진을 내려받아 남자의 새 여자친구에게 전송해 결국 둘이 헤어지도록 만들었다. 이 정도의 집착을 보인 만큼 애인과의 새출발을 위해서라도 많은 돈이 필요했을 터였다.

검찰은 오자영을 살인으로 기소했다. 1심도 오자영을 유죄로 인정하고 무기징역을 선고했다. 시신이 화장된 후라 직접증거는 존재하지 않았지만, 정황과 간접증거로 충분히 범행이 인정된다고 보았다. 송재희가 자연시하거나 자살했을 가능성은 없다고 판단했다.

오자영은 항소했고, 여기서 기사회생한다. 2심 재판부는

1심 재판부와 달리 판단했다. 오자영이 계획적으로 살인했다고 의심된다고는 했다. 하지만 송재희가 돌연사하거나 자살했을 가능성이 전혀 없다고 단정하기는 어렵다고 보았다.

송재희가 노숙자 쉼터에서 주변 사람들과 잘 어울렸고, 오자영을 따라나서면서 들뜬 상태였던 건 인정했다. 하지만, 애당초 가정문제로 쉼터에 입소했고, 남자친구와 다투고 헤어지기를 반복했으며, 직장생활에 적응 못 해 괴로워한 점, 아이를 가질 수 없는 몸 상태, 우울증, 수면 중 가위눌림 등도 겪은 바, 충동적으로 자살을 결행했을 가능성도 배제하기 어렵다고 했다.

송재희는 심전도가 정상이었지만, 잦은 음주로 간이 좋지 않았고, 불우한 환경과 남자친구와의 갈등으로 우울증을 앓았으며, 여러 종류의 치료약을 복용해왔다. 이런 점들을 봤을 때 급성간성혼수나 심근경색 같은 원인으로 돌연사했을 수도 있다고 보았다.

이런 판단의 배경에는 물론 '시신이 없다'는 사실이 자리하고 있다. 병원에 실려왔을 당시 시신에는 약물이나 구토 같은 흔적도 없었다. 그래서 타살이라고 확신하기 애매했다. 재판부는 사망원인으로만 본다면 '원인불명'이며, 목격자도 물증도 없는 이런 사건에서 '자세히 알려지지 않은 어떤 수단과 방법으로 살해하였다'는 모호한 공소사실을 덜컥 유죄로 인정하기는 곤란하다고 밝혔다.

재판부의 판단을 흔든 원인 중 하나는 의사가 사체검안서에 '심근경색'이라고 적었다는 점이 아니었을까 싶다. 하지만 이 역시 오자영이 만들어낸 거나 다름없다. 오자영은 송재희를 데리고 가면서 미리 병원에 전화로 '심장질환자가 있다'고 알렸다. 간호사는 심장환자 차트를 만들어놓고 기다렸고, 의사는 그 차트를 보고 심장환자로 취급했던 것이다.

하지만 2심이 부여한 오자영의 해방은 잠시였다. 대법원은 유죄 취지로 파기환송했고, 이어 고등법원에서 재차 유죄로 되고 무기징역을 받아 최종 확정됐다.

아무래도 시체라는 물증, 그리고 직접증거가 없다는 점만으로 벗어나기에는 반대 정황이 너무 많은 사건이었다. 오자영은 인터넷을 통해 '메소밀', '그라목손', '살인방법', '사망신고절차', '살충제', '질식사' '사망보험금' 등을 검색했다. 메소밀과 그라목손은 맹독성 농약이다. 메소밀은 술에 섞으면 알아채기 어려운 반면 효과가 증대된다. 오자영은 자살하려고 찾아본 검색어라고 항변했다. 그런데, 그녀가 그토록 붙잡으려 했던 남자친구가 결정적 증언을 했다. 사건이 일어난지 2주 후, 헤어지자는 말을 들은 오자영이 메소밀을 꺼내서 자살하겠다고 소동을 피웠다는 거였다. 메소밀을 가지고 있었다는 게 밝혀지자, 오자영은 사건 이후에 산 거라고 주장했지만 결국 혐의를 지우지 못했다.

이 사건은 서두에서 거론한 소설 《화차》를 떠올리게 한다. 다른 사람으로 위장해 자신의 인생을 지우려던 여자의 이야기다. 단지 범죄의 재료로 삼기 위해 노숙자를 죽였다는 점은 《용의자 X의 헌신》을 떠올리게도 한다. 두 소설 다 사건 전에 국내에 번역 출판된 책이다. 혹시 오자영은 이 소설들에서 범죄의 영감을 얻은 게 아닐까 하는 생각마저 든다.

직접증거가 없는 경우, 대중이 거의 확신에 가까운 유죄에의 믿음을 가진 사건에도 종종 무죄가 선고되어 공분을 사곤 한다. 이 책에서 다루는 사건만도 '듀스 김성재 살인사건', '낙지 살인사건', '한국판 아만다 녹스 사건', '동두천 암자 살인사건', '캄보디아 아내 보험살인 의혹 사건'이 있다. 그런데 이 사건에서는 중간에 한 번의 무죄 판결이 있긴 했지만 대체로 어렵지 않게 유죄가 확정되었다. 심지어 시신이 화장되어 없었음에도 그랬다. 무죄를 받은 위 사건들과 다른 결과를 빚은 근본적 요소는 무엇이었을까. 내 나름의 견해는 있지만 더 쓰지는 않으려 한다. 이유는 이 무서운 이야기 자체가 앞서 말했듯 왠지 너무나 소설을 방불케 해서다. 범죄분석이 오히려 완전범죄로의 계시와 유혹을 주는 게 아닌지 우려도 든다. (법원에서 나오면 어떤 이야기든 막힘없이 쓸 것 같았다. 하지만 논픽션으로는 한계가 있다. 차마 쓰지 못한 나머지 이야기들은 소설로 전하고자 한다.)

이 사건도 자칫 묻힐 뻔했다. 만약 오자영 자신이 직접 보험회사에 등장하지 않고 법적 수령권자인 모친을 보냈더라면 완전범죄가 되었을지도 모른다. 모친을 믿지 못했던 걸까, 남자친구 때문에 성급했던 걸까, 아니면 자신의 범죄에 취했던 걸까. 아무튼 그 실수 덕에 악행이 드러났다.

인간의 악의가 이쯤에 이르고 보면 만화 《기생수》의 한 구절이 떠오른다. 우주생물체가 숙주인 주인공에게 말한다. "'악마'라는 것을 책에서 찾아봤는데, 그것에 가장 가까운 생물은 역시 인간인 것 같아."

살인이 아닐 확률

2003년 동두천 암자 살인사건

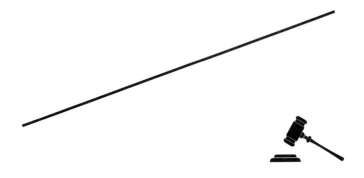

영국의 싱어송라이터 스팅Sting의 노래 'Shape of my heart'에는 'sacred geometry of chance'란 가사가 나온다. '신성한 확률의 기하학'쯤으로 번역할 수 있겠는데, 표현의 정확성 여부를 떠나서 왠지 난 이 가사가 참 좋다. 확률과 통계의 오묘한 이치는 나를 매료시킨다. 컵 안의 물 분자가 일제히 위로 향한다면 물이 위로 솟구칠 확률도 수학적으론 있다. 원숭이 7마리를 타이프라이터 앞에 앉혀 100만 년 동안 마구잡이로 자판을 치게 하면 브리태니커 백과사전이 나온다는 확률상의 결론을 주장한 SF 소설은 지금껏 뇌리에 남아 있다. 어쨌든 법률 실무가로서 내가 관심 있는 건 범죄의 통계, 확률의 문제다. 살인과 관련한 몇 가지 통계를 한번 들춰

내보자. 여기서 물론 어떤 확률도 도출될 수 있다.

우리나라에서 일어나는 살인은 생각보다 적다. 기수(旣遂)에 이른 경우만을 보면 2015년 기준으로 353건이다. 4621명에 이르는 교통사고 사망자보다 훨씬 적다. 살인사건은 줄어드는 추세다. 살인이 흔해진 것으로 여기는 불안감은 살인의 증가보다 살인 보도의 증가에 기인한 것 같다. 이걸 확률로 계산해보자. 우리나라 사람이 1년 동안 살인으로 죽을 확률은 대략 5천만 분의 353으로, 0.0007퍼센트이다. 평생을 80년으로 본다면 죽음의 원인이 살해일 가능성은 0.056퍼센트가 된다.

2003년 10월 동두천의 한 암자에서 살인사건이 일어났다. 대처승* 김강일(가명)의 아내 박수미(가명)가 절 앞마당에서 목이 졸려 살해당했다. 불행하게도 0.056퍼센트의 확률에 해당된 것이다. 살인을 실행한 사람은 행자승**이었다. 운전석에 앉아 있던 박수미의 목을 노끈으로 졸라 죽인 행자승은 자신의 스승인 주지 김강일의 지시로 범행했다고 말했다. 김강일은 아내 박수미 말고도 내연녀가 있었는데, 아내에게 들키면서 부부갈등이 극에 치달아 있었다. 행자승은 스승인 김강일을 평소 부처처럼 여기고 따랐다. '살생하지 말라', '청빈한 삶'을 강조하는 그의 훌륭한 말씀은 금과옥조였다. 그런데

---

*   살림을 차리고 아내와 자식을 거느린 승려.

**   출가 이후 승려가 되기 위한 예비교육을 받는 사람.

어느 날 놀랍게도 스승은 자신의 아내 박수미를 살해하라고 말했다. 도저히 아내와 살 수 없으니, 아내만 없애주면 해외로 도피시켜주고, 사건이 잠잠해지면 큰스님으로 만들어주겠다고 했다. 그래서 노끈을 준비했다가 틈을 보아 박수미를 살해했다. 이상이 행자승의 진술이었다.

김강일은 행자승에게 스승이자 거의 신적인 존재였기에 그의 말을 순순히 따랐다. 그런데 체포 후 김강일의 태도가 돌변했다. 자신은 전혀 모르는 일이라며 오히려 행자승을 몰아붙였다. 배신감을 느낀 행자승은 김강일이 사주했다고 털어놓았다. 이것은 진술 경위에 관한 수사기관의 의견이었다. 행자승은 살인으로, 김강일은 살인교사로 기소되었다.

1심에서 행자승은 징역 15년을 받았다. 하지만, 김강일은 살인교사 혐의에 대해 무죄를 선고받았다. 그가 사주해서 박수미를 죽였다는 행자승의 진술을 재판부가 믿지 않은 것이다. 그러나 김강일에 대한 무죄 판결은 항소심에서 뒤집어졌다. 살인교사를 유죄로 판단하고 징역 15년을 선고했다. 행자승의 진술이 정확하고 구체적이며, 김강일이 아내를 살해한 행자승에게 적개심을 표현하지 않은 점 등을 고려한 것이다. 하지만 대법원은 이를 다시 뒤집었다. 행자승의 진술에 신빙성이 없고, 김강일에게 당장 박수미를 죽여야 할 만큼 급박한 사정이 있다거나 그로 인해 얻을 재산상 이익이 없다는 이유에서였다. 김강일의 무죄는 확정되었다.

여기까지만 보면 보통의 살인사건 재판의 전개이다. 미시적인 증거, 특히 공범으로 지목된 자의 진술을 믿느냐 여부에 따라 결말이 엎치락뒤치락했을 뿐이다. 하지만 이 사건은 8년 후 반전을 맞이한다.

발단은 한 보험사 직원의 제보였다. 그는 박수미의 보험 서류의 특약사항에서 이상한 점을 발견했다. 일반 병사나 자연사가 아니고 사건·사고를 당해 사망했을 때 사망보험금을 3배 더 많이 받을 수 있는 내용이었다. 박수미는 매달 몇만 원의 보험료를 굳이 더 내면서 그 특약을 추가했다. 마치 자신이 사건·사고로 죽을지도 모른다는 것을 예상이라도 한 것처럼. 더구나 계약자는 가입한 지 수개월 뒤 실제로 피살됐다. 경찰의 수사 결과 김강일은 2003년 3~4월, 그러니까 부인 박수미가 살해되기 약 6개월 전 그녀 명의로 대형 보험회사 2곳과도 종신보험을 계약했던 사실이 드러났다. 역시나 같은 특약이 부가되어 있었다. 그리고 박수미 사후, 김강일은 보험회사 3곳으로부터 8억 원을 받았다.

비록 의심스럽다 하더라도 보험 계약에 하자가 없다면 민사적으로 문제 삼을 수는 없다. 하지만 새로운 사실이 더 드러났다. 당시 보험가입자란에 기재된 연락처는 아내가 아니라 내연녀의 것이었다. 김강일은 내연녀를 부인 박수미로 위장해 종신보험에 가입하게 한 것이었다. 이미 무죄로 판결이 난 살인 부분은 일사부재리 원칙 때문에 재수사를 할 수 없다 하더라도, 보험사기임은 명백했다. 문제는 김강일이 국내에 없다는 사실이었다. 그는 2006년 3월 절을 처분한 뒤 보험금을 포함, 모든 재산을 갖고서 아이들을 데리고 캄보디아로 떠난 상태였다. 수사기관은 김강일의 소재를 파악하지 못해 허탈한 심정으로 달력만 쳐다볼 수밖에 없었다.

무슨 운명이었을까. 김강일은 캄보디아 밀림에서 굴러온 통나무에 발을 다쳤다. 현지에서 병원을 다녔지만 잘 낫지 않자, 한국에 치료차 입국했다. 그는 인천공항에서 체포되었다. 공소시효 만료를 불과 두 달 남긴 시점이었다. 검찰은 김강일을 사기 혐의로 구속기소했다. 박수미의 살인교사 혐의는 이미 무죄가 확정되었기에 일사부재리 원칙에 따라 제외됐다. 김강일은 결국 보험사기로 징역 7년을 선고받았다.

처음의 살인사건으로 돌아가보자. 아내가 살해당했고, 남편이 범인으로 지목되는 상황이었다. 살해동기가 있는지 알아봐야 했다. 경찰은 왜 보험관계 정도도 확인을 안 했는지, 당시 수사의 안이함에 놀랄 지경이다. 보험회사 조사원의 열정이 아니었다면 김강일의 범죄는 영구히 묻혔을 게 틀림없다. 행자승의 자백과 진술로 김강일까지 검거되었기에 필시 유죄 판결을 받으리라고 안심했던 모양이다. 기소까지는 수사기관의 판단이니 그렇다 치자. 하지만, 1심에서 김강일이 무죄로 판단되었을 때는 다르다. 법원으로부터 유죄로 하기에는 증거가 부족하다는 지적을 받은 셈이니 김강일의 재산적 동기에 관해 그때라도 철저히 조사를 보완했어야 했다.

김강일은 아내를 살해했을까. 물론 위 사실만으로는 알 수 없다. 재판에서 무죄를 받았으니 그는 '법률적으로' 아내의 살인범이 아니다. 재판 당시에는 박수미 명의의 생명보험이 드러나지 않았었기에 이를 판단에서 고려할 수도 없었다. 대법원은 '김강일이 아내의 죽음으로 얻을 재산적 이익이 없었음'을 고려해 무죄로 했다. 그런데 그 뒤에 김강일의 보험 가입사실이 밝혀졌다. 그것도 내연녀를 시켜 위조한 것이었고, 살인으로부터 불과 수개월 전이었다. 지금이라면 어떨까?

여기서 보험 통계를 한번 보자. 보험과 살인이 결부될 확률을 따져보기 위해서다. 생명보험은 사고로 인한 죽음에 돈을 지급한다. 거기에는 살해가 포함된다. 살인이라는 위험천만한 연출을 감내하고 얻을 보험금이라면 최소한 1억은 넘어야 할 것 같다. 2015년 보험개발원의 통계에 따르면, 사망보험금이 1억원 이상인 종신보험의 계약 건수는 약 48만 건에 달한다. 중복가입 숫자는 파악할 수 없지만 넉넉잡아 사람 기준으로는 30만 명이라고 가정해보자. 만약, 보험살인이라면 가입한 지 1년 이내에 범행을 저지를 거라고 예상된다(실제로도 보험살인은 대부분 가입 후 몇 달 안에 실행된다). 30만 명의 가입자 중 1년 안에 어떤 이유로든 살해당하는 사람의 수는 30만×0.0007퍼센트=약 2명이다. 말하자면, 어떤 사람이 생명보험에 가입하고서 1년 안에 보험수익과 무관한 이유로 우연히 살인의 피해자가 될 확률은 5천만 분의 2, 즉 0.00004퍼센트라는 수치가 나오는 것이다. 박수미는 이런 기적에 걸려들었던 것일까.

이 계산은 통계학적으로 엄밀히 따지면 오류가 있을지 모른다. 하지만 어림잡아 보았을 때 완전히 어긋난 수치는 아닐 것으로 생각한다. 그리고, 여기서는 수치 외의 요소가 더 있다. 김강일이 죽이도록 시켰다는 행자승의 진술, 이례적인 사고사 특약, 그리고 내연녀를 내세워 박수미 명의로 허위 보험을 가입한 정황. 로또 당첨보다 낮은 확률에 이런 증거와 정황까지 더해진다면 김강일에 대한 유무죄 판단을 어떻게 해야 할까. 그래도 0은 아니니 여전히 무죄일까. 행자승 진술의 신빙성만을 따지는 증거법칙상의 논리에 따라 유무죄를 판단하는 것으로 법률가는 소임을 다했다고 자평해도 괜찮은 것일까.

'합리적 의심 없는 증명'이란 섯도 실은 그 정도가 죄명마다 다르다. 이를테면 뇌물죄 같은 경우는 돈을 주었다는 사람의 구체적이고 신빙성 있는 진술만으로 유죄로 인정되기도 한다. 확실한 증거를 필요로 하는 살인죄와 비교된다. 살인죄는 형량이 높은 만큼 더 분명한 증빙을 필요로 한다. 그래서, '급이 낮은' 범죄였다면 문제없이 유죄였을 사건에서 증거불충분으로 석방되기도 한다. 살인을 저지른 자가 이런 면에서는 더 유리하다는 아이러니가 발생한다.

절대적으로 신뢰받는 유전자 검사조차 100퍼센트는 아니다. 검사지에서는 '99.9999퍼센트'라고 표현한다. 나머지 부분은 확률상 의미 없기에 우리는 100퍼센트로 받아들인다. 마찬가지로 어차피 100퍼센트의 확실성으로만 재판을 할 수는 없다. 순도 100퍼센트의 증거란 어차피 불가능한 것 아닐까. 재판은 직접, 간접, 정황 증거라는 프레임으로 유무죄에 접근하고, 그것이 증거주의상 당연하다. 그런데 개별 증거의 존재 여부만 검토하다가 전체적인 그림 포착에 실패한다면 그 또한 증거주의에 썩 부합하지는 않을 것 같다. 판례에서 수없이 언급되는 '전체적, 종합적 고찰'은 다른 말로 하면 확률론이다. '간접증거가 개별적으로는 완전한 증명력을 갖지 못하더라도, 전체 증거를 종합적으로 판단했을 때 종합적 증명력이 있는 것으로 판단되면 범죄 사실을 인정할 수 있다'는 법리는 살인사건의 재판에 종종 인용된다. 풀어보면, 각각의 증거들이 범죄를 입증할 개별 확률은 높지 않다 해도 그것들이 한 사건에 다 모일 확률은 얼마나 낮은가, 하는 의미가 되겠다. 이렇게 해석할 수 있다면, 이 사건도 확률론으로 '일정한 정도'의 입증력을 보완해 판단하는 것이 영 무리한 일은 아닐 것 같다. 하지만 법의 판단은 끝났다. 남은 판단은 독자의 몫이다.

정당방위란 무엇인가

2015년 공릉동 살인사건과 2014년 도둑 뇌사 사건

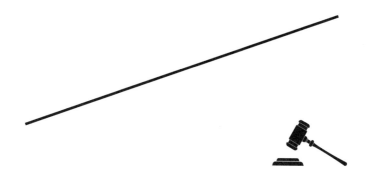

2015년 9월 24일 새벽 5시30분, 군대에서 휴가 나온 장모 상병은 서울 공릉동의 골목길을 배회하고 있었다. 그러다가 돌연 어느 가정집에 침입해, 자고 있던 박유진(가명)을 칼로 찔러 살해했다. 이른바 '묻지마 살인'이었다. 옆방에서 자다가 깨서 나온 박유진의 예비신랑 강정모(가명)가 그 장면을 목격했고, 둘 사이에 격투가 벌어졌다. 강정모는 장 상병으로부터 칼을 빼앗아 찔렀고, 장 상병은 죽었다.

검찰은 2년의 숙고 끝에 이 사건을 정당방위로 인정하고 불기소처분했다. 1990년 눈앞에서 애인을 성폭행한 사람을 격투 끝에 살해한 사건, 성폭행범으로부터 자신과 생후 3개월 아들을 보호하려 흉기를 휘둘러 상대를 숨지게 한 주부 사

건에서 정당방위를 인정한 이래 25년 만이었다. 정당방위는 법원도 인정하는 데 매우 인색한데, 검찰 단계에서 이렇게 처리한 예는 극히 드물다.

예비신부가 흉기에 찔린 직후였고, 자신도 흉기로 위협당한 상황이었다는 점이 고려됐다. 강정모는 이마와 손에 상처를 입었고, 장 상병은 흉기를 뺏긴 후에도 끝까지 반항했다. 검찰은 그가 장 상병을 흉기로 찌르는 것 말고는 이 상황을 모면할 도리가 없었다고 인정했다. 직접 사인은 등과 허리 사이에 난 깊은 상처였는데, 방향이나 모양으로 보아 힘을 줘서 찌른 걸로는 보기 힘들었다는 점도 참작됐다.

이 글의 주제는 정당방위지만, 이 사건이 처음 알려질 때 선정적인 언론보도가 있었다는 점은 짚고 넘어가야 할 것 같다. 여성의 비명이 먼저 들렸고, 그 후에 장 상병이 집으로 들어갔다는 주장이다. 말하자면 강정모가 자신의 예비신부를 찔러 죽였고, 지나던 장 상병이 그 비명을 듣고 집에 들어갔다가 그 역시 강정모한테 찔려 죽은 게 아니냐 하는 의혹이었다. 하지만 검찰 수사에서 이 모든 게 사실무근으로 밝혀졌다. 조사 결과, 장 상병이 그 집에 들어간 이유는 비명을 들어서가 아니었다. 장 상병은 그 집 근처에서 살았던 적이 있었고, 평소 술을 마시면 과격해지는 성향이었다. 그날 밤에도 장 상병은 만취해 있었는데, 현장 인근 다른 집의 유리창이 깨져 있었고, 여기에서 장상병의 혈흔이 발견된 점 등을 보면 사고를 치면서 근처를 돌아다니던 중이었던 것으로 보였다. 장 상병의 손에서 박유진의 DNA가 검출되었고, 박유진의 손에서 강정모의 DNA는 나오지 않았다. 장 상병이 침입하고 2분 후 여성의 비명이 들린 사실이 경찰 수사로 확인됐다. 거짓말 탐지기 조사에서도 강정모의 진술에서 진실 반응이 나왔다. 언론이 무차별적으로 제기한 의혹 때문에 강정모는 형사절차보다 더 큰 고통을 받았을 것이다.

정당방위는 법적으로 이렇다. '현재의 부당한 침해를 방어하기 위한 행위로서 상당한 이유가 있는 경우에는 벌하지 않는다.' 주로 오해가 생기는 부분이 이 '현재'라는 부분이다. 정당방위는 상대의 공격이 계속되는 중에 한 방어행위여야 한다. 공격이 일단 끝난 후에 상대를 폭행하는 건 정당방위로 인정되지 않는다. 시간상 근접했다 해도, 본질상으로는 복수이며 또 다른 폭행일 뿐이다.

정당방위라면 수년 전 크게 화제가 되었던 소위 '도둑 뇌사 사건'을 말하지 않을 수 없을 것이다. 이 사건에서는 정당방위가 인정되지 못했다. 그 차이는 무엇이었을까.

20대 청년인 이경환(가명)은 술에 취해 새벽 3시에 자신의 집 2층에 돌아왔다. 그때, 거실에서 물건을 뒤지던 50대

도둑을 만났다. 놀란 이경환은 곧장 주먹으로 얼굴을 수차례 가격해 도둑을 쓰러뜨렸다. 넘어진 도둑이 무릎을 꿇고 엎드려 양손으로 얼굴을 가린 채 몸을 일으키려 하자 다시 주먹과 발로 수회 가격했다(1차 폭행). 이경환은 1층으로 내려가 사람을 부르려고 현관문을 열다가 도둑이 기어가는 걸 보았다. 도망갈지도 모른다는 생각에 재차 폭행에 나섰다. 운동화를 신은 발로 뒤통수를 세게 밟고 걷어찼다. 알루미늄 빨래 건조대로 내리쳤고, 가죽 허리띠를 풀어 수차례 때렸다(2차 폭행). 도둑은 의식을 잃었고, 병원으로 실려갔지만 9개월 후 숨을 거두었다.

이경환에 대한 형사재판에서 법원은 정당방위를 인정하지 않고, 상해치사로 1년 6개월 형을 선고했다. 2심에서 집행유예가 붙었지만 정당방위가 아닌 건 마찬가지였고, 이는 대법원에서도 유지되었다.

도둑은 흉기를 소지하지 않았다. 폭력을 가하려 하지도 않았다. 발각된 후 도망가려고만 하였지 침해를 계속하려는 태도가 없었다. 이런 상황 인식하에서, 법원은 도둑을 발견하고 최초 폭행한 부분(1차 폭행)은 정당하다고 인정했다. 그다음이 문제였다. 도둑은 일단 제압되었다. 그랬으면 폭행을 끝내야 하는데, 2차 폭행이 이어졌다. 야간에 집에서 도둑을 만났으니 청년도 얼마나 흥분했겠는가. 하지만 2차 폭행 부분은 과도했고, 방어에 필요한 정도를 넘어섰다는 판단이었다. 때리지 않고 끈으로 묶어두거나 소리쳐 사람을 부를 수 있었다는 거였다. 어찌 보면 그 도둑도 참 불쌍한 인생이다. 도둑의 형은 2천만 원이 넘는 동생의 병원비 부담으로 고민하다 자살했다.

이 사건은 공릉동 살인사건과는 크게 두 가지 점에서 차이가 있다. 장상병은 흉기를 들었고, 흉기를 빼앗긴 이후에도 끝까지 싸우려 들었다. 반면에 도둑에게는 흉기가 없었고, 얻어맞은 뒤부터 도망가려고만 하였다. 작은 차이 같지만, 과연 그 상황에서 꼭 방어적 폭력이 필요했는가 하는 판단을 가르는 요소가 되었다.

도둑 뇌사 사건에서 정당방위의 성립 여지를 너무 엄격하게 보는 것 아닌가 하는 여론이 일었다. 상식적으로 당연한 이의이다. 정당방위의 범위가 너무 좁으면 당한 사람은 억울할 수 있다. 특히 싸움의 경우는 정당방위를 인정하지 않는데, 상대방이 먼저 폭력을 행사한 경우, 엄청난 무술 고수가 아니고서야 방어나 회피만으로 그 상황을 모면할 수 없다. 방어를 위해서 상대방에게 마주 주먹을 휘두른다든가 부득이 폭력을 행사해야 하는 경우가 있다. 그런데 대부분 정당방위가 인정되지 않는다.

그래도 요즘은 이런 일률적인 처리에 약간의 변화가 생

기고 있다. CCTV나 휴대폰 촬영 등으로 현장의 모습이 그대로 재연된 덕분이다. 이런 면은 조금씩 변하고 있지만, 정말 조금씩이다. 기본적으로 법의 뿌리에는 '질서 애호'가 자리하고 있다. 정당방위 기준을 완화했다가 발생할 수 있는 폭력 확산, 무질서를 두려워한다. 피해는 개인이 받지만, 처벌은 법이 담당한다. 달리 말하면 '우리가 처리할 테니 가만히 있어'라는 것이다. 결과가 비슷하다면 최초의 범죄행위보다 오히려 보복 린치나 사적인 처형 쪽이 더 엄중히 취급되기도 한다(동기 면에서 전자가 압도적으로 불량하건만). 법률 실무에서의 이 묘한 양형감각도 여기에서 유래한다.

외국과도 자주 비교되는데, 독일, 프랑스, 일본은 우리와 비슷하다. 우리가 그쪽 법을 들여온 입장이기도 하다. 반면 미국은 좀 관대한데, 캐슬 독트린(Castle Doctrine)이란 게 있다. 집은 자신만의 성이며, 그 영역은 절대적으로 지켜져야 한다는 것이다. 그래서 집에 누군가 침입했다면(주거침입) 상황에 따라 총을 쏴서 죽여도 무방하다. 여기서 범위를 더 넓힌 원칙도 등장했다. 스탠드 유어 그라운드(Stand your Ground), 즉 집뿐 아니라 공공장소에까지 논리를 확장한 것이다. 이 원칙은 말한다. '굳이 피하지 않아도 좋아. 네 땅을 딛고 그 자리에서 총을 쏴도 돼.' 하지만 미국에서도 상대가 도망하거나, 전의를 상실하고 항복한 경우에까지 치명상을 입히는 건 허용되지 않는다. 도둑 뇌사 사건은 미국 기준에 따르더라도 정당방위 성립을 장담할 수 없다.

이와 관련, 엄청난 파장을 일으킨 사건이 있었다. 플로리다에 거주하는 히스패닉계 백인 조지 짐머만은 지역의 자경단원이었다. 2012년 비 내리는 밤, 그는 편의점에서 나오는 후디 차림의 흑인 소년 트레이번 마틴을 수상하게 여기고 쫓기 시작했다. 당시 지역에서 흑인에 의한 도난범죄가 빈번했기 때문이다. 짐머만은 911에 전화를 걸어 수상한 남자가 있다고 했고, 경찰은 마틴을 쫓지 말라고 했다. 하지만 짐머만은 이를 무시하고 소년을 뒤쫓았다. 마틴도 기척을 느끼고 달렸다. 짐머만이 마틴을 따라잡았고, 마침내 둘 사이에 격투가 벌어졌다. 짐머만은 품에서 권총을 꺼내 소년을 쏘았고, 마틴은 죽었다. 마틴은 비행 전력이 전혀 없는 학생이었고, 품에서는 편의점에서 산 사탕과 음료가 나왔을 뿐이었다. 사소한 계기로 무장한 성인이 비무장한 소년을 총으로 쏘아 죽인 어처구니없는 사건이었다. 마틴은 흑인이어서 인종문제의 소지도 남겼다.

그런데 검찰은 짐머만을 정당방위로 인정하고 불기소했고, 사건은 인종 갈등으로 번지며 전국이 들끓었다. 시위대는 후디를 입고 거리로 나와 '후디를 입으면 죽여도 되는 것인가!' 하고 외쳤다. 여론이 악화되고 흑인 사회의 분노가 끓

어오르자, 결국 검찰은 짐머만을 기소하기에 이른다. 법원에서 배심재판이 열렸다. 짐머만 측은 코와 뒤통수의 선명한 상처와 핏자국이 나온 사진을 제출했다. 그가 공격을 당해 생명의 위협을 느꼈다는 증거로 간주되었고, 짐머만은 정당방위로 무죄 판결을 받았다. 그런데 배심원이 전부 백인과 히스패닉이었다. 흑인 사회는 또다시 들끓었다.

무죄의 법리적 근거는 앞서 말한 스탠드 유어 그라운드, 즉 공공장소에서 공격당했을 때 총을 쏠 수 있다는 정당방위의 논리였다. 플로리다는 범죄율을 낮춘다는 명분을 내세워 2005년에 이 원칙을 도입했는데, 오히려 살인율을 높이는 결과를 초래했다. 짐머만 사건을 계기로 이 원칙을 재검토하자는 목소리가 강하게 일었다. 우리와는 거꾸로 정당방위 범위를 좁히자는 주장인 셈이다.

정당방위 범위를 넓혔다간 짐머만 사건처럼 사회적 혼란이나 폭력을 조장할 수도 있을 것이다. 반면 너무 좁게 인정하는 것도 당사자 입장에서 억울하다. 실로 섬세한 '선 긋기'가 필요한 영역이다. 사건 하나 터질 때마다 거기에 맞춰 방향타 없이 이리저리 움직일 문제는 아닌 것 같다.

한국판 아만다 녹스 사건

2011년 역삼동 원룸 사건

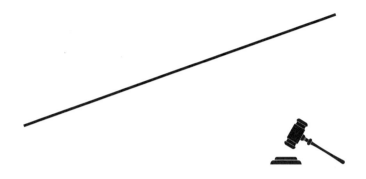

한때 살인범으로 28년 형을 받았던 미국인 아만다 녹스는 지금 세계적인 유명인이다. 그녀의 이야기를 다룬 다큐멘터리가 넷플릭스에서 개봉될 정도이다. 2007년 이탈리아에서 유학 중이던 아만다는 돌연 체포됐다. 그룹섹스를 거부한다는 이유로 영국 출신 룸메이트 메러디스 커쳐를 잔인하게 살해했다는 혐의였다. 메러디스의 브래지어 끈과 살해 무기로 추정되는 식칼 손잡이에서 아만다의 DNA가 발견되었다. 이 사건은 엽기성과 다국적성, 아만다 녹스의 미모라는 여러 이슈가 겹쳐져 큰 화제를 불러일으켰다. 아만다는 1심 재판에서 징역 26년을 선고받았다. 하지만 미국에서 파견한 법의학자가 이탈리아 경찰이 발표한 DNA가 불충분하다고 지적

했고, 아만다는 2심에서 무죄 판결을 받고 석방되었다. 그런데 대법원이 이를 파기환송했고 고등법원은 아만다에게 다시 28년 형을 선고했다. 그러나 대법원이 이번에는 하급심의 유죄 판결을 모두 기각하고 무죄를 선고했다. 이로써 장장 9년의 재판은 마침표를 찍었다. 아만다는 영국과 이탈리아에서 마녀라고 비난받았지만 미국에서는 셀러브리티가 되었다. 남자친구와 약혼하고, 400만 달러의 자서전 출판 계약을 했으며, 프리랜서 기자로도 활동 중이다.

한국에서도 유사한 사건이 있었다. 2011년 서울 역삼동의 한 원룸 1층에서 화재가 났다. 자욱한 연기 속에 입주민 정현아(가명)가 쓰러져 있었는데 목이 두 군데 칼에 찔린 채였다. 병원으로 옮겨졌지만 의식을 회복하지 못했고 16일 만에 숨졌다. 룸메이트 서효진(가명)이 피고인으로 법정에 섰다. 칼로 피해자의 목을 찔렀고, 라이터 기름통과 시너로 불을 지른 다음 현장을 떠났다는 혐의였다. 서효진은 법정에서 '피해자가 자신에게 4700만 원의 빚을 졌고, 이를 갚기 힘들 것 같자 칼을 들고 자해하려 했고, 자신이 이를 말리는 과정에서 목 부위가 칼에 찔리게 된 것'이라고 해명했다. 또 불을 지른 사람도 피해자라고 주장했다. 재판부는 서효진을 유죄로 판단하고 징역 18년을 선고했다.

범행동기는 시샘과 증오라고 보았다. 판결문에 따르면, 두 여성은 유흥업소에서 일했는데, 피해자는 평소 대인관계가 좋고 친구들한테 인기가 많아 서효진의 부러움을 샀고, 남자관계가 복잡한 서효진을 피해자가 못마땅하게 여기면서 갈등이 쌓여갔다. 사건 전에 이상 징후들이 있었다. 피해자는 강아지를 키우고 있었는데, 어느 날 멀쩡하던 강아지가 갑자기 눈이 풀리고 침을 흘리면서 숨을 쉬지 못했다. 서효진에게 물어보니 "난 몰라, 이불 속에서 잘 놀던데"라고만 답했다. 결국 피해자는 울며 강아지를 안락사시켜야 했다. 어느 날인가는 서효진이 건넨 음료수를 마신 피해자가 곧바로 눈이 풀린 채 두통을 호소하며 쓰러졌다. 같이 살던 피해자의 동생 정은비(가명)가 병원 응급실로 데려가려고 했지만, 어쩐 일인지 서효진이 말렸다. 자신이 의심받자 서효진은 같은 음료수를 사서는 한 모금 마시고서 방바닥을 엉금엉금 기었고, 화장실로 들어가 구역질한 뒤 어지럽다며 침대에 누워 잠이 들었다. 그들과 한 달간 같이 살다가 군산으로 내려간 피해자의 친구 한서영(가명)은 뜻밖에도 피해자로부터 "앞으로 연락하지 말자. 남은 짐은 서효진한테 말해서 가져가라"는 절교 문자를 받았다. 한서영이 놀라 전화했지만 피해자는 받지 않았다. 알고 보니 그 문자는 피해자가 보낸 게 아니었다. 1심은 이 모두를 서효진의 짓으로 보았다.

사건이 있던 날 아침, 피해자는 서효진의 휴대전화에 우연히 자신의 주민등록증 사진이 저장되어 있는 걸 발견했고, 둘은 다투게 된다. 피해자는 오후에 병원에 들러 치료를 받았는데, 멀쩡한 모습이 목격된 마지막 순간이었다. 그날 저녁 6시에서 7시 사이에 이웃은 여자의 비명소리를 3회 들었다고 했다. 판결문은 이때 피해자가 칼에 찔렸을 것으로 추측했다.

밤 8시경, 피해자 동생은 '중요한 손님이 오니 밖에서 자고 오라'는 언니의 메시지를 받았다. 처음 있는 일이라 의아하게 생각하면서도 일단 그러겠다고 답장했다. 피해자의 친구인 안지희(가명)는 자정 무렵 피해자로부터 메시지를 받고 약 40분가량 카카오톡으로 대화를 나누었다. 룸메이트 서효진에게 5천만 원의 빚을 졌다는 얘기여서 안지희는 깜짝 놀랐다. 안지희가 전화를 걸어보았지만 피해자는 받지 않았다.

다음 날 새벽, 서효진은 심부름센터에 전화를 걸어 거즈와 택배 상자를 주문했다. 한편 인근 편의점에 피해자의 휴대전화로 라이터 기름통을 배달해달라는 전화가 걸려왔고, 배달된 기름은 서효진이 수령했다. 서효진은 새벽 6시 보험사 홈페이지에 접속해 피해자 명의로 회원 가입을 하고 보험 내역을 확인했다. 이어 아침 9시경 근처에 있는 세탁소에 전화를 걸어 피 묻은 베갯잇과 이불 세탁을 의뢰했고, 세탁소 주인은 빌라로 와서 서효진에게 이불을 받아갔다. 서효진은 콜 기사이영준(가명)에게 전화해 대전까지 운전을 부탁했고, 이영준이 집으로 와 짐을 실었다. 이때 피해자는 매트리스 위에 얼굴까지 이불을 덮고 누워 있었다고 한다. 아침 10시경 피해자의 지인인 콜 기사 하일권(가명)이 피해자 번호로 걸려온 전화를 받았는데, 시너를 구해달라는 내용이었다. 하일권이 시너를 구해 빌라 앞으로 가져다주자, 서효진이 나와 "피해자가 샤워 중이어서 대신 나왔다"고 말하며 받아갔다. 11시 20분에는 피해자 동생 정은비에게 피해자 번호의 문자메시지가 도착했는데, "서효진이 서류를 들고 갈 테니 사인 좀 해줘"라는 내용이었다. 말하자면 새벽부터 다음 날 아침까지 피해자의 메시지나 그 번호에서 걸려온 전화는 다수 있었지만, 피해자의 모습을 본 사람은 아무도 없었던 것이다.

아침 11시 30분 서효진은 빌라에서 30미터 떨어진 곳에서 이영준의 차량에 올랐다. 서효진은 "피해자가 시너를 들고 뿌리길래 말리고 나왔다. 피해자한테 빌려준 돈이 있는데 지금 차용증을 받았고, 피해자 동생한테 보증인 지장을 받으러 가야 한다"고 말했다. 이때 빌라에서 연기가 났지만 서효진은 그냥 차를 출발시켰다. 200미터쯤 가다가 생각이 바뀌었는지 다시 현장으로 되돌아왔는데, 이때는 연기가 많이 나고 있었고, 주민도 몇 명 나와 있었다.

그중 한 명이 원룸 문을 열고 들어갔는데, 현관 입구에서

라이터가 발견되었다. 방 안 매트리스의 머리 부분이 연소되어 있었다(감식 결과 이 부위에서 인화성 물질이 검출되었고, 여기에 불을 붙인 것으로 판명되었다). 바닥 장판에는 그을음에 찍힌 발자국이 있었는데 서효진의 것이었다. 피해자는 욕실 바닥에 머리를 문 쪽으로, 발을 안쪽으로 두고 쓰러져 있었다. 목 두 곳에 깊은 상처를 입은 채였다. 피해자 몸에 그을음이 내려앉아 있었고, 몸으로 덮인 바닥에는 그을음이 없었다. 손목과 발목에는 무언가에 묶인 흔적이 있었다. 피해자는 응급실로 이송되었지만 이미 의식은 없었다. 혈액에서 프로사이클리딘과 클로르페니라민이 검출되었는데, 구토와 졸음을 유발하는 성분이었다. 피해자는 현장에서 구조되었지만 결국 16일 만에 사망했다.

1심이 서효진을 범인으로 본 근거는 이러했다. 우선 4천 700만 원의 빚부터가 사실이 아니라고 봤다. 늘 솔직하게 자기 얘기를 털어놓는 피해자가 주변에 단 한 번도 이 채무 이야기를 한 적이 없고, 서효진이 다른 친구에게 900만 원을 빌려줄 때는 차용증에 인감증명서까지 받았으면서 이 건과 관련해서는 아무런 증서가 없다는 이유였다. 또, 피해자는 수입이 넉넉했던 반면, 서효진은 생활보호대상자였고 당시 일을 그만두어 소득이 없는 상태였다. 동생을 이꼈던 피해자가 동생을 연대보증인으로 올린 후 자살하려 했다는 것도 납득하기 어렵다고 봤다. 또, 서효진이 컴퓨터로 '각성제, 에탄올, 클로로포름, 복어알'과 같은 단어를 검색했고, 피해자의 혈액에서 졸음을 유발하는 약물이 검출되었으며, 피해자는 화상 환자임에도 연기흡입보다는 쇼크나 약물 증상이 나타났다는 의사의 증언, 서효진의 진술이 계속 번복된 점 등을 들어 서효진이 피해자에게 약물을 먹인 게 아닌가 하고 의심했다. 자해하는 걸 말리려다 칼에 찔렸다는 서효진의 주장도 믿지 않았다. 피해자에게 자해할 때 동반되는 주저흔이 없었고, 서효진에게는 아무런 상처가 없었다는 이유였다.

의사는 이 정도의 목 상처면 치명적이며 일상생활이나 말을 할 수 없다고 판정했다. 그런데, 피해자가 말을 하고 음료수를 마셨다는 서효진의 말은 믿기 힘들었다. 목을 찔린 피해자가 그 상태에서 자정이 넘은 시간에 뜬금없이 친구 안지희한테 연락해 서효진에게 진 빚 이야기를 하며 태평하게 40분이나 메시지를 주고받았다는 점도 괴이하며, 그 메시지에도 평소 안 쓰던 어투나 이모티콘이 사용되었다. 피해자는 아침에 이미 안지희에게 서효진이 피해자의 주민등록증 사진을 저장해놓은 것에 화가 난다고 말한 적이 있는데, 이 메시지에서는 "서효진 핸드폰에 내 신분증 사진이 있길래"라고 마치 처음 말하는 것처럼 표현한 점도 이상했다. 또, 피해자는 목을 찔려 매트리스에 겨우 누워 있는 정도였다고 했는데, 라이터 기름통과 시너를 배달 주문하고, 서효진한테 머리를 감겨달라고 하고, 동생한테 서류에 사인하라는 문자메시지를 보냈다는 것도 믿기 힘들었다. 결국 그 모든 행동을 한 것은 피해자가 아니라 서효진이라는 것이었다(목에 구멍이 난 피해자가 이런 행동들을 했다면 믿기 힘든 수준을 넘어서 오싹한 기분마저 든다).

마지막 순간도 그렇다. 불은 피해자가 누워 있던 매트리스 위에서 시작되었는데, 피해자는 거기서 떨어진 욕실에 쓰러져 있었고, 몸 아래에는 그을음이 없었다. 그렇다면 피해자는 욕실로 불이 번지기 전에 이미 그곳에 쓰러져 있었다는 게 된다. 서효진의 주장대로 피해자가 불을 지른 거라면, 치명상을 입은 피해자가 시너를 뿌리고 불을 붙인 후 라이터를 현관에 던져놓고 욕실로 들어가 누웠다는 이야기인데, 어색하기 그지없다. 피해자가 병원으로 이송되자 서효진은 한숨을 쉬며 "살아 있을 줄이야……"라고 했다.

서효진은 항소했고 반전이 일어났다. 2심 재판부는 1심과 의견을 달리했다. 피해자가 서효진에게 4천 700만 원의 빚을 졌을 수도 있고, 그 이유로 자해하다가 칼에 찔렸을 가능성도 있다고 보았다. 그 상처가 크지 않을 수도 있고, 따라서 그날 밤 있었던 행동들을 피해자가 했을 수도 있다고 판단했다. 시너와 라이터 기름통을 주문한 사람이 피해자일 수도 있고, 피해자가 불을 질렀을 수도 있다고 인정했다. 이유는 길지만 요약하면, 피해자의 자해와 방화가 사건의 진상이라는 '서효진의 해명이 성립할 가능성이 전혀 없다고는 단정할 수 없다'는 게 되겠다. 서효진이 범인이라는 점에 '합리적 의심'이 드는 부분이 있다는 것이다. 그래서 서효진을 무죄로 선언했다. 이 판결은 대법원에서도 유지되었다.

이로써 사건은 미궁으로 떨어졌고, 콜드케이스(미해결 사건)가 한 건 늘었다. 앞에서 아만다 녹스 사건과 유사하다고 언급했는데, 역시나 이 재판을 두고 '한국판 아만다 녹스 사건'이라 부르는 이들이 있었다.

이 판결의 정당성에 관해서는 왈가왈부하고 싶지 않다. 판사가 요구하는 입증의 극한에 압도되어버린 기분이랄까. 담당 법관이 유죄로 하기에 충분한 믿음이 안 생긴다는데, 믿으라고 우길 수도 없다. 판사는 두꺼운 수사 기록을 읽고 생생한 증언을 들은 사람이다. 그래도 확신을 못 가졌다면 이유가 있을 것이다. 이렇게 납득할 수밖에 없다.

여기서 소설적인 생각이 든다. 서효진은 피해자를 칼로 찌르고 방화했다는 사실로는 무죄를 받았다. 하지만 그녀를 무죄로 한 판결에 의하더라도 피해자의 죽음에 책임을 면하기는 어려워 보인다. '자해하고 방화를 해 빈사상태인 피해자를 그대로 두고 집을 떠남'으로써 죽음을 방치했기 때문이다.

이건 유기치사죄에 해당한다. 서효진을 유기치사로 다시 기소하면 어떨까. 일사부재리에 위반될 것 같기는 하다. 살인과 유기치사의 죄명은 다르지만, 법률상 '같은 사건'으로 평가받아 이미 심판받았다고 인정될 가능성이 높기 때문이다. 반면에 방화살인과 유기치사는 범행시간이 달라지고, 행위의 모습이 다르며, 범의, 죄질, 처벌의 필요성에 차이가 난다. 그러니 둘을 다른 사건으로 볼 여지도 전혀 없지는 않다. 수사기관, 소추기관은 최종심판자가 아니다. 법원에서 기각될 위험이 있다고 해도 시민의 법감정이 요구한다면 해볼 가치는 있는 게 아닐까. 그저 과거의 일로 치부하기엔 피해자의 죽음이 너무 애석해 보인다.

범죄의 동기

2017년 약물로 아내 살해한 의사 사건

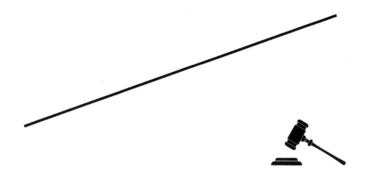

살인사건이 일어났다. 피고인에 대한 1심 재판에서 검찰은 사형을 구형했고, 재판부는 징역 35년을 선고했다. 2심 재판에서 검찰은 다시 사형을 구형했지만, 항소심은 징역 35년을 유지했고, 이 판결은 피고인의 상고 포기로 확정되었다.

'사람을 죽였으니 무기징역쯤은 기본으로 가겠지' 하는 사람들의 생각과 달리, 살인이라고 해도 형이 무작정 높지만은 않다. 우발적 살인이면 징역 12~13년 정도가 기준이 된다. 판례에 비추어봤을 때 이 피고인은 꽤 중한 형을 받은 셈이다. 독자들은 과연 어떻게 보실지. 사건의 내막은 이렇다.

의사인 이대우(가명)와 아내 오수빈(가명)은 40대 중반의 부부였다. 2017년 3월 11일, 충남 당진시에 있는 이들의 주택에서 119 신고가 들어왔다. 오수빈이 호흡마비를 일으켰다는 내용이었다. 구급차가 출동하니 이대우가 아내에게 심폐소생술을 시행하고 있었다. 아내는 병원으로 이송됐으나 심정지로 사망했다. 병원에서도 병사로 판정했고, 시신은 화장됐다.

그런데 수상한 정황들이 발견됐다. 이대우가 자신의 병원 직원 명의로 다량의 수면제를 구입한 사실이 드러났고, 아내가 죽던 날에는 병원에서 약물을 희석해 주사기에 넣어두는 장면이 CCTV에 포착된 것이다. 경찰 수사망이 압박해오던 어느 날 아침, 이대우는 병원에서 자신의 팔에 주사를 놓은 후 차를 타고 어디론가 떠나버렸다. 경찰이 추적에 나섰고, 영동고속도로 강릉휴게소에서 차 안에 잠들어 있던 이대우를 발견했다. 자살하려 했던 듯, 차량 조수석에는 번개탄이 놓여 있었다. 이대우는 살인 혐의로 재판에 넘겨졌다.

구체적인 혐의는 이렇다. 이대우는 직원 명의로 약국에서 수면제인 아티반을 다량 사 모았다. 또 근육이완제인 베카론을 병원 명의로 구입했다. 아티반은 부숴 가루로 만들고, 베카론 분말은 식염수에 희석해 주사기에 넣어두었다. 이렇게 준비한 주사기를 가방에 넣어서 가지고 다니며 기회를 엿보았다. 그러던 중 사건 당일 밤 10시 30분, 아티반 가루를

물에 타 아내 오수빈에게 마시게 해 재우고, 베카론 주사기를 꺼내 아내의 팔에 주사했다. 그러고는 밖으로 나가 외출한 것처럼 하고는 30분 뒤에 돌아왔다. 그 직후 자신이 직접 119에 신고했고, 119 대원이 출동했을 때는 아내에게 심폐소생술을 하는 척 연기했다. 결국 오수빈은 심정지로 사망했다.

베카론은 미국에서 사형집행에 쓰이는 약물이기도 하다. 근육을 이완시키는 효능이 있어 심장근육도 정지시킨다. 그래서 베카론이 주사되면 마치 목을 졸린 것처럼 숨을 쉴 수 없게 되고, 시간이 경과하면 심장이 정지한다. 병원 또한 오수빈을 병사로 처리했다. 여기서 의문이 들 수 있다. 아무리 그래도 전문가인 병원 측이 어떻게 그렇게 쉽게 병사로 처리해버렸을까.

실은 이전에 똑같은 사건이 한 번 더 있었다. 이대우는 넉 달 전에 이미 아내를 죽이려고 시도했던 것이다. 방법도 완전히 같았다. 아티반 가루와 베카론 주사기를 준비해두었다가 아내에게 주사해 심정지를 일으켰다. 119가 출동했을 때 이날도 이대우는 심폐소생술을 시행하고 있었다. 넉 달이라는 시간을 건너 똑같은 상황의 재연이다. 다만 그때는 조금 빨리 심폐소생조치가 이루어져 오수빈이 살아났다는 점만이 달랐다. 베카론은 4, 5시간 후면 분해되고 흔적이 남지 않는 약물이다. 그래서 병원도 의심을 품지 못했고, 그게 사건의

구멍이 되어버렸다. 병원 입장에선 넉 달 전에 심정지로 실려
온 환자가 또 다시 심정지로 오자 그 병력이 도졌다고 판단해
버린 거였다. 그 넉 달 전의 심정지 역시 남편이 꾸민 짓이었
는데……. 이런저런 이유로 하마터면 덮일 뻔한 사건이었다.

　이대우는 의과대학을 나와 서울 청담동에서 성형외과를
열었었다. 그런데 문제가 좀 많았던 것 같다. 허위 입원확인
서를 발급해 보험사기에 연루된 혐의로 벌금형을 받았고, 프
로포폴 과다 투여로 환자를 사망케 해 또 벌금형을 받았다.
의료사고 때문에 적자가 누적된 탓에 이대우는 결국 병원을
폐업했고, 첫 번째 아내와 이혼해 매달 양육비 800만 원도 부
담하게 되었다. 이후 다른 성형외과에 페이닥터로 갔는데, 여
기서 또 사고를 냈다. 안면리프팅 과정에서 환자에게 상해를
입혀 벌금형을 받았고, 바로 사흘 후 안검하수 교정술 과정에
서 프로포폴을 과다 투여해 환자를 숨지게 했다.

　이런 상황에서 이대우는 2016년 1월 결혼정보업체를 통
해 남편과 사별한 오수빈을 만나게 된다. 두 사람은 결혼했
고, 10억 가까운 재산을 보유하고 있던 오수빈은 충남 당진
에 내려가 병원을 차리자고 했다. 이대우도 동의하고 두 사람
은 당진에서 성형외과를 개업했다. 오수빈이 임대차보증금과
인테리어 비용 등 대부분을 냈다. 우여곡절 끝에 2016년 9월
경부터 병원은 안정적으로 운영되기 시작했다.

여기까지는 문제가 없어 보인다. 그런데, 부부갈등이 있었다. 우선 고부갈등이 심해 시가와 오수빈은 왕래가 완전히 끊어지기에 이르렀다. 이대우가 전처에게 매달 지급하는 800만 원의 양육비와 면접교섭*도 갈등 요인이었다. 두 사람 사이에 아이가 안 생기는 문제도 겹쳤다.

부부갈등이야 안된 일이지만 흔하다. 그게 생사의 문제는 아니다. 안 맞으면 갈라서면 된다. 살인이라는 선택은 좀처럼 생각하기 힘들다. 남편은 왜 아내를 죽였을까. 검찰은 부부의 정서적 갈등이 이유가 아니라고 봤다. 이대우 입장에서는 이대로 이혼하면 병원에 투입된 아내의 돈이 빠져나가 병원 운영이 곤란해지는 상황이었다. 반면, 아내가 죽는다면 그 돈을 전부 상속받게 된다. 그렇다. 동기는 감정이 아니라 돈이었다. 검찰의 견해는 그랬다. 동기의 불량함, 살인방법의 악성 등을 이유로 검사는 사형을 구형했다.

판결이 유죄였다는 점은 굳이 강조할 필요가 없을 듯하다. 본인의 자백에 다수의 물증이 있었고, 자신의 모친에게 보낸 문자에 아내를 죽였다는 말도 있었다. 유무죄 판단에 다툼이 있는 사건은 아니었다. 여기서 관심 있는 건 형량이다. 법원은 징역 35년을 선고했다.

---

* 양육하지 않는 부모가 자녀와 접촉하는 일.

'징역 35년'에는 여러 가지 의견이 있을 수 있겠다. 일반론적으로 말하면, 꽤 무거운 형량이다. 살인은 사형, 무기 아니면 징역형인데. 사형은 사실상 폐지된 셈이다. '무기징역이냐 유기징역형이냐'인데, 일단 법원은 유기징역형을 택했다. 그 상한이 30년이고, 가중되면 45년까지 가능하다. 여기서 상한인 30년을 넘겨 35년으로 한 것은 살인행위 전에 살인미수가 있었고, 그 외에 다른 불량한 정황이 있었기 때문이다. 우선, 사람의 생명을 살리는 의사가 의술을 살인 도구로 이용했다는 점이 가장 비난 가능성이 크다고 봤다. 이전에도 의사가 살인사건 가해자로 재판에 선 일이 있었지만, '만삭 의사 부인 살인사건'처럼 우발적으로 목을 조른다든가 하는 범행이었다. '치과의사 모녀 살인사건'(271페이지)도 무죄이긴 했지만 혐의를 받은 내용 역시 목을 졸랐다는 내용이었다. 말하자면 살인범(치과의사 모녀 사건은 제외)의 직업이 우연히 의사였을 뿐, 범행과 의술 사이에 별 관련이 없었다. 그런데 이 사건은 성격이 다르다. 의사만이 구할 수 있는 약물을 이용해, 의사만이 할 수 있는 방법으로 사람을 죽였다. 비난받을 가능성이 더 높다. 또, 한 번 살인에 실패했다가 포기하지 않고 기어이 살인을 저지르고야 만 점도 악성이 높다.

그렇다면, 이렇게 좋지 못한 정상(情狀)이 많고, 여론도 안 좋은 사건이었는데 왜 무기징역형을 택하지 않은 걸까. 그 이유는 동기에 있었다. 범행동기가 '오로지 돈'이라고 인정했다면 아마 무기징역형이 선고됐을 것이다. 이 점을 더 선명하게 하기 위해 유사한 사건을 잠시 들여다보자.

소위 '니코틴 살인사건'은 치밀한 계획 아래 약물을 주입해 남편을 죽인 혐의에 대한 재판이라는 점에서 이 사건과 비교될 만하다. 2016년 4월 22일 남양주시 도농동의 한 아파트에서 53세 남성이 딸과 아내와 함께 외식하고 돌아온 후 방에 들어가 자다가 그대로 사망했다. 부검 결과, 놀랍게도 사인은 니코틴 중독이었다. 문제는 이 남성이 생전 담배를 피우지 않았다는 것이었다. 니코틴 검출량은 1.95밀리그램으로, 담배를 피우는 사람에게도 나오지 않을 정도의 양이었다. 게다가 수면제 성분인 졸피뎀도 다량으로 검출되었다. 경찰은 피해자의 아내와 내연남을 살인공모 혐의로 체포했다.

남편과 아내는 사건 5년 전 결혼정보업체를 통해 만났다. 당시 남편은 독신이었고, 아내는 딸이 둘 있는 이혼녀였다. 남자는 알뜰히 저축해 아파트 두 채 등 8억 정도의 재산을 모은 반면, 여자는 파산 상태였다. 경제적으로 심하게 쪼들리던 아내의 생활은 동거 후 활짝 피어났다. 쇼핑, 해외여행 등으로 남자의 돈을 펑펑 써댔고, 딸 한 명은 호주로 어학 연수를 보냈다. 반면에 남편은 천안의 회사 기숙사에서 내내 국수를 먹으며 지냈다. 주말에만 남양주로 와서 같이 지내는 사실혼 부부였다. 아내는 사건 1년 전 혼자 마카오로 여행 갔다가 현지에서 내연남을 만났다. 그는 빚만 1억 원이 있을 뿐인 신용불량자였다. 두 사람은 남양주시 별내면에 따로 아파트를 얻어 같이 지냈다. 아내는 주중에는 내연남과, 주말에는 남편과 지내는 이중생활을 해온 것이다. 그러던 중 아내가 남편 몰래 허위로 혼인신고를 했고, 그 두 달 후 남편이 죽었다.

재판에서는 유무죄가 극렬하게 다투어졌다. 주로 범행 방법, 즉 니코틴을 어떻게 주입했는가 하는 것이 쟁점이었다. 결국 유죄로 인정되었는데, 여기서도 우리의 관심은 형량이다. 두 사람에게는 무기징역이 선고되었고, 이는 대법원에서 확정되었다. 재판부는 범행동기를 '오로지 돈'이라고 파악했고, 선처의 여지가 없다고 본 것이다.

두 사건을 나란히 보고 있으니 마치 '악의 경쟁'을 벌이는 듯하다. 외견상으로 딱히 어느 쪽이 더 악하다고 말하기가 어려울 만하다. 범행 내용도 유사하다. 그런데 하나는 무기징역이 선고됐고, 다른 하나는 유기징역이었다. 피고인들의 운명을 가른 요소는 우선 자백 여부였을 것이다(의사는 자백했지만, 니코틴 사건 범인들은 부인했다). 더하여 역시 범행동기가 관건이었다. 돈 때문에 죽인 것인가, 그렇지 않은가.

니코틴 사건과 달리 의사 살인사건에서는 아내의 재산만을 목적으로 한 범행으로 단정할 수 없다고 재판부는 판단했다. 살해한 후 보름 만에 아내 명의의 부동산과 자동차 소유권을 자신 앞으로 이전했다는 점은 돈을 노린 것 같은 인상을 준다. 하지만 부부간의 갈등과 증오심이 크게 작용했을 수도 있다는 것이다. 이대우를 무기징역의 구렁텅이에서 간신히 건져올린 것은 '동기'라는 요소였다.

동기는 정황으로 추정되는 피고인의 내면이다. 이를 단정하기란 쉽지 않다. 재판부는 동기 측면에서도 '불분명할 때는 피고인의 이익으로'라는 법원칙에 충실했던 것으로 보인다. 달리 말하면 '우호적 해석의 원칙'이다. 이건 법원칙은 아니고, 생활 원리라 할 만한데, '상대방의 의도를 가장 좋게 해석해보고, 그래도 여지가 없다면 그때 화를 내라'는 것이다. 이 재판에서도 마찬가지가 아니었나 싶다. 돈과 증오, 양쪽으로 해석 가능하다면, 적어도 후자 쪽으로 해석 가능하다면, 피고인에게 이익이 되는 후자로 해석해준 셈이다.

물론 이 판결문의 형량이 마음에 들지 않을 수는 있다. 그렇지만, '사람을 죽였으니 대충 무기징역' 하는 식의 일률적인 처리보다는 '악한 것'과 '정말 악한 것'을 가려내고 사건의 개별성을 반영하려는 양형의 고뇌는 전해지는 것 같다.

공범자의 진술

1995년 100억대 재산가 살해 암매장 사건

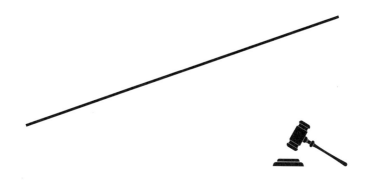

조갑제 기자에 대해 엇갈린 평가가 있는 건 알고 있지만, 그의 저서 《사형수 오휘웅 이야기》는 의심할 바 없는 역작이다. 대학생 시절 읽었던 어떤 몽롱한 사회과학 서적보다 더 기억에 남았다. 얼마나 기억에 남았느냐 하면, 내가 배석판사이던 시절, 부장이 "난 1년간 무죄 판결 한 번도 안 한 사람이야. 무조건 유죄로 써!"라고 내게 말했을 때, "사형수 오휘웅 이야기라는 책은 읽어보셨습니까?"라고 물었을 정도였다.

오휘웅은 살인죄로 사형을 선고받고 형장의 이슬로 사라진 사람이다. 그런데, 그는 목에 밧줄이 걸리기 전 "난 절대로 죽이지 않았습니다. 엉터리 재판 집어치우십시오!" 하고 울부짖었다. 생의 마지막 순간에 남긴 말의 무게에 공감한 저자는 사건을 재탐사했다. 그의 결론은 오판이라는 것이었다. 오휘웅은 가정이 있는 두이분과 내연관계였는데, 어느 날 두이분의 남편과 두 아이가 살해당한 채 발견된다. 두이분과 함께 오휘웅이 체포되어 재판을 받았다. 경찰의 고문과 강압도 한몫했고, 증거는 엉성했으며 본인의 진술도 오락가락했다. 결정타는 오휘웅이 살인을 실행했다는 두이분의 진술이었다. 게다가 두이분은 1심 재판 진행 중에 구치소에서 목매 자살하고 말았으니 법정에서 진술의 신빙성을 가릴 기회도 영구히 사라졌다. 불가변적으로 남아버린 공범의 진술. 그것은 배치되는 수많은 증거와 정황에도 불구하고 판사로 하여금 오휘웅의 유죄를 확신케 하는 말뚝이 되었다. '공범자가 괜히 거짓말할 리가 있는가' 하는 생각이었으리라. 이런 법관의 맹신이 판단을 그르쳤다는 것이 저자의 결론이다. 내 의견도 크게 다르지 않다. 이 책에는 재판 자료가 풍부히 실려 있다. 그 자료를 토대로 현재의 기준으로 가상의 재판을 해본다면 오휘웅의 유죄는 '거의 어림도 없는' 결론이 될 것이다.

공범자의 진술은 실로 무서운 증거다. 심지어 본인의 자백보다도 그렇다. 피고인 본인이 범행을 자백했더라도 다른 보강 증거가 없으면 유죄로 하지 못한다. 자백을 얻기 위한 무리한 수사를 억제하기 위해 정립된 '자백배제법칙'에 따라서다. 그런데 공범자의 진술에는 이런 제한이 없다. 일절 다른 증거가 없고 본인이 발악하며 부인해도 공범자의 진술 하나만을 증거 삼아 유죄로 할 수 있다. 오휘웅은 그 그물에 걸려든 것이다. 여기 또 다른 사건이 있다.

부산에 거주하는 100억대 재산가 이수대(가명)는 1995년 1월 운전기사를 데리고 집을 나간 뒤 소식이 끊겼다. 4년 만에 암매장된 이수대의 시신이 야산에서 발견됐고, 범인은 운전기사로 밝혀졌다. 그런데 운전기사는 혼자 한 게 아니라고 강변했다. "1995년 2월 사모님한테 전화를 걸어 사장님 때문에 힘들다고 하소연했더니, 사모님은 다달이 500~600만 원의 생활비를 줄 테니 남편 이수대를 죽여버리라고 했다"고 주장했고, 결국 이수대의 아내 조명숙(가명)도 살인교사로 법정에 섰다. 1, 2심은 그녀를 유죄로 판단하고 징역 10년을 선고했다.

조명숙을 유죄로 판단한 데에는 몇 가지 근거가 있었다. 우선 부부갈등과 증오이다. 이수대는 주벽이 심한 데다 의처증이 있었고, 조명숙은 그런 남편을 상대로 이혼소장을 낼 만큼 불화가 심해져 있었다. 조명숙은 남편의 휴대전화를 해지했고, 남편이 타고 나간 승용차의 명의 이전에 필요한 서류를 운전기사에게 건네주기도 했다. 남편이 실종된 뒤로도 4년간 거의 찾으려고 하지 않았다. 특히, 조명숙은 남편이 지불정지 해둔 1억 8천여만 원의 예금 통장과 도장을 운전기사에게 주었고, 은행 계좌를 통해 기사에게 1년 넘게 매월 수백만 원씩을 송금한 사실도 확인됐다. 물론 이 모든 정황들도 뒷받침하는 다른 결정적인 증거가 없었다면 유죄의 버팀목이 되어주기는 힘들었을 것이다. 그 결정적인 증거란 역시 '사모님이 시켜서 죽였다'는 운전기사의 진술이다. 결국 1, 2심에서는 이를 토대로 조명숙에게 유죄를 선고했다.

하지만 대법원은 다르게 보았는데, 요약하면 이런 취지다. 조명숙이 이미 이혼소송을 제기한 상태여서 굳이 남편을 죽여야 할 급박한 사정이나 그로 인해 얻는 재산상 이익이 없었다. 운전기사는 실종 불과 한 달 전 남편이 채용한 사람으로, 조명숙하고는 깊은 면식이 없었다. 그런데 살인 의뢰를 했겠는가. 또, 그런 중차대한 의뢰가 전화통화만으로 이루어졌다는 점도 의문이다. 아무래도 남편과 더 가까울 법한 운전기사한테 죽여달라고 했다가 기사가 남편한테 고자질이라도 하면 낭패인데 과연 그랬을까. 범행 대가로 매월 500~600만원을 주겠다는 제안도 언제까지 얼마를 주겠다는 건지 막연해서 믿기 어렵다. 기사한테 돈을 주기 위해 남편 명의 통장을 새로 개설했다고 하는데, 굳이 남편 명의 통장을 개설할 필요가 있었을까. 또, 통장에는 남편과 거래했던 총포사가 입금한 내역이 있고, 이는 조명숙이 총포사에 계좌를 알려주어 이체한 것인 바, 이 비밀스런 통장의 존재를 다른 사람한테 드러낸다는 것도 납득하기 어렵다. 운전기사의 진술도 디테일을 보면 오락가락한 부분이 많다. 또, 조명숙이 시켜서 남편을 죽였다는 운전기사가 살해한 직후 그 사실을 조명숙에게 곧바로 알리지 않았다는 점도 이상하다. 1, 2주 후에 알렸을 때도 조명숙은 그저 "알았다"고만 했다고 진술하는데, 살해한 상황에 대해 자세히 물어보지 않았다는 점도 그대로 믿기 어렵다. 운전기사는 1년 만에 조명숙한테서 받은 돈을 탕진했는데, 50억 가까운 재산을 상속받은 조명숙에게 연락하거나 추가로 대가를 요구하지 않은 사실도 의심스럽다. 결정적으로 운전기사에게는 조명숙이 시켜서 죽였다고 우겨서 얻을 이익이 있다. 조명숙이 살인교사범이 되는 경우 기사는 사주받아 범행을 실행한 하수인 격이 되니 크게 감형받을 수 있는 것이다.

결국 대법원은 사건을 둘러싼 정황이나 조명숙의 행적에 상당한 의혹은 있지만, 운전기사의 진술을 그대로 믿기에는 너무나 합리적 의심의 여지가 많다고 결론 내리고, 무죄 취지로 파기환송했다. 뒤이은 재판에서 조명숙은 무죄로 확정되었다.

비록 최종적으로 무죄 판결이 내려지기는 했지만 조명숙은 재판이 펼쳐지는 오랜 기간 구금되어 있었고, 피고인 신분으로 온갖 고초와 불안에 시달려야 했다. '공범의 진술 하나만으로 애먼 사람을 옥살이 시키다니 우리나라 재판은 왜 이래?' 하실 분들이 있겠지만, 재판에 도사린 이 위험은 우리만의 문제가 아니다. 이웃 나라 일본에도 못지 않은 케이스가 있었다. 이름하여 '요시다 암굴왕 사건'이다.

1915년 일본 나고야에서 강도살인사건이 일어났다. 범인 두 사람은 곧 붙잡혔는데, 이들은 무고한 요시다 이시마츠의 이름을 경찰에 댔다. 자신들의 죄책을 가볍게 하기 위한 짓이었다. 하필이면 요시다의 집에서 피 묻은 옷가지와 흉기 비슷한 물건이 발견되는 불운이 겹쳤고, 결국 그도 공범으로 기소되기에 이르렀다. 범인 둘은 무기징역을 선고받은 데 비해 요시다는 범행을 교사한 주범 격으로 사형을 선고받았다. 범인들은 항소를 포기해 형이 곧 확정됐고, 요시다만 항소해 유무죄를 다투었다. 하지만 공범자 두 명의 진술이라는 증거 앞에 재판부는 요지부동이었고, 요시다는 형만 무기징역으로 감경되었을 뿐이었다.

요시다는 형이 확정된 뒤에도 무죄 주장을 포기하지 않았다. 두 번이나 재심을 청구했다가 기각당했다. 그래도 굽히지 않는 요시다의 주장에 귀를 기울인 아키타 형무소의 소장은 요시다를 위해 가석방 조치를 취해주었다. 20년 만에 세상 빛을 본 요시다는 신문 기자의 도움을 얻어 먼저 가석방된 두 명의 범인을 추적했다. 결국 그들을 찾아냈고, 끈질긴 요구 끝에 범인들로부터 자신에게 누명을 씌웠음을 인정하고 사과한다는 진술서를 받아내게 된다. 이 문건을 바탕으로 세 번째 재심을 청구했지만 일본의 사법부는 이를 또다시 기각해버렸다. 요시다는 그 후로도 언론과 법조계의 여러 경로를 통해 끈질기게 무죄를 호소했고, 마침내 일본 변호사협회와 국회, 여론이 주목하기 시작했다. 결국 이들의 도움으로 1960년 요시다의 다섯 번째 재심이 청구되었고, 나고야 고등법원에서 역사적이고도 눈물겨운 재심이 이루어졌다.

1963년 법원은 요시다에게 알리바이가 있음을 인정하고 무죄를 선고했다. 무려 50년 만이었다. 판사 세 사람은 오판을 사죄하며 요시다에게 머리를 숙였다. "우리의 선배들이 요시다 옹(翁)에게 저지른 과오를 진심으로 사과함과 아울러, 반세기에 걸쳐 온갖 박해를 견디고 자신의 무고함을 주장해온 숭고한 태도, 불요불굴의 정신력과 생명력에 대해 경의를 표하며, 옹의 여생에 행복이 충만하기를 기원한다"는 말로 판결문은 마무리됐다. 평생의 한이 풀린 탓일까, 요시다는 판결 이후 급속도로 쇠약해져 9개월 만에 숨을 거두었다. 오랜 감옥 생활 속에서도 꺾이지 않은 무죄를 향한 그의 집념이 마치 몬테크리스토 백작을 연상시킨다 해서 이 사건에는 '요시다 암굴왕 사건'이라는 이름이 붙었다.

공범자가 펼친 지옥. 그곳에서 조명숙은 간발의 차이로

살아 돌아왔다. 요시다는 평생을 걸려 겨우 되돌아와 9개월을 살다가 죽었다. 오휘웅은 아예 돌아오지 못했다.

공범자의 진술은 진실을 밝히는 증거이기도 하지만, 무고한 인생을 망치는 흉기가 될 수도 있다. 이 양날의 검을 어떻게 다루어야 할 것인가. '괜히 거짓말할 리가 있나' 하는 소박한 인식만으로 대하는 건 위험해 보인다. 《사형수 오휘웅 이야기》는 두이분이 오휘웅을 물고 들어간 심리를 이렇게 분석했다. 두이분은 오휘웅에 대해 복잡한 애증을 가졌을 수 있다. 너 때문에, 너하고 살려고 남편과 아이들까지 죽였는데, 하는 원망이 들었을지도 모른다. 살인이 발각되고 경찰에 체포되자 혼자만 죽을 수 없다는 억울함, 외로운 저승길에 그를 끌고 들어가겠다는 원념 같은 게 발동했을지도 모른다.

이해득실, 물귀신 심리, 혹은 죄수의 딜레마 등등 공범의 심리를 이론적으로 파헤치는 일도 필요하겠지만, 이런 부분은 연구보다 체득이 더 쓸모 있다. 그래서 판사들더러 세상 경험을 하라는 주문이 많은 것 같다. 여기서 말하는 경험이란 바로 '인간' 아닐까. 사회 돌아가는 거야 전해 들어도 얼추 알 수 있다. 반면에 사람의 마음은 본인이 깊숙이 들어가보지 않고는 짐작조차 힘들다. 판사가 공범이 되어볼 수야 없으니 간접경험이라도 넓혀야 하고, 그런 것들을 채우는 게 독서일 텐데, 업무에 치여 그럴 기회나 시간이 적다.

재판은 무죄추정, 마음은 유죄추정. 이것이 법관의 현실일지 모른다. 기소된 사건 대부분이 유죄이기에 객관적 통계에서 우러나는 그 선입견은 완전히 지울 수 없으리라. 그래서 증거 가뭄인 재판에서 공범자의 진술이 나오면 판사는 속으로 쾌재를 부른다. 어쩌면 인간으로서나 직업인으로서나 자연스러운 일이다. 하지만 그것이 단지 증거의 빈자리를 채움으로써 유죄 판결서의 모양을 갖추게 되었다는 안도감이라면 한 번 더 숙고해봐야 할 것 같다. 공범자의 마음은, 인간의 마음은 진정한 미궁이니까.

내 20대의 책꽂이

최인훈의 소설 《광장》이 좋았다. 그래서 그의 작품들을 죽 읽었는데, 매사 회의적인 독고준을 주인공으로 한 《회색인》과 《서유기》는 대학 시절 가장 해로운 책이 되고 말았다. 읽다 보면 해삼이 녹듯 흐물흐물 힘이 빠졌다. 나도 모르게 무력감에 젖어갔는데, 그걸 깨닫게 된 건 세월이 한참 흐른 뒤였고, 그땐 그저 글이 좋아서 반복해서 읽었다.

고미카와 준페이의 대하소설 《인간의 조건》을 읽은 건 제대하고 얼마 후였다. 감동적이었다. 주인공 '가지'는 행동파였다. 포로를 살리려 목숨을 건 한 발을 내디디는 장면은 '인간이 정말 이렇게 살아야 하지 않을까' 하는 울림을 주었다. 이 책을 사서 여자 후배에게 생일 선물로 주려고 했다. 그

158

런데 지금은 기억이 안 나지만 그 후배가 뭔가 배신 비슷한 걸 하고 떠나갔다. 그래서 책이 내게 남았다. 가지게 된 김에, 다른 책 살 돈도 없고 해서 여러 번 읽게 되었다. 문장 하나하나가 머리에 박히는 계기가 됐다.

이런 식으로 여러 번 읽은 책이 알게 모르게 뇌리에 남았고, 지금의 글을 쓰는 업에도 큰 도움이 되는 것 같다. 그러고 보면 해롭다고 썼던 독고준 시리즈도 결국 해롭지가 않았다.

내 독서는 대개 이런 식이었다. 특히 내 20대의 책장에는 그다지 많은 책이 없다. 그런데 그때의 책이 가장 기억에 남아 있다. 많이 읽는 것도 좋지만, 좋은 책을 여러 번 읽는 것도 괜찮다고 생각한다. 다 기억한다면야 물론 많은 쪽이 낫겠지만, 내 경우엔 대부분의 내용이 책장을 덮으면 휘발되어 날아간다. 여러 번 읽어야 새겨진다.

칼 마르크스의 《자본론》은 문장이 좋기로도 유명하다. 마르크스는 괴테의 《파우스트》를 다 외웠다는 소문이 있는데, 아마 소문에 불과할 것 같다. 그래도 그만큼 여러 번 읽었을 것이다. 그의 유려한 글이 여기서 비롯한 게 아니었을까도 싶은데, 적어도 글솜씨가 느는 데에는 좋은 책을 반복해서 읽는 쪽이 효과적인 것 같다.

망량의 상자

추리소설 추천 의뢰를 가끔 받는다. 그동안에는 내 취향과 대중의 취향의 교집합에 해당하는 작품들을 말해왔다. 달리 말하자면 될 수 있는 한 많은 독자를 즐겁게 해줄 수 있는 소설들이다. 소개하는 나도 욕을 먹거나 좀 이상한 사람 아니냐는 말을 들을 위험이 적은 소설들이기도 했다. 하지만 물량이 다했고, 결국 이 책, 교고쿠 나쓰히코의 소설《망량의 상자》가 나오고 말았다.

연결점이 없어 보이는 사건이 병렬적으로 일어난다. 환상소설가 구보 슌코는 기차에서 소녀의 목이 든 상자를 품에 안고 여행하는 남자를 만나는 이야기를 발표한다. 사춘기 소녀 요리코는 비밀스러운 분위기의 동급생 가나코를 선망하며 같이 기차여행을 떠난다. 가나코는 기차에 치여 중상을 입고, 요리코는 아무것도 기억하지 못한다. 한편 도쿄 서부지역에서는 여자의 잘린 팔다리가 잇달아 발견된다. 사건 취재에 나선 편집자 도리구치와 소설가 세키구치는 길을 잘못 들어 거대한 상자 모양의 기묘한 건물에 도착한다. 가나코는 재계 거물의 손녀였고, 그 요새 같은 건물은 의식불명 상태인 가나코가 연명치료를 받는 곳이었다. 그런데 돌연 가나코를 유괴하겠다는 협박장이 날아든다. 그리고 경찰을 비롯해 모두가 지켜보는 가운데 가나코는 홀연히 사라진다.

맥락 없는 전개에 독자들은 어리둥절해지고, 가나코의 '밀실 증발'에는 거의 정신이 혼미해진다. 괴기, 환상, SF 등 여러 요소가 섞여 있지만 결국 추리로 돌아간다. 마지막에는 따로 노는 것 같던 미해결 사건들이 자석 퍼즐처럼 한방에 맞추어지는 지적 쾌감을 선사한다. 여기에 더해지는 오싹한 느낌은 이 작품을 걸작의 반열에 올려놓는다.

퇴근길 벤치에 앉아 후반부를 다 읽었다. 집을 바로 앞에 둔 지점이었는데, 도무지 중간에 끊고 귀가할 수가 없었다. 책을 덮을 때 비로소 내가 입을 벌리고 있었다는 걸 깨달았다.

본격적으로 책장을 파라락 넘기게 되는 시점은 초, 중반부와 마지막 100페이지다. 나머지는 뻘밭에서의 발걸음처럼 더디다. 주된 원인은 탐정인 교고쿠도의 장황한 객담이다.

작자의 취미를 반영한 듯 이 탐정은 일본의 온갖 설화와 민속학을 늘어놓는다. 맞지 않으면 이 부분은 건너뛸 것을 권해드린다.

이 작품은 한국에서 지명도가 낮지만 일본에서는 상당한 인기를 끌었다. 일본추리작가협회상을 받았고, 영화, 만화, 애니메이션으로 제작되었다. 일본이라고 해도 대중적으로 사랑받을 작품은 아닌데, 워낙에 시장이 커서 마니아층만으로도 이 정도 흥행은 성립할 수 있는 것 같다. 양국 독자의 선호도 차이도 꽤 있다. 한국 독자들은 상대적으로 리얼리티를 선호한다. 그래서 작가의 글솜씨 때문에 읽는 동안에는 설득당했다가도, 책을 덮고 나면 '이건 아니야, 이건 아니야' 하고 머리를 흔들게 된다.

이 책이 취향에 맞을지는 기괴한 도입부에 매료되는지의 여부에 달려 있다. 도입부는 이렇다. '그것을 보자 상자 속의 소녀도 생긋 웃으며, '호오' 하고 말했다. 아아, 살아 있다. 왠지 남자가 몹시 부러워졌다.' 마음에 드시는가. 그렇다면 주저 없이 이 책을 집어 들면 된다.

중립의 지옥

20여 년의 법관 생활을 끝내고 2017년 변호사가 되었다. 판사에 비교했을 때 장점 중 하나는 인기가 높아진다는 점이다. 판사 시절, 친구가 소주를 마시면서 누군가를 맹비난하기 시작했다. 내가 말했다. "상대방도 이러저러하니 그러요러할 수도 있었겠지." 친구가 소주잔을 탁 놓고 말했다. "너는 꼭 그렇게 재판하듯 말해야겠냐?" 친구는 다시는 그 사람 험담을 내 앞에서 하지 않았다. 난 후회했다. 술자리는 심판정이 아니다. 편 좀 들어준다고 무슨 허물이 있단 말인가.

판사 생활을 오래 한 사람은 '중립 집착'이라는 물이 든다. 일종의 직업병이다. 원고의 소장을 읽어보면 피고는 천하의 악당인데, 피고의 답변서를 받아보면 원고야말로 사악하다. 다시 원고가 낸 서면을 보면 피고는 거짓말 황제다. 이런 식이니, 한쪽 말만 듣고 판단을 내리는 일을 극도로 기피하게 된다. 그런데 나를 만나 호소하려는 그 '한쪽'은 친구일 수도 있고, 가족일 수도 있다. 이런 때에 법정에서나 읊던 중립을 내세우면 인기가 없어질 수밖에 없다.

변호사는 그런 면에서 비교적 자유롭다. 철저히 의뢰인의 편을 들어도 무방하다. 아니 그래야 하는 직업이다. 의미가 많이 다르지만, 단테는 "지옥의 가장 밑바닥은 도덕적 위기의 순간에 중립을 지킨 자들을 위해 예비되어 있다"고 했다. 나는 절박한데, 저 사람은 중립의 월계관을 쓰고 고고하게 앉아 있으니 얼마나 미울 것인가. 그런 미움을 받을 가능성이 한결 줄어든 지금, 그래서 마음이 홀가분하기도 하다.

2부

민사재판과 형사재판의 충돌

2008년 훈민정음 해례본 사건

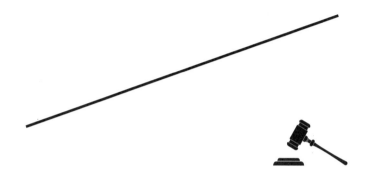

'훈민정음 해례본'에 대해 들어보셨을 것이다. 훈민정음의 창제원리를 설명한 이 고서는 간송 전형필이 기와집 열 채 값을 치르고 입수, 보존해 현재 국보 70호로 지정되어 있다. 그런데, 이 고서가 2008년 상주에 한 권 더 등장했다. 하지만 국가의 재보가 모습을 드러냈다는 기쁨도 잠시, 곧 법률 다툼에 휘말리고 말았다. 현 보관자 배익기 씨(이하 존칭 생략)는 소재를 숨겨버렸고, 문화재청도 어쩌지 못하고 있다. 설상가상으로 2015년에 배익기의 집에 불이 나 해례본 일부가 타버렸다. 배익기는 국가에 헌납하는 조건으로 문화재청에 천억 원을 요구해 지탄을 받았고, 해례본 국보 지정을 내걸고 국회의원에 출마하기도 했다. 이 잔뜩 꼬인 사건을 이해하려면 좀 뚱딴지 같지만 1994년 미국에서 있었던 'O. J. 심슨 사건'을 먼저 보는 게 좋겠다.

유명 미식축구 선수였던 심슨은 전처 니콜을 살해한 혐의로 형사재판을 받았다. DNA와 같은 강력한 증거에도 배심원단은 그를 무죄 평결했다. 니콜의 유족은 심슨을 상대로 민사소송도 제기했다. 니콜을 살해한 데 대한 손해배상을 하라는 것이었다. 여기서는 유족이 승소해 천문학적인 배상금을 받았다. 말하자면, 형사재판에서는 심슨이 니콜을 죽이지 않았다고, 민사재판에서는 심슨이 니콜을 죽였다고 한 것이다. 어째서 이런 모순된 결론이 가능했을까.

기본적으로 민사재판과 형사재판은 필요한 입증 정도가 다르다. 민사재판에서는 원고와 피고 중 조금이라도 증거가 많은 쪽이 이긴다. 반면에 피고인 한 명의 유무죄를 판단하는 형사재판은, 열 명의 도둑을 놓쳐도 한 명의 억울한 죄인을 만들지 마라는 원칙하에 고도의 입증을 요구한다. 민사에선 51퍼센트의 증거로도 승소할 수 있지만, 형사에선 99퍼센트의 증거도 모자랄 때가 있다. 증거의 수준이 이 중간 지점에 있다면 이론적으로는 결론이 갈릴 수 있는 것이다.

해례본 사건도 민사와 형사의 결론이 달랐다. 그래서 결과적으로 상황이 엉켰다. 배익기는 2008년 훈민정음 해례본을 세상에 공개했고, 지역방송도 탔다. 문화재 학자는 실물을 보고 감동해 거의 주저앉았다. 그런데 이 극적인 장면에 소금을 뿌리는 일이 일어났다. 방송을 본 골동품상 조 모 씨(이하 조 씨)가 배익기를 절도죄로 고소한 것이다. 자신의 골동품 가게에서 배익기가 다른 고서를 30만 원어치 구입하면서 궤짝 위에 두었던 해례본을 슬쩍했다는 주장이었다.

조 씨는 배익기를 상대로 민사소송도 제기했다. 여기서는 1, 2, 3심 일사천리로 조 씨가 승소했다. 해례본은 조 씨의 물건이며, 배익기가 훔쳤다고 인정한 것이다. 법원은 배익기에게 해례본을 조 씨에게 반환하라고 명했지만 배익기는 억울하다며 해례본을 꽁꽁 숨겨놓고 응하지 않았다.

배익기의 형사 사건도 진행됐는데, 여기에는 다소 곡절이 있었다. 조 씨는 민사재판에 앞서 배익기를 형사고소했었다. 그런데 도난 날짜에 대한 조 씨의 진술이 계속 번복되었다. 또, 거짓말탐지기 조사에서 '가게에 있던 물건인가', '배익기가 훔친 것인가'라는 질문에 조 씨의 '예' 답변이 거짓으로 판명되었다. 결국 검찰은 혐의 없음 처분을 했고, 재정신청도 기각됐다. 그런데 그 후 조 씨가 민사소송에서 이겼고, 힘을 얻은 조 씨가 재차 고소해 배익기는 결국 구속기소되고 말았다.

형사재판 중에 약간의 변수가 있었다. 문화재 도굴꾼 서 모 씨(이하 서 씨)가 등장한 것이다. 그는 법정에 출석해, 해례본을 안동 광흥사 불상 안에서 훔쳐 조 씨에게 500만 원을 받고 팔았다고 증언했다. 이 말이 맞는다면 해례본은 장물이 되고 조 씨에게도 소유권은 없다. 과연 소유자는 배익기인가, 조 씨인가, 광흥사인가. 그 증언이 있고 얼마 후, 조 씨는 수중에 없는 해례본을 국가에 기증하겠다는 뜻을 밝혔고, 문화재청은 기증식을 열었다.

형사재판 1심은 민사와 같이 배익기의 절도를 인정했다. 어차피 조 씨와 배익기의 입장은 서로 팽팽했지만, 조 씨 측에 부합하는 고미술상 세 사람의 진술이 큰 역할을 한 것으로 보인다. 고미술상1은 조 씨의 가게에서 해례본을 보았다고 증언했다. 고미술상2는 사건 무렵 배익기가 조 씨 가게에 해례본을 사러 가자고 권했다고 진술했다. 고미술상3은 배익기가 해례본을 훔친 사실을 자신에게 털어놨다고까지 했다. 세 명이면 호랑이도 만든다. 더구나 진술은 구체적이고 생생했다. 1심은 배익기에게 징역 10년을 선고했다. 문화재 절도의 법정형이 높음을 감안해도 이례적인 형량이다. 재판부는 해례본을 내놓으면 선처해주겠다고 했지만 배익기는 응하지 않았고, 법원은 국가의 보물을 은닉한 배익기를 불량하다고 본 것이었다.

2심, 3심에서 반전이 일어났다. 재판부가 1심의 결론을 뒤집고 절도 혐의를 무죄로 판결한 것이다. 도굴꾼 서 씨, 조 씨와 배익기, 그리고 이전 소송에서 조 씨 편에 섰던 세 증인이 한 진술의 신빙성을 교차해 판단한 결과였다.

절도 여부를 따지려면 해례본의 출처가 중요하다. 조 씨는 수년 전 구입한 거라 했다가 조상 때부터 있던 거라고 진술을 바꾸었고, 그러는 바람에 신빙성이 뚝 떨어졌다. 배익기는 집 수리를 하며 짐을 들어내다가 책을 발견했다고 주장했지만 역시 그대로 받아들이기는 어렵다고 보았다. 도굴꾼 서씨는 1999년 안동 광흥사에서 훔친 복장유물을 조 씨한테 팔았다고 하면서 해례본의 특징을 상세히 말하기도 했다. 하지만 재판부는 이 또한 믿기 어렵다고 했다. 책이 방송과 보도를 탔기에 거기서 보고 말한 것일 수 있다고 보았고, 책의 값어치를 몰라 떨이로 팔았다면서 9년 전 훔친 책의 제목과 내용, 상태를 그렇게나 상세히 기억할 수 있는지에 대해서도 의문을 품었다.

그렇다면 출처는 그렇다 치고, 조 씨가 갖고 있었던 건 맞는가. 그걸 배익기가 훔쳐낸 것일까. 재판부는 여기서 고미술상 3인의 진술을 다시 검토했다.

고미술상1은 조 씨의 가게 궤짝 위에서 고서를 발견하고 1천만 원에 사겠다고 했지만 조 씨가 거절했다고 했다. 뒤에 500만 원을 제시했다가 거절하여 1천만 원을 불렀다고 진술을 조금 바꾸었는데, 이것은 조 씨의 진술에 부합한다. 이는 조 씨의 진술에 일치되게 변경한 것일 수 있다고 재판부는 보았다. 그는 책 상태에 관해서도 상세히 진술했다. 표지의 '伍聲制字攷(오성제자고)' 중 '오성제자'까지 읽을 수 있었다고 했다. '정말 책을 봤구나' 하는 생각이 들 만큼 구체적이고 생생한 증언이다. 그런데 실물을 본 다른 전문가는 표지가 변색되어 제목을 육안으로 읽기 어려웠고, 물을 묻힌 후에야 글씨가 겨우 드러났다고 상반되게 진술했다. 부풀었던 신빙성이 뚝 떨어져버렸다.

여기서 다시 조 씨 진술이 애매해졌다. 그는 1천만 원에 사겠다는 제안을 받고 책의 가치가 높다는 걸 알게 됐다고 했다. 그렇다면 그런 고가품을 왜 궤짝 위에 두었는가 하는 의혹이 제기됐다. 그러자 궤짝 안에 보관하였다고 진술을 바꾸었다. 의문점은 더 있다. 조 씨는 처음에는 방송을 본 후 배익기에게 가서 항의한 게 아니라 "책을 팔아주겠다"고 제안했다. 조 씨는 책을 확인하려고 그랬다고 주장했는데, 그렇다면 책이 자신의 가게에 있었는지 자신도 확신 못 한 것이 아니냐는 게 재판부의 판단이었다. 이 책의 구성에 관해 잘 모른다고 하면서도 떨어져나간 페이지까지 정확히 말한 점이 오히려 신뢰를 떨어뜨렸다. 비에 흠뻑 젖어서 말린 적이 있었다고 했지만, 책을 본 전문가는 변색 얼룩이 있을 뿐 비에 젖은 흔적은 없었다고 증언했다. 본문을 들춰보았으면 훈민정음 관련 서적이라는 걸 알았을 텐데 그 가치를 몰랐다는 부분도 이상했다.

고미술상2는 배익기가 조 씨 가게에 훈민정음 해례본이 있다면서 가보자고, 돈을 내서 구입하라고 권했다고 증언했다. 하지만 좋은 물건이 나오면 먼저 가져가려 암투를 벌이는 게 골동품상의 생리다. 경쟁관계에 있는 사람에게 정보를 주고, 돈을 내서 구입하도록 권했을까. 또, 배익기가 그날 오후 해례본을 구했다면서 자신한테 보러 오라고 했다지만, 훔쳤다면 과연 그럴 수 있었을까. 이런 이유로 그의 진술도 배척됐다.

고미술상3은 아예 배익기가 조 씨 가게에서 해례본을 몰래 훔쳐왔다고 털어놨다고 했다. 하지만 두 사람이 범죄를 털어놓을 정도로 친밀한 사이는 아니었다는 점에서 재판부는 믿지 않았다.

조 씨는 배익기가 해례본을 훔쳐간 게 8월이라고 했다. 그런데 조사 결과 배익기가 7월 28일 문화재청에 문화재 지정절차를 문의한 사실이 밝혀졌다. 조 씨 말에 따르면 배익기가 책을 훔치기도 전에 미리 문의했다는 얘기가 되어 이치에 닿지 않는다. 그러자 조 씨는 7월 하순이라고 도난 일자를 번복했다. 그래도 문제는 남는다. 그 무렵에 도난당한 거라면, 배익기는 바로 며칠 후 방송국에 알려 고서를 공개한 셈이 된다. 훔친 물건이라면 숨기는 법인데, 이 또한 이례적이다. 그렇다면 과연 배익기는 이 책을 그 무렵 훔쳤던 것일까, 의문이 들 수밖에 없다.

비록 관념상의 행위이긴 하지만 조 씨가 해례본을 기증했기에 아무튼 현재는 국가가 소유권을 가진 형국이다. 하지만 이 형식적인 소유관계는 형사재판의 결론과는 배치된다. 조 씨에게 소유권이 있다는 전제가 형사재판에서는 부정됐기 때문이다. 만약 형사재판이 먼저고, 민사재판이 나중이었다면 배익기는 민사에서도 승소했을 가능성이 있다. 문화재청은 민사재판의 결론만을 근거로 절도범이 아닐 수도 있는 한 개인의 보관물 강제 환수에 나설 것인가.

해례본의 출처는 결국 미스터리로 남았다고 봐야 할 것 같다. 도굴범 서 씨의 진술이 가장 구체적이기는 하다. 안동 광흥사는 불경언해를 간행하고 월인석보 판목을 보관했던 절이다. 해례본이 있었을 가능성은 있다. 하지만 서 씨는 거기서 훔친 물건이 해례본이란 걸 알았다면 본인 표현처럼 '500만 원에 떨이로' 팔진 않았을 것 같다. 그런데 9년이 지난 지금 그 책이 해례본이었다고 확신할 수 있을까. 그는 대체 왜 법정에 등장해서 자신의 범죄 사실을 털어놓은 걸까(한쪽을 편들기 위해서라고 보기도 어려운 것이, 그의 증언으로 조 씨와 배익기다 곤란해졌다). 그렇다고 배익기와 조 씨의 말을 액면 그대로 믿기도 힘들다. 그 귀중한 책을 궤짝 위에다 두었다는 조 씨의 말도 이상하고, 집에서 대대로 내려온 물건이었는데 이제 와서 책을 알아보았다는 두 사람의 말도 쉽게 납득이 가지 않는다. "그런 책은 집에서 나오는 게 아녜요." 도굴전문가 서 씨의 말이 이상하게도 기억에 남는다.

아무튼 우리 앞에 '재판상의 진실'은 있다. 이하는 배익기가 훔친 게 아니라는 형사재판의 결론을 취한다는 가정하에서의 이야기다. 배익기는 해례본이라는 국가의 보물을 발굴해 세상에 드러낸 공이 있는 사람이다. 그런데 절도범으로 몰려 구속되어 1년간 수감생활을 했고, 반환 판결을 받았으며, 그 후에도 국가에 문화재를 헌납하지 않는다고 만인의 비난을 샀다. 분함이 사무치지 않을까. 배익기는 전 재산을 쏟아부어 일제로부터 문화재를 사들여 지켜낸 간송 전형필 같은 사람은 아닐지 모른다. 하지만 악인도 아니며, 자신의 공에 인정과 보상을 받고 싶어하는 보통 사람이다. 이 정도로 핍박받고 몰리면 좋은 마음이 있다가도 사라질 법하다.

묻힌 유물을 알아보고 세상에 내놓는 사람들에겐 유무형의 적절한 보상이 있어야 하지 않을까? 적어도 명예라도 줘야 한다. 개인이 문화재를 국가에 헌납하는 건 훌륭한 일이지만, 당연한 일은 아니다. 도난품이라고 단정할 수 없는 마당에 내놓으라고 무작정 밀어붙이는 건 좋아 보이지 않는다. 이

제 누가 문화재를 내보일까. 어둠의 시장으로 숨어들 뿐이다. 헌신을 강요하는 건 일회성으론 먹힐지 몰라도 영속적이지 못하다. 효율을 위해서도 그렇다. 좋은 제도는 윤리를 강요하는 방식이 아니라 인센티브를 주는 방식으로 움직인다.

누가 음란성을 판단하는가?

1992년 《즐거운 사라》 사건

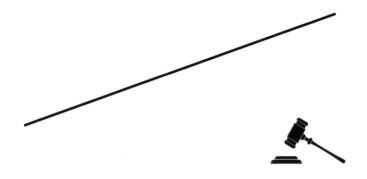

 일본의 영화 〈꽃과 뱀〉은 SM 에로티시즘의 걸작이라는 찬사를 받았다. 여러 후속작을 낳았고, 우리나라에도 팬이 많다. 원작자인 단 오니로쿠(団鬼六)는 일본 SM 관능소설의 선구자로 추앙받았고, 그의 이름을 딴 문학상이 제정되기까지 했다. 우리나라에도 비슷한 인물이 있을까. 먼저 마광수 교수가 떠오른다. 그런데 그의 인생은 일본의 경우와 판이했다. 28세에 대학교수가 되고 일찍이 천재라 불린 그는 소설을 냈다가 구속되어 전과자가 되고 변태라고 조롱받았다. 바로 '즐거운 사라 사건'이다.

 마광수 교수는 자살로 생을 마감했다. 안타까운 일이다. 스스로 목숨을 거둔 인과를 보면 그때 입은 필화의 영향이 없었다고는 못할 것이다. 그 판결은 과연 적절했을까.

당시 재판에서 음란성 기준은 이러했다. '여러 요소를 종합적으로 고려해 건전한 사회통념에 비추어서 판단하되, 예술성과 사상성으로 음란성은 완화될 수 있다.' 이 기준에 따라 소설 《즐거운 사라》는 음란문서라는 판단을 받았다. '미대생인 사라가 성에 대한 학습 요구의 실천이라는 이름하에 벌이는 자유분방하고 괴벽스러운 섹스 행각 묘사가 대부분을 차지하고 있는데…… 그러한 묘사 부분이 양적, 질적으로 문서의 중추를 차지하고', '구성이나 전개에 있어서도 문예성, 예술성, 사상성 등에 의한 성적 자극완화의 정도가 크지 아니하며, 주로 독자의 호색적 흥미를 돋우는 것으로밖에 인정되지 않는다'는 이유였다.

작가 장정일도 소설 《내게 거짓말을 해봐》의 음란성 논란으로 구속된 적이 있다. 그를 유죄로 확정한 대법원 판결문은, '문학성 내지 예술성과 음란성은 차원을 달리하는 관념이므로 어느 문학작품이나 예술작품에 문학성 내지 예술성이 있다고 하여 그 작품의 음란성이 당연히 부정되는 것은 아니라 할 것이고, 다만 그 작품의 문학적 · 예술적 가치, 주제와 성적 표현의 관련성 정도 등에 따라서는 그 음란성이 완화되어 결국은 형법이 처벌대상으로 삼을 수 없게 되는 경우가 있을 수 있을 뿐'이라고 했다. 애매한 논리다. 앞 문장에서 문학성이 있다고 해서 음란성이 '당연히' 부정되는 것이 아니라고 했는데, 마치 문학성이 있으면 음란성이 '당연히'까지는 아니더라도 상당 부분 무마될 수 있다는 듯이 읽힌다. 뒤 문장에서는 문학성 여하에 따라서는 음란성이 있더라도 처벌되지 않는 경우도 '있을 수 있다'고 했다. 이는 문학성으로 음란성이 치유되는 경우는 예외적이며 폭이 좁은 것처럼 해석된다. 상호모순된 느낌이고, 앞뒤 기준이 현저히 달라 보이며, 두 기준 사이에 공백의 중간 지대가 있어 보인다. 장정일은 아마도 뒤의 기준을 적용해 유죄를 받은 것 같다. '음란성을 완화하기에는 문학성이 약하다'고. 하지만 앞의 기준을 적용했다면 그래도 유죄였을지는 의문이다. '상당한 수준의 성 묘사가 있지만 문학성이 있어 음란물이라고 단정할 수 없다.' 얼마든지 가능하다.

소설이 이럴진대, 만화가 화를 피할 수 있을 리 만무하다. 만화가 이현세도 고초를 겪었다. 〈천국의 신화〉 중 고대사 일부 장면이 걸렸다. 구속은 면했지만 1심에서 벌금 300만 원형을 받았다. 항소심에서는 무죄 판결을 받았다. 헌법재판소에서 관련 법률조항을 위헌 선언했고, 그에 따라 대법원에서 무죄가 확정되었다. 여기까지 걸린 시간이 6년이었다. 1심에서 기준으로 채택한 '음란성' 개념은 위 두 판결에서와 유사했다. 한국을 대표하는 만화가는 6년의 법정 투쟁으로 창작 의

욕을 송두리째 잃고 말았다. 독자들도 큰 손실을 입었다. 그 일이 없었더라면 그가 6년간 만들었을 굉장한 작품들 말이다.

잠시 일본의 상황과 비교해보자. 전 세계에 팬을 보유한 나가이 고는 옷이 찢겨나가는 변신물의 원조 〈큐티하니〉, 알몸으로 쌍절곤을 휘두르는 〈겟코가면〉, 잭나이프를 들고 대량 학살하는 〈바이올런스 잭〉 등을 그렸다. 그는 일본에서 겨우 '소년만화가'에 불과하다. 성인 극화의 대가 고이케 가즈오의 〈크라잉 프리맨〉은 한국에서는 '호환마마보다 무서운' 불법영상의 아이콘이 되어 당시 비디오 첫 화면을 장식했지만, 할리우드는 이를 영화로 제작했다. 일본 작가들이 수출에 전력투구하는 동안 이현세 화백은 형사재판에 전력투구해야 했다. 어쩐지 기분이 안 좋아진다.

'음란성'의 정체는 무엇일까. 논쟁이 많고 판례도 변했지만, 그건 법률가들이 벌인 지면상의 싸움에 불과할지 모른다. 실은 보통 사람이면 누구나 안다. 미국 전 연방대법관 포터 스튜어트가 말했다. 보면 안다(I know it when I see it). '나는 이게 음란물인지 아닌지 모르겠어'라고 할 사람이 있을까? 음란물 여부를 직관적으로 인지한다는 건 논리의 영역이 아니란 얘기다. 그 실체란 어쩌면 우리 '공동체의 정서'에 거슬린다는 것이 아닐까 싶다.

음란성을 이유로 단죄하기란 조심스럽다. 음란에 찬성한

다는 얘기가 아니다. 옳다 나쁘다 얘기야 할 수 있겠지만, 형사처벌을 하는 건 차원이 다르단 것이다. 각자 기준이 다르고, 수용 한도에도 차이가 있다. 마광수 교수의 작품이 논쟁에 휘말리는 정도는 이해된다. 하지만 돌연 구속이라니? 살인, 폭행, 사기 같이 외부 징표가 명백한 범죄라면 고민할 필요가 없다. 행위가 있을 때 처벌하면 된다. 음란성은 다르다. 주관적이고 모호하다. 행위자 입장에서도 그렇다. 내가 쓴 책이 음란물일지 아닐지 알기 힘들 수 있다. 내 작품이 누군가의 심사를 건드려 음란물 판정대에 오를 거라고는 짐작할 수 없는 일이다. 그렇기에 작가에게 가해지는 처벌이(이런 이유의 처벌에 반대하지만 설사 가해진다 하더라도) 곧장 구속이라든가 하는 비약적인 제재여서는 곤란하다(일반론으로도 그렇다. 법률 조항이 모호해서 자신의 행위가 범죄가 되는지 확실하게 인지하기 어려웠다면 가혹한 처벌은 피해야 한다).

《즐거운 사라》는 우리나라에서 푸대접받았지만 일본에서는 10만 부 이상 팔려나갔다. 한국문학 최대의 수출상품을 죽여버린 장본인은 자국의 법이었다. 마광수 교수를 처벌하면서 수많은 예비 작가들의 잠재적 걸작도 그들의 머릿속 사전 검열로 폐기처분되었으리라. 그리고 여기엔 음란물이 아닌 작품 다수가 포함되어 있었을 게 분명하다.

처벌의 돌발성, 강폭성보다 더 근본적인 문제점이 있다.

이건 표현의 '내용'에 대한 통제다. 이렇게 손쉽게 이뤄져선 안 된다. 대놓고 만든 포르노라면 또 몰라도, 외피는 문학작품이다. 굳이 통제한다면 표현의 방식, 시간, 장소 등의 통제가 먼저 있어야 한다. 이를테면 게임이나 TV 프로그램 등에서 그러하듯 등급제를 통해 청소년물과 성인물을 분류하고, 등급을 위반해 유통하는 경우 제재한다든가 하는 조치다.

성인물의 내용 통제는 더 조심스럽다. 성인이 만든 산물을 다른 성인이 보겠다는데, 왜 또 다른 성인이 나서서 막겠다는 걸까? 그 성인은 다른 성인보다 우월한 '더 성인'인가? 29금, 39금, 49금도 있어야 하는 것일까? 이 오지랖의 정체는 결국 '남이 보는 게 보기 싫다'는 것 아닐까. 이쯤 되면 음란한 무언가를 만드는 사람보다 타인의 머리 위에서 자유의지를 통제하려는 사람이 더 문제인 것 같다. 백번 양보해서 도덕 문제를 왈가왈부하는 건 그렇다 치고, 왜 국가 형벌권력이 동원되는 건가. 이건 암묵적 약속 위반이다. 장소는 장터의 한구석, 소설판. 한 작품을 두고 언쟁이 벌어졌다. 말이 막힌 쪽이 잠깐 기다려봐, 하더니 집에 들어가 돌연 몽둥이를 들고 나타났다. 해당 작가는 혼비백산. 나머지 작가들은 마음을 졸이며 슬금슬금 뒷걸음질한다. 판은 깨지고 장터에 남은 사람은 실신한 작가와 그를 밟고 선 몽둥이 주인뿐이다. 다짜고짜 몽둥이찜질하기 있기, 없기?

이 판결들에 드는 의문이 하나 더 있다. 고의성 문제다. 과실범이 아닌 한 모든 범죄에는 고의가 필요하다. 음란물 제작도 마찬가지다. '독자의 호색적 흥미를 돋운다'는 작가의 인식과 의지가 있어야 한다. 대개는 음란물의 존재 자체로 추정되지만, 성매매 전단지와 문학작품을 같은 선상에 놓고 취급할 수야 없다. 마광수 교수가 음란물을 제작하겠다는 고의를 갖고 있었을까? '미필적 고의'는 있지 않았느냐고 할 수도 있다. 하지만《즐거운 사라》는 성에 위선적인 우리 사회를 향한 문명비평이다(주인공 사라의 생활 자체가 문명비평이다). 적어도 그렇게 해석할 여지가 있다면, 음란물을 만들려는 의도가 있었음을 전제로 하는 유죄 판결에는 신중해야 한다. '의심스러울 때는 피고인의 이익으로' 같은 형사소송법상의 원칙이 왜 마광수 교수에게만은 적용되지 않았을까.

당시 판결에서는 '오늘날의 개방된 추세에 비추어보아도' 음란하다는 표현을 했다. 당대의 정서가 기준에 반영된다는 뜻일 거다. 그래서일까, 세월이 한참 흐른 2008년, 기준을 달리한 대법원 판결이 나왔다. 문학성과 예술성이 음란성을 '다소 완화시킬 수 있을 뿐'이라고 하던 기존의 입장을 바꾸었다. 음란물은 '전적으로 성적 흥미에만 호소하고, 하등의 문학적·예술적 가치를 지니지 않는 것'이라는 입장을 택한 것이다. 이 기준은 미국보다 오히려 진보적이다. '문학적인 기색'만 있다면 음란성의 덫에서 벗어난다는 의미로 해석된다. 이대로라면 문학성이 분명한 《즐거운 사라》 같은 작품이 음란물 판정을 받는 수모를 겪지 않을 것 같다.

《즐거운 사라》를 복권시킬 수는 없을까. 우선 재심청구는 곤란하다(재심은 명백한 새 증거가 발견되었을 경우 등에만 가능하다). 대신 《즐거운 사라》가 재출간된다면 어떨까. 바뀐 판례에 따르면 음란물 판정이 유지될 가능성은 희박해 보인다. 우리 사회의 후진성을 벗어던지는 선언으로서의 가치가 있을 것 같다. 시대를 앞서간 이 괴작을 뒤늦게나마 보존하는 기록 행위로서도 필요할 성싶다. 다음 세대가 "그 유명한 《즐거운 사라》 어딨어?" 하고 찾는 일이 없도록 말이다.

현대미술과 법

2016년 조영남 화투 그림 사건

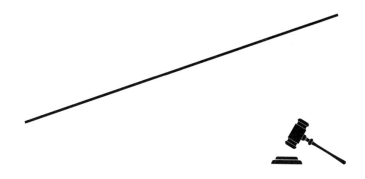

　19세기 프랑스 풍경화가 장 바티스트 카미유 코로(Jean-Baptiste-Camille Corot)는 위작이 많기로도 유명했다. 그는 가난한 제자나 모작가의 그림에 자기 사인을 해서 작품을 팔도록 해주었다. 구매자 입장에서는 속았다고 할 수도 있을 것이다. 내용은 다르지만 이른바 '타인의 작품에 사인한 사건'이 21세기 한국에서도 일어났다. 다른 건, 이번에는 법정에 섰다는 점이다.

　가수 조영남 씨(이하 존칭 생략)는 오랜 기간 화가로도 활동해왔다. 주로 화투를 모티프로 한 작품이었다. 그런데 2016년 5월, 조영남이 발표한 화투 그림 중 200점 이상이 송모 화백이라는 무명화가가 대부분을 그리고 조영남이 덧칠에 사인 정도만 해 넣은 사실이 드러났다. 검찰은 조영남을 사기죄로 기소했다.

이 사건은 미술계는 물론 대중에게도 뜨거운 논쟁을 불러일으켰다. 어떻게 보면 현대미술의 개념과 논리가 대중에 다가가는 계기가 된 면도 있다. 사기냐 아니냐 하는 문제와 조영남이 옳으냐 그르냐 하는 문제가 뒤죽박죽 섞인 부분도 많았는데, 아무튼 여기서는 죄와 벌에 국한해서 보기로 하자.

무죄를 항변한 조영남이 재판에서 주장한 것은 두 가지였다. 첫째, 자신의 화투 그림은 전통적인 회화가 아니라 팝아트나 개념미술이다. 이 장르에서 조수에게 대행을 시키는 건 미술계의 자연스러운 관행이다. 둘째, 이렇게 믿었기 때문에 구매자들에게 조수의 존재나 실행 사실을 알려야 한다고 생각하지 못했다. 즉, 속이려는 고의가 없었다.

대중의 반응은 중간지대가 거의 없이 양분되었다. 남이 그려준 그림을 자기 거라고 팔았으니 사기가 아니고 무엇인가 하는 비판이 주류였다. 반면 조영남 옹호론은 이렇다. 20세기에 들어와 미술에도 코페르니쿠스적 전환이 일어났다는 것이다. 전통적으로 화가라고 하면 떠올리는 이미지는 고독한 화실에서 귀까지 잘라가며 그림을 그리는 빈센트 반 고흐 같은 사람이다. 이걸 뒤바꾼 변화가 현대미술에서 일어났는데, 그 출발이 1917년 발표된 마르셀 뒤샹(Henri

Robert Marcel Duchamp)의 설치미술 〈샘〉이다. 뒤샹은 시중에서 파는 소변기에 사인해 전시회에 출품했다. '이 물건을 다시 보라. 맑은 물이 솔솔 흘러나오는 게 마치 샘 같지 않은가. 생각에 따라서 미술작품이 되는 거다. 미술가는 반드시 직접 작품을 그리고 만들어야 하는 건 아니다. 사물을 다른 눈으로 보고 미를 찾아내면 된다.' 말하자면 이런 주장이었다. 뻔뻔한 장난질이라며 미술계는 펄쩍 뛰었다. 하지만 이 논리는 기어이 받아들여지고 말았다. 더 나아가 미술의 판도를 바꾸었다. 미술은 시각적인 것에서 개념적인 것으로 나아갔다. 적어도 개념이 어깨를 나란히 하게는 됐다. 그 논리의 필연으로, 창작자는 아이디어만 내고 작품 제작은 다른 사람에게 시키는 사조가 생겨났다. 1960년대 탄생한 팝아트, 개념미술이다. '원작'의 개념도 바뀌었다. 그린 사람이 원작자가 아니라 작품의 개념을 제공한 사람이 창작자라는 것이다. 앤디 워홀(Andy Warhol)은 자신의 작업실을 공장이라 불렀고, 데이미언 허스트(Damien Hirst)는 조수를 100명이나 두었다. 이런 식으로 미술품의 대량생산도 가능해졌다. 산에서 홀로 철권을 연마하던 무술가들의 시대가 가고 골목 곳곳에 교본에 따라 가르치는 태권도장이 들어선 것처럼, 미술에서도 '고독한 예술가'라는 고정관념이 깨지고 개념으로 작품을 찍어내게 된 것이다.

사실 홀로 고뇌하며 그림을 그리는 작가의 이미지는 19세기 인상파 화가들이 등장하면서 생겨난 것이다. 그 이전 다빈치, 루벤스, 렘브란트는 공방에서 배웠고, 자신도 조수를 두고 작품 공방을 운영했다. 루벤스가 남긴 1천 600점의 그림은 혼자서는 불가능한 작업이다. 그들 그림의 상당 부분은 조수가 그렸지만, 그렇다고 그들의 작품이 아니라고 하지는 않는다. 현대미술은 제작방식에 국한해서 본다면 르네상스 시대의 미술품 공방의 재래인 셈이다. 물론 이런 관념과 실행의 분리만이 미술품의 작법은 아니다. 여전히 전통적인 회화는 화가 혼자 전적으로 그려낸다. 중요한 건 이런 팝아트와 개념미술이 한 분파로 확립되었다는 점이다.

조영남은 기본적으로 자신의 작품이 팝아트, 개념미술이라고 주장했다. 화투를 모티프로 변주한 그림들인데, 이런 작품에서 만드는 부분은 조수가 담당해도 무방하다는 것이다. 아이디어가 조영남 본인의 것인데, 제작을 실제로 하는 사람이 누구인지가 뭐가 중요한가. 팝아트에서 조수의 대행 사실은 미술계의 상식이자 관행이니까 굳이 구매자에게 알릴 필요가 없다. 이런 주장이다.

하지만 법원의 판단은 달랐다. '팝아트나 개념미술도 회화의 논리와 달리 취급할 이유가 없다'고 선언했다. 조영남의 주장을 밑동부터 잘라버린 것이다. '아이디어의 창의성 못지 않게 그것을 외부로 표현하는 작업도 중요한 요소'인데, 거기서는 작가의 개성과 화풍이 드러난다. 조영남은 조수에게 대략적인 지시만 하였을 뿐 디테일한 작업에 관여하지 않았다. '개념과 실행의 분리'라는 이런 제작방식이 우리 미술계에서 일반적으로 통용되는 관행이라고 볼 수 없다고도 했다.

재판부는 조영남에게 '부작위에 의한 기망'을 인정했다. 상대방이 착오에 빠져 있는데도 그걸 알려주지 않은 것을 말한다. 말하자면 조영남의 대행 사실은 구매자에게 알려야 할 사항인데, 그걸 알려주지 않았으니 사기라는 판단이다.

고의가 없다는 조영남의 주장에 대해서는, '미필적 고의' 개념으로 배척했다. 미필적 고의는 발생한 결과를 의도까지는 하지 않았더라도 '결과가 발생해도 좋다'는 정도의 의식을 말한다. '구매자가 대행 사실을 알았더라면 그림을 그렇게 비싸게 안 샀을 것임'을 조영남이 미필적으로나마 인식했다고 인정한 것이다. 결국 조영남은 징역 10월에 집행유예 2년을 선고받았다.

1심 판단의 논리에 대해 직관적으로 드는 의문점이 몇 가지 있다.

판결문은 우선 '팝아트도 회화와 달리 취급할 이유가 없다'고 했다. 그래서 화가의 터치가 중요하다. 그러니 그걸 조

수한테 대행시킨 건 유죄라는 논리다. 그런데 이 부분은 현대
미술의 논리와 조화되지 않는 것 같다. 팝아트와 개념미술을
전통 회화와 달리 취급할 수 없다면 그들의 존립 근거가 위태
로울 수 있다. 조수를 쓰지 못하는 팝아트란 양손을 묶고 타
이핑하는 거나 다름없지 않은가. 대량생산을 하지 말라는 얘
기가 될 수도 있다.

　반면 '조영남의 그림은 팝아트가 아니라 전통 회화다, 그
러니 터치가 중요하다'라는 논리로 간다면, 터치까지 대행시
킨 그의 행동에 대해 사기죄 구성은 상대적으로 쉬워질 것이
다. 하지만 화투를 필사하듯 그린 작품을 전형적인 회화라고
하기에는 무리한 점이 있다. 조영남 작품의 요체는 일상에 널
린 화투짝을 감히 캔버스에 옮긴 발상이지, 비광 속 사람 얼
굴을 얼마나 잘 그렸는가가 아니다. 화투를 회화에 끌어들여
미의식을 부여한 거나, 변기에 샘이라는 개념을 붙인 행위가
'수준이 아니라' '본질에 있어' 어떤 점이 다른가?

　1심은 또, 앤디 워홀이나 제프 쿤스 같은 해외 팝아트 작
가들과는 경우가 다르다는 논리도 폈다. 이들도 조수를 두었
지만 제작 전반에 관여했고, 또 조수의 대행 사실을 공공연
하게 알렸다는 점에서 다르다는 것이다. 여기에도 의문은 있
다. 앞서 '팝아트도 회화와 달리 취급할 이유가 없다'고 했는
데, 그렇다면 앤디 워홀의 대행도 논리적으로는 문제되지 않

나? 팝아트도 회화처럼 '표현작업의 개성과 화풍이 중요'하다면 앤디 워홀 또한 직접 그리고 만들지는 않았으니 그의 작품이 되기는 힘들어지지 않을까? 물론 그가 '제작 전반에 관여하고 대행 사실을 알렸으니' 사기죄가 성립하지는 않겠지만. 나아가, 앤디 워홀은 과연 '알렸기 때문에' 괜찮은 걸까? 알리지 않는다면 그도 유죄인 걸까? 팝아트의 제작은 조수가 주로 담당한다는 게 아직도 상식이 아니어서 일일이 구매자에게 고지해야 하는 걸까?

아무튼 재판부도 현대 미술의 경향, 즉 작가는 관념을 제공하고 실행은 조수가 담당한다는 엄연한 사실을 무시할 수가 없었던 것 같다. 그래서 논리 구성에 고뇌한 흔적이 역력하다.

여기서 좀 더 문제를 단순화해서 이런 질문을 던져볼 수 있다. 이번에 문제된 그림 200점의 작가는 누구인가 하는 것이다. 조수인 송화백일까? 현대미술의 논리상 그렇게 보기는 힘들 것 같다. 그렇다면 조영남인가. 어쨌든 그렇게 볼 여지가 많다. 조영남의 그림이라면, 자기 그림을 팔았는데, 사기인가?

이 물음에 대해 이런 반론도 있으리라. 자기 그림이라도 대행시킨 부위와 정도를 고지해야 한다고, 그렇지 않으면 사기라고. 그렇다면, 앞으로 미술관 팝아트 작품 하단에는 작가와 작품명에 더하여 '친작 몇 퍼센트'라는 항목이 더해져야 한국에서는 합법적이 되는 것일까?

조영남이 조수 송화백에게는 적은 돈을 주었다는 점을 들어 도의적으로 문제 삼는 비판도 있다. 그런데 여기서 문제된 건 '형벌'이다. 형벌은 사회에서 가장 무서운 제재다. 그래서 최후에 출동하도록 되어 있다. 참고 또 참아주다가, '이건 도저히 못 참겠는걸' 하는 인고의 끝에서, 분명한 범법을 확인하고서야 나서는 존재다. 도덕적 비난이나 민사문제 정도라면 몰라도, 현대미술이라는 이 애매한 영역에서, 게다가 최초로 벌어진 일에, 바로 '당신 행동은 사기야' 하고 단언하고 처벌하는 게 과연 합당한가 하는 근원적 물음이 생긴다.

구매자들이 피해를 입었다는 점 때문에 사기죄의 심판대에 올랐지만, 구매자들의 손해는 실은 이 사건 자체에서 비롯된 것이 아닐까. 조영남 작품이 사기로 판명됨으로써 작품의 가치는 폭락했다. 작품의 정체성 또한 공중에 떠버렸다. 이 작품은 미술 시장에서 이제 누구의 작품으로 거래될 것인가. 그렇다면 이번 기소는 과연 구매자들을 위한 것이었을까(애당초 구매자들이 고소한 사건도 아니었다).

이 일은 한국에 국한된 사건이 아니다. 미술작품을 창작하고 판매하는 건 어느 나라에나 있는 월드와이드하며 글로벌한 일이다. 이 판결의 기준이 만약 해외 미술품에까지 적용된다면 어떻게 될까? (법은 만인에게 평등하니 당연히 그래야 할 것 같다) 이건 단순한 가정이 아니다. 해외 작가의 그림도 당연히 국내 갤러리에서 판매되고 있다. 그런데 그 작품이 사기죄로 처벌받는다면? 해외 작가의 팝아트 작품을 국내에서 산 구매자가 '당신이 조수를 쓴 걸 몰랐다, 당신은 적극적으로 내게 알리지 않았다, 환불하라, 당신은 사기다'라고 주장한다면 어떻게 될까? 전 세계의 개념미술가, 적어도 회화가 가미된 개념미술가들은 전전긍긍하게 될 것이다. 사기죄를 피하기 위해 '난 어디에서 몇 명의 조수를 어느 작업공정까지 씁니다' 이런 공고문을 붙여야 할 것 같다. 혹은 한국에서 철수하든가.

이런 상상을 해본다. 1917년 뒤샹이 변기에 사인해 자기 작품이라며 버젓이 출품했을 때, 변기 회사가 도작이라며 그를 고소했다고 치자. 그리고, 검찰 수사 끝에 뒤샹이 기소되고 법원은 작품의 저작권자는 변기 회사이며 뒤샹은 창작자가 아니라고 판단했다고 해보자. 과연 현대미술이 탄생할 수 있었을까. 이 사건은 물론 그 사건이 아니다. 하지만 미술의 고유 논리에 법이 개입했다는 점에서는 '그런' 사건일 수 있다. 나는 조영남이 신경 쓰이는 게 아니다. 빽빽이 솟은 법의 창검 안에 싸여 주위 눈치를 봐야 하는 한국의 미술, 나아가 한국의 문화가 조금 걱정될 뿐이다.

담배와 칼

영화 속의 담배와 칼, 욕설

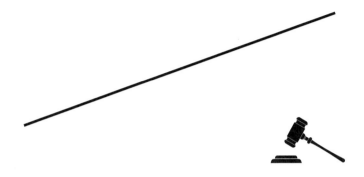

나는 담배를 대단히 싫어한다. 내 속에 잠재된 '혐오' 욕구가 있는데, 담배에 관한 것이다. 길을 걷다가 앞에서 담배 연기를 솔솔 피우면서 가는 사람을 만나면 거의 조건반사적으로 미간이 찌푸려진다. 그렇지만, 화면에서 흡연 장면을 보는 건 다른 이야기이다. 영화 스토리 안에서 꼭 필요한 장면일 수도 있다. 영화 〈타짜〉나 〈신세계〉를 보라. 〈써니〉의 민효린이 담배를 피우는 장면도 마찬가지이다. 영상 속 담배는 해를 끼칠 수 없다. 그런데 케이블 채널에서는 범죄자와 비슷한 취급을 받는다. 얼굴을 보이지 않게 만들어놓았다는 점에서 그렇다. 채널에서 틀어주는 영화를 보면 담배에 예외 없이 뿌옇게 모자이크 처리가 되어 있다. 칼에도 그렇다. 욕설은 '삐익-'하는 효과음으로 대체한다. 다 합쳐지면, 뿌연 무언가를 입에 물고 삐익 하는 말을 하면서 뿌연 무언가를 들고 사람을 찌르는 장면도 있을 법하다.

이런 장면들의 검열을 강제하는 법규는 없다. 그 원천은 방송심의제도에 있다. 방송통신심의위원회는 방송의 공공성을 심의하도록 되어 있고, 심의규정에는 '음주, 흡연을 미화하지 않아야 한다'는 항목이 있다. 담배와 칼, 욕설 등을 뿌옇게 지우는 관행의 법률적 근거를 굳이 찾는다면 이 정도일 것이다. 그렇다고 담배를 화면에서 아예 지워야 할 것인가. 방송 제작자들의 자발적 결정인 측면도 있지만, 근원적으로 이 규제는 심의위원회에 의해 암암리에 성립되었던 것으로 보인다. 그 점이 분명히 드러나는 사례가 있다. 드라마 〈응답하라1988〉에서 성보라가 창문을 열고 흡연하는 장면이 나왔는데, 위원회는 권고 결정을 내렸다. 심의기준에 따르지 않으면 제재나 권고 등의 태클을 받는데, 그게 아니더라도 방송관계자들은 순응할 것이다. 위원회의 결정이 아무리 숨 막히더라도 그 아래에서 신음하는 일 외에 별다른 걸 할 수 없는 게 우리나라의 풍토이다.

이렇게 난도질당한 누더기 영화를 보는 일은 길거리 흡연자를 만나는 이상으로 고역이다. 몰입을 방해하는 선을 넘어 거의 스트레스다. 조금 참고 보다가 끄고는 그 영화를 결제하고 받아보게 된다. 성한 장면을 보고 싶어서다. 시청자의 감상권은 도대체 얼마나 안 중요하기에 이렇게 함부로 화면에다 우유를 뿌려버리는 것일까. 우리는 '어르신'이 볼 수 있다고 정한 것만 봐야 하는 어린 양이란 말인가.

이런 조치에는 저작권 문제도 있다. 저작권은 그 특성상 돈만의 문제가 아니다. 창작자는 자신의 저작물에 정신적, 인격적 자부심이 있다. 표절당하면 재산적 손해를 떠나 창작의 욕을 잃을 정도로 격분하는 것도 그 때문이다. 그런 걸 지키는 게 저작인격권이다. 그 안에는 '동일성 유지권'이란 게 있다. 저작자의 의사에 관계없이 이용자로부터 저작물의 내용을 변경당하지 않을 권리다. 담배에 모자이크 처리를 하면서 저작자에게 동의를 얻었을까. 그러지 않았을 것이다. TV에 방영되는 모든 영상이 뿌옇게 처리되어 있는데, 모든 저작자가 거기에 동의했을 리 없다.

공공성을 내세워 함부로 창작물을 훼손하겠다는 이 발상은 거의 미개하다. 자국 내에서 주요 활동을 해야 하기에 꾹꾹 참을 수밖에 없는 한국의 창작자들은 이런 장면을 보고 어떤 심정일까. 내 짐작이지만, 외국 영화의 제작자, 창작자는 한국 TV에서 방영되는 자신의 영화에 블러 처리된 사실을 알지 못하고 있을 가능성이 높다. 한국에서 지불하는 몇 푼의 저작권료 때문에 이 터무니없는 조치를 감내할 사람이 별로 없을 것 같다는 생각이 든다. 항의하거나 손해배상 소송을 제기할 법한데, 소식이 없는 걸 보면 더욱 그렇다. 뤽 베송 감독은 내한했을 때 〈제5원소〉가 편집돼 잘려나간 걸 보고는 자리를 박차고 자국으로 돌아가버렸다. 그 뒤에 〈택시〉에 한국인을 비하하는 장면을 넣었다. 그의 분노를 이해한다. 창작물에 손대는 건 대단한 결례다.

공공성, 청소년 보호가 꼭 필요하다면 유통의 형식과 대상 등으로 접근하는 게 먼저다. 19세 이상을 대상으로 한다든가, 플랫폼을 제한한다든가, 나이 확인을 한다든가. 영상물등급위원회가 영화의 유통단계에서 효과적으로 관리할 수 있도록 미리 등급을 심사하는 것은 사전검열이 아니라는 헌법재판소 결정이 있다. 이에 따라 나이에 따라 상영을 제한하거나, 등급분류결정을 하는 건 허용된다. 그런데, 담배와 칼이 등장하는 화면 자체를 지운다는 발상은 종류가 다르다. 창작물의 내용을 통제하겠다는 거나 마찬가지다. 나는 화면에 담배를 피우는 장면으로써 무언가를 표현하려 했는데, 난데없는 윤리꾼이 뛰어들어 사발을 부어버렸다. 이건 헌법에 위배될 소지가 있다. 표현의 자유 중에서도 핵심에 대한 통제를 감행하는 것이기 때문이다. '심의규정'이라 하면 법체계 중에서도 가장 하급에 속한다. 그게 최상위 헌법을 깨뜨린다? 이걸 헌법소원 같은 방법으로 문제 삼으면 뭔가 현상과 다른 결정이 나올 법도 하다. 하지만 방송사 위에 군림하는 방통위의 권위가 현실이라, 헌법소원을 낼 사람들은 전부 눈치를 봐야 하는 입장이다. 고양이 목에 방울 달 사람이 없다.

여성가족부는 장혜진의 가요 '술이야'와 솔리드의 '취중진담'을 유해물로 지정했다. 술을 권한다는 이유에서였다. 십센치의 '아메리카노'도 유해물로 지정됐는데, 담배를 미화하고 건전한 이성교제를 왜곡한다는 이유였다. 뒤따르는 이 없는데 혼자서 너무 달린 게 아닌가 우려스럽다. 이들의 질주는 결국 법원의 제지를 받았다. 사건은 이렇다.

샤이니의 고(故) 종현, 트랙스 제이, 슈퍼주니어 규현 등으로 구성된 '에스엠 더 발라드'는 음반 〈너무 그리워〉를 발표했다. 여성가족부는 그중 '내일은… (Another Day)'이라는 곡을 청소년유해매체물로 결정했다. 가사 중에 '술에 취해 널 그리지 않게'가 세 번, '술에 취해 잠들면 꿈을 꾸죠'가 한 번 들어간다는 이유였다. 술을 마시면 취하고, 취하면 떠나간 사랑이 더욱 그리워지며, 술에 취하여 잠들면 떠나간 사람이 돌아오는 꿈을 꾸어 꿈에서나마 떠나간 사람을 만날 수 있다는 식으로 술의 '효능'을 구체적으로 기술하고 있어서 안 된다는 거였다. '술을 어떤 형태로 어떻게 마시느냐가 중요하다. 현실을 도피하려고 술 마시는 건 유해하다. 술은 청소년보호법상 유해약물이다. 제작자가 술에 대한 유해성을 생각하지 않은 것 같다'는 의견이 제시됐고, 위원회는 만장일치로 이 노래를 청소년유해매체물로 결정했다.

그런데 재판부의 판단은 달랐다. 결론은 유해한 음악이 아니라는 건데, 대략 정리하면 이런 취지다. 첫째, 술이 청소년 유해물질인 건 맞다. 하지만 술 이야기가 어디 노래 가사에만 나오는가. 시나 소설 역시 청소년이 얼마든지 읽을 수 있는데, 늘 술이 등장한다. 드라마, 영화에서 우울하고 슬픈 주인공은 거의 반드시라고 해도 좋을 만큼 술을 마신다. 허구의 세상 이야기를 할 필요도 없다. 가정에서든 음식점에서든 청소년들은 성인이 술 마시는 모습을 수시로 본다. 그런데 왜 유독 노래만 문제삼는가? 노래 한 곡이 청소년으로 하여금 술을 마시게 만들 수 있을까? 말하자면 '왜 나만 가지고 그래?'가 되겠다. 둘째, 시나 소설, 드라마, 영화에서 괜히 술을 등장시키는 게 아니다. 술은 일종의 장치이다. 인간의 복잡한 내면을 드러내고, 주제를 효과적으로 표현하는 수단이다. 연인이 떠나고, 전 재산을 날렸는데, 술 한 방울 안 마시고 이 악물고 버티는 '캔디'형 인간만이 존재해야 하는 것인가. 청소년이 듣는 음악이라고 해서 반드시 희망과 긍정만을 노래해야 하는가. 인간사에는 슬픔과 우울이 있고, 그 의미를 전하려면 술과 관련된 표현을 할 수도 있다. 그건 창작의 자유라는 또 다른 가치와 연결된다. 또, 우리 음악을 우리만의 기준으로 통제하는 건 글로벌 시대에 맞지 않다. 음악은 파일 형태로 어떤 문물보다 자유롭게 교류되고 있다. 외국은 어떨까. 가사에 술에 관한 표현이 들어가 있다는 이유로 청소년 유해물로 결정한 사례가 있었던가. 적어도 여성가족부는 그런 사례를 제출하지 못했다. 형평성도 문제다. 영국의 록밴드 퀸(Queen)의 '보헤미안 랩소디'에서 화자인 소년은 총으로 남자(아마도 아버지)를 살해한다. 이건 청소년에게 안 유해해서 내버려두는 걸까. 아니면 만만한 국내 곡만 때리는 걸까. 셋째, 이 곡은 헤어진 연인을 그리워하는 내용이다. 술을 권하려는 게 아니다. 미시적인 표현만을 문제 삼을 일이 아니다. 전체적으로 보면, 술은 연인과 헤어진 후의 괴로운 마음과 그리워하는 감정을 표현하기 위해 쓰였다. '술에 취해'라는 말 또한 누구나 쓰는 관용적인 문구일 뿐, 음주를 권하는 표현이 아니다. 결국 재판부는 청소년 유해물 결정을 취소했다.

돌이켜보면 학창시절 기억에 남는 건 강제로 한 야간자율학습이나 선생님의 수업이 아니었다. 친구들하고 몰래 나간 미팅이라든가, 빵가게에서 틀어주던 호러 영화 같은 것들이다. 그런 추억이라도 없었다면 내 학창시절은 백지로 남았을 것이다. 그 때문에 내가 비뚤어졌던가? 내면을 구석구석 뒤져봐도 아닌 것 같다(비뚤어졌더라도 그 때문은 아니라는 의미이다). 대놓고는 못해도, 은근슬쩍 숨통을 좀 터줘도 괜찮을 것 같다. 상상력과 창의력은 경계를 넓히는 데에서 온다. 직접 관련이 없어 보여도 그 자유의 폭이 창의의 양분이 된다. 세상에 중한 일들이 많은데, 어쩌면 너무 작은 불평일지도 모르겠다. 하지만 이런 생각도 든다. 범죄에 적용되는 '깨진 유리창 이론'이 요즘 정설로 받아들여지고 있다. 작은 범죄를 내버려두면 큰 범죄로 이어진다는 것이다. 이 이론은 소위 '어르신'들의 규제에도 적용되지 않을까? 조그만 규제를 내버려두면 그런 것들이 야금야금 물고 들어와 우리가 모르는 사이에 커다란 정신의 족쇄가 될지 모른다.

청소년 보호가 필요하다면 앞서 말했듯 유통과 시청을 제한하는 방안 정도가 검토 대상일 것이다. 애당초 19금으로 분류된 영화에서 담배와 칼을 또 덜어내려는 사고방식은 빈틈없는 정도를 넘어 강박증적으로 보인다. 애들이 우연히 TV를 볼지 모르니까, 하는 염려에서인 것 같다. 하지만 얼핏, 가끔, 우연히 본 그 정도의 장면으로 인해 탈선할 거라고 생각한다면 영화의 영향력을 너무 과대평가한 거다. 영화 〈링〉에 나오는 저주받은 비디오라도 된단 말인가.

우리나라에 온 외국인들은 한국인이 듣기 좋은 말만 할 의무를 부담한다. 하지만 담배가 있어야 할 곳에 뿌연 물이 뿌려진 화면을 보여주고 솔직한 심정을 말하라면 어떨까. 미니스커트 입은 여성을 체포했다는 중동의 뉴스를 듣고 우리가 느끼는 황당함과 같지는 않을까.

'모자이크'가 당연해 보이는 건 지금 그렇게 하고 있다는 이유 말고는 없는 것 같다. 시청자의 스트레스와 창작물에의 야만성을 대가로 치르고 그저 미미한 효과를 거두는 데 그쳤다. 이 무너진 균형은 제로베이스에서 다시 재볼 필요가 있다.

타인을 도울 의무

2010년 서울역 노숙자 방치 사망사건

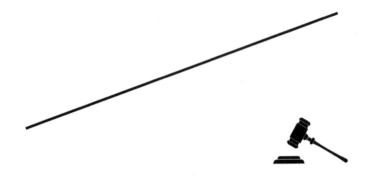

남을 돕는 건 좋은 일이다. 돕지 않는다면 그저 그럴 뿐 나쁜 일은 아닐 것이다. 그런데 남이 절박한 위기에 처해 있다면 어떨까. 이런 때까지 나 몰라라 돕지 않는다면 나빠 보인다. 그렇다면, 돕지 않은 이 '나쁜 행동'을 법으로 처벌까지 한다면 어떨까. '나쁜 행동'과 '범죄' 사이. 여기 그 간극을 보여주는 사례가 있다.

2010년 1월 15일 아침 7시 30분, 서울역 대합실, 체감온도 영하 10도의 추위 속에 노숙자가 만취 상태로 쓰러져 있었다. 순찰을 돌던 서울역 직원 이대성(가명)은 동행한 공익근무요원에게 "노숙자를 밖으로 끌어내라"고 지시했다. 공익근무요원은 노숙자의 몸 뒤에서 양 겨드랑이 사이로 손을 넣어 일으켜 붙잡고 그곳에서 20미터 떨어진 대합실 2번 출구 앞으로 데리고 가 대리석 바닥에 놓아두었다. 잠시 후 또 다른 공익근무요원 송기원(가명)이 '2번 출구 앞에 노숙자가 쓰러져 있으니 확인하라'는 무전을 받게 된다. 송기원이 가보니, 노숙자가 만취해서 바지가 엉덩이까지 내려간 채로 움직이지 못하고 의사도 제대로 표시하지 못하는 상태였다. 그는 노숙자를 일으켜 휠체어에 태우고 장애인 엘리베이터를 이용해 지하 1층 엘리베이터 옆 구석진 곳에 내려놓으려 했다. 마침 그때 청소 중이던 아주머니가 거기에 두면 안 된다고 하여 다시 엘리베이터를 타고 1층으로 올라가 광장 중앙계단 기둥 옆에 내려놓았다. 그러자 이번에는 경비원이 거기 내놓으면 얼어 죽을 수 있으니 다른 데로 옮기라고 말했고, 송기원은 다시 노숙자를 휠체어에 태운 다음 서울역 1층 광장 중앙계단에서 약 200미터 떨어진 구름다리(과선교) 아래에 옮겨놓았다. 그날 낮 12시에 노숙자는 숨진 채 발견되었다. 부검 결과 혈중알콜농도 0.157퍼센트의 만취상태였는데, 사인은 동사가 아니라 흉부의 고도손상(갈비뼈의 다발성 골절, 오른쪽 폐파열)이었다. 결국 노숙자는 제때 치료를 받지 못해 사망한 것이었다.

검찰은 서울역 직원 이내성과 공익요원 송기원 두 사람을 유기죄로 기소했다. 유기죄는 '질병 등으로 도움을 필요로 하는 사람을 보호할 법률상 또는 계약상 의무 있는 자가 유기한'죄다.

판결 결과는 무죄였다. 재판의 쟁점은 서두에서 언급한 그 화두였다. 위기에 빠진 사람을 돕지 않은 사람을 법으로 처벌할 것인가, 말 것인가. 법원은 부정했다. 병자를 돕지 않은 이들의 행동을 도덕적으로 비난할 수 있을지는 몰라도 형법으로 처벌할 수는 없다, 도덕 위반이지 법 위반은 아니라는 것이었다. 우리 형법상에는 도움을 필요로 하는 사람을 돕지 않았을 때 처벌하는 소위 '착한 사마리아인 법'이 없다는 이유에서다.

'착한 사마리아인' 이야기는 성경에서 유래한다. 어떤 이가 예루살렘에서 여리고로 가던 길에 강도를 만나 큰 상처를 입고 길에 버려졌다. 모두 모른 척 지나쳤는데, 당시 천대받던 사마리아인이 지나다가 그 사람의 목숨을 구해주었다. 남을 돕는 좋은 사람을 '착한 사마리아인'이라고 부르는 건 이 이야기에서 유래했다. 법으로 옮겨오면, 도움을 필요로 하는 타인을 돕지 않은 사람을 처벌하는 법을 '착한 사마리아인 법'이라고 한다. 이런 법을 둘지의 여부는 그 나라의 입법정책에 달려 있다. 프랑스, 이탈리아, 스위스, 네덜란드 등에는 있다. 반면 개인주의적 성격이 짙은 미국, 영국에는 없다. 우리나라에도 없다. 그래서 이번 사건에서 무죄를 받은 것이다.

앞서 말한 '유기죄'가 비슷한 거 아니냐 할 수 있겠지만, 우리나라의 유기죄는 범죄 주체에 제한이 있다. 병자를 보호할 법률상 혹은 계약상 책임이 있는 사람이 유기한(내버려둔) 경우에만 처벌하도록 되어 있다. 다시 말하면 '의무 있는 자'가 '내팽개친' 죄다. 예를 들면 노부모를 부양하는 자녀, 환자를 돌보는 의료인, 학생을 가르치는 교사, 승객을 태우고 가는 배의 선장 등이다. '지나가던 낯선 사람'은 의무 있는 관계가 아니다. 그대로 지나갔다고 해서 죄가 되지는 않는 것이다.

여기서 또 의문이 있을 수 있다. 역무원이면 공무원 아닌가. 공공의 복리를 위해 일하는 사람인데, 노숙자를 도울 법적 의무가 있는 거 아닌가. 검찰도 이런 논리로 그들에게 긴급구호 의무가 있다고 주장했다. 하지만 법원은 그렇게 보지 않았다.

공무원이라고 해서 모든 공공업무를 관장할 의무가 있는 것은 아니다. 이를테면 교통사고 운전자가 있다고 하자. 경찰관이 이를 발견했으면 법률상 보호의무가 있다. 하지만 세무공무원이 이를 발견했다고 해서 같은 의무가 있다고는 할 수 없다. 서울역 직원이나 공익요원은 노숙자를 보호할 법률상 의무가 없었기에 유기죄도 성립하지 않는다. 해당 서울역 직원은 공익요원을 지도, 감독하는 업무를 담당했고, 주목적은 철도안전이었다. 역에서 노숙행위는 금지돼 있고, 철도안전법상 철도 직원은 노숙자 등을 밖으로 퇴거시킬 수 있다고 정해져 있기도 하다.

다시 말하지만 유기죄의 핵심은 '법률상 혹은 계약상 돌볼 책임'이다. 얼마 전 있었던 또 다른 사건 또한 이 점을 극명하게 보여준다.

택시 기사가 손님을 태우고 운전하다가 돌연 심장마비를 일으켜 쓰러졌다. 그런데 승객들은 비행기를 타야 한다면서 기사를 내버려두고 119에 연락해주지도 않은 채 트렁크에서 골프백을 챙겨 공항으로 떠나버렸다. 결국 택시 기사는 제때에 조치를 받지 못해 사망했다. 승객들을 향한 도덕적 비난이 높았지만, 이들 역시 유기죄로 처벌받지는 않았다. 택시 기사는 심장마비가 죽였지, 승객이 죽이지 않았다. 승객이 택시 기사를 보호할 법률상 책임 있는 사람은 아니고, 택시 기사를 돌봐야 할 계약상 의무가 인정되지도 않기 때문이다(오히려 거꾸로라고 할 수 있다. 택시 기사가 승객을 돌봐야 할 계약상 의무를 지는 쪽이다).

여기서 다시 근원적인 질문으로 돌아간다. 우리나라에는 왜 '착한 사마리아인 법'이 없는 것일까. 도덕과 법의 경계가 흐릿하고, 이성보다는 감정이 우세한 우리 사회이고 보면 이 도덕적 영역을 치즈 자르듯 법에서 깨끗하게 잘라내 처벌 외로 두는 건 다소 의외의 입법정책으로 보이기도 한다. 여기에는 역사적 연유가 있다.

일제강점기 때는 일본 형법을 적용했는데, 이때는 착한 사마리아인 법이 있었다. 그러다 1953년 우리 고유의 형법이 제정될 때 사라졌다. 당시의 사회현실을 반영한 바가 컸다. 그 무렵은 한국전쟁으로 극심한 사회적 경제적 궁핍상태였고, 아사자와 병자가 속출하던 때였다. 자기 한 목숨 살기도 급급한 형편이었다. 그 와중에 다른 사람을 돕지 않았다고 해서 범죄로 보기에는 어려운 면이 있었다.

지금은 다른 이유인 것 같다. 일단 도와주지 않은 사람을 처벌하려 해도 그 범위를 특정하는 데에 어려움이 있다. 누군가 크게 다쳐 거리에 쓰러졌다고 치자. 그것을 보고 지나친 사람들을 처벌하려고 들 때 어디까지 포함시킬지 난점이 있다. 주변에 있던 이들 중 어느 범위까지, 어느 정도 거리에 있던 사람까지 처벌할 것인가. 더 근본적으로는 시민의 정서이다. '난 해를 끼치지 않았다. 내 인생 열심히 살고 내 길을 갔다. 그가 위험에 빠진 건 안된 일이지만, 내가 그렇게 만들었나. 왜 내가 처벌까지 받아야 하는가.' 도덕과 법의 경계에 있는 모호한 문제다. 절도나 폭행처럼 남한테 해를 입힌 정통 범죄가 아니라 그저 도와주지 않은 잘못인데, 이걸 처벌하려면 국민적 합의나 공감대가 필요하다. 거기에 도달해 있진 않은 것 같다.

근엄하게 당위만 내세우기도 힘들다. 2006년 중국에서 이런 일이 있었다. 난징(南京)에서 발생한 이른바 '평위(彭宇) 사건'이다. 버스 정류장에서 인파에 밀려 한 할머니가 넘어졌다. 사람들 발에 밟히고 다쳤다. 모두가 그냥 지나쳤는데, 당시 일용직 노동자이던 평위가 나서서 할머니를 구해내고 할머니를 부축해 병원까지 모셔다드렸다. 그런데 오히려 할머니 측으로부터 고소를 당해 법정에 섰다. 다른 행인들은 다 사라지고 없으니 평위를 걸고넘어진 것이었다(사건 직후엔 할머니가 고맙다며 연신 감사 인사를 했는데도). 법원은 평위에게 할머니 치료비의 40퍼센트인 4만 위안을 배상하라는 판결을 했다. 이 사건이 보도된 후 판결은 거센 비난을 받았다. 한편으로는 '남의 일에 괜히 나서지 말자'는 풍조가 널리 퍼졌다(보다 못한 중국 정부는 곤경에 처한 이를 도우려다 뜻하지 않게 상대방에게 피해를 입히더라도 민사책임을 질 필요가 없도록 하는 법을 얼마 전 만들어 시행하기도 했다). 남의 나라 이야기이긴 하지만 이런 사례를 보면 또 무작정 남을 도우라고 하고 법으로 선뜻 강요하기도 어려워 보인다.

형법상 범죄는 아니라 하더라도 노숙자의 죽음은 참으로 딱하다. 서울역 직원이 그를 밖으로 내보내기 15분 전에 누군가가 신고를 해서 경찰관과 구급대원이 왔었다. 이땐 생체리듬이 정상이었고, 노숙자는 괜찮다는 의사표시를 하기도 했다. 그래서 이상 없다고 판단하고 철수했다. 그런데 그를 밖으로 내다버림으로써 사망한 것이다. 피할 수 있었던 죽음이었다. 그래서 재판부도 판결문에서 '무죄를 선고하지만 도덕적인 비난은 면치 못할 것이다. 고인의 명복을 빈다'라며 이례적으로 안타까운 심정을 토로했다.

법은 '바람직한 인간'이 아니라 '현실의 인간'을 가정해야 한다. 남을 돕는 좋은 사람이 되지 못했다고 해서 곧장 범죄인 취급하는 건 성급할 수 있다. 사람들은 남을 돕는 일에 이익이 있는지 의심의 눈길을 보내고 있다. 남을 도왔다가 오히려 해를 입지는 않을까. 번거로운 일에 말려들지는 않을까. 하다못해 고맙다는 말이라도 들을 수 있을까. 돕지 않은 사람에 대한 처벌은 천천히 논의하더라도 우선은 남을 도운 사람들을 괴롭히지는 말아야 하겠다.

GTA가 있는 세상

2014년 셧다운제 결정

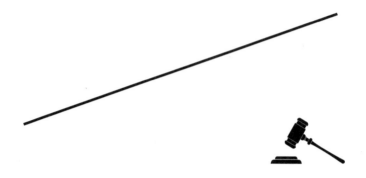

난 사춘기를 잘못 겪었다. 우선 현실이 진창 같았다. 학교는 영화 〈말죽거리 잔혹사〉에 나오는 그대로였고, 집은 또 다른 말죽거리였다. 머릿속은 더 엉망이었다. 늘 죽음에 대한 공포로, 언젠가 내 존재가 사라진다는 아득함으로 미칠 것 같았다. 생각이란 건 뇌세포 간의 물질교환작용에 불과하다는 내용의 책을 읽고서 나라는 존재 자체가 아예 허깨비라는 허무감에 또 미칠 것 같았다. 이런 생각들이 뇌리를 사로잡고 놓아주질 않았다. 차라리 술, 담배나 반항에 빠지는 쪽이 나았을 것이다. 가난에 시달리는 것보다 낫다면 할 말이 없지만, 돈 문제가 인생고의 전부는 아니다. 학교나 집 어디에도 안식이 없고, 하굣길에 딴 데로 새는 건 필연적이었다.

그 시절 '전자오락'은 학교에서 단속 대상이었고, 걸리면 기본이 정학이었다. 하지만 하교 시간이 가까워오면 오락기 버튼을 누를 생각에 벌써부터 손끝이 덜덜 떨리곤 했다. 하루도 하지 않고는 지날 수가 없었다. 그래도 전자오락이라는 조그만 위안조차 없었다면 어떻게 살았을까 싶다. 〈말죽거리 잔혹사〉에서처럼 떡볶이집 아줌마도 없었고, 한가인 같은 첫사랑도 없었으니까.

선생님들은 전자오락을 당연하게도 '악'으로 규정했다. 불만스러웠다. 전자오락으로 괴로움을 잊고 즐거움을 얻는데, 그건 왜 아무도 알아주지 않는 걸까? 영화 〈장미의 이름〉에 나오는 수도사처럼 즐거움 자체를 악으로 본 것일까.

우리 사회엔 쾌락에 대한 적대감이 자리 잡고 있다. 어떤 것이 재미있다면 수준이 낮거나 위험하다는 의심을 산다. 그 피해를 가장 크게 입은 분야가 바로 게임일 것이다. 즐거움을 주지만 존중받지는 못한다. 마약 취급을 받는가 하면, 범죄의 원인으로도 지목된다. 게임의 목적은 재미이다. 재미는 무엇에 쓸모 있어서 가치 있는 게 아니라 그 자체로 가치 있다. 그런데, 너무 재미있다고 비난받아야 하는가? 게임을 때려잡자는 사람들, 정말 게임을 해보기나 한 걸까? 그게 어떤 건지 알고나 하는 얘길까? 사춘기 소녀의 손가락을 덜덜 떨리게 만들던 그것들의 정체를?

헌법재판소는 2014년, 밤 12시부터 오전 6시까지 16세 미만 청소년의 게임 이용을 차단하는 '셧다운제'가 합헌이라고 결정했다. 나는 게임 규제에 호감을 갖고 있지 않은 편이고, 셧다운제에 관해서는 더욱 그렇다. 하지만 위헌이라고 핏대를 올리지는 못하겠다. 나쁜 정책을 만든 쪽이 애당초 잘못했다. 그 정책이 '좋은지 나쁜지'의 판단과 '위헌인지 아닌지'의 판단은 기준이 다르다. '좋은 법은 아닐지 모르지만 위헌까지는 아니'라고 한 헌재의 판단을 '좋아하지는' 않지만, '틀렸다고 단정'할 생각은 없다. 다만 헌재 결정문 안에 셧다운제를 만든 측의 논리가 인용되어 있기에 이해를 위해 참고해보려 한다.

셧다운제의 도입배경은 '인터넷게임에 과몰입되거나 중독되어 청소년이 자살하거나 모친을 살해하는 사건이 발생하는 등의 사회적 문제' 때문이라고 한다. 범죄가 일어나면 영화나 만화, 게임을 탓하는 사고방식은 실로 끈질기다. 어떤 수치가 제시되지 않는 걸 보면 아마도 추측 내지 연상인 것 같다. 게임 안에서 총 쏘고 칼로 찌르다가 현실에서 범죄를 저질렀을 거라고 말이다. 언론은 범죄자의 집에서 영화 〈공공의 적〉 비디오 테이프를 찾아냈다든가 〈맨헌트〉 게임이 발견되었다든가 하는 것에 초점을 맞추기도 한다(이런 시선에 편승해 범죄를 게임 탓으로 돌리며 면피하려는 범죄자의 혀끝에 여론이 놀아나는 경우도 있다). 여기까진 이해할 수 있다. 이야깃 거리로는 더 재밌으니까. 하지만 입증 안 된 가설이 법 만드는 데까지 힘을 발휘해서야 곤란하다.

　게임이 범죄를 낳는다는 게 증명되었을까? 우리나라의 한 방송사는 학생들이 들어찬 PC방 전체의 전원을 일시에 꺼버리고는 아이들이 우왕좌왕하자 '보라, 게임하던 아이들이 폭력적으로 변했다!' 하는 식으로 보도했는데, 이 전설의 실험은 그저 농담으로 받아들여야 할 것 같다. 미국은 이 연구에 오랜 기간 매진했다. 아무래도 비디오게임이 청소년들의 폭력성을 유발하지 않을까. 결과는 예상과 달랐다. 연구실적을 모아 연방대법원이 내린 최종 결론은 다음과 같았다. "어떤 연구도 폭력적인 비디오게임이 미성년자의 공격적 행동을 야기한다는 것을 입증하지 못했으며, 기껏해야 하찮은 상관관계, 그것도 게임한 직후 몇 분 동안 더 큰 소음을 낸다든가 좀 더 공격적인 느낌을 갖는다는 상관관계만을 보여주었다." 그렇다. 인정된 것은 '하찮은 상관관계'에 불과했다.

　게임을 걱정하는 사람들은 안 해봐서 그런 것 같다. 해봤다면 겨우 게임 때문에 살의를 품을 거라고는 생각지 않을 것이다. 그건 타인을 지나치게 얕보는 일이기도 하다. 본인은 안 그럴 거면서 '어리석은 남들'은 그럴 수 있다고 걱정하는 태도는 조금 오만한 것 아닐까. 범죄라는 수지 안 맞는 선택을 하기까지에는 많은 인과와 복잡한 내면이 작용한다. 게임이 거기에 있어 봐야 얼마나 있을지 의문이다. 게임이 범죄자를 만든 게 아니라 범죄자가 게임을 했을 뿐이다.

이쯤에서 전가의 보도, '청소년 보호'가 등장할 것 같다. 성인들은 그렇다 쳐도, 아이들은 게임에 악영향을 받을 수 있지 않나 하는 우려다. 하지만 앞서 본 미국에서의 연구에 따르면 청소년 걱정도 기우에 지나지 않는 것 같다.

헌재 결정문에서는 이런 논리가 소개된다. '청소년의 적절한 수면시간을 확보하기 위해서라도 어느 정도의 시간적 규제는 필요하다. 게임에 중독되면 '건강악화, 생활파괴, 우울증 등의 성격변화, 현실과 가상공간의 혼동 등 부정적 결과를 초래할 수 있으며, 교우관계, 학교수업에도 해를 끼칠 수 있다.'

국가가 나서서 청소년의 취침시간까지 결정해야 하는 걸까? 공부에 너무 방해되니까? 그럴 거라면 연애도 금지시켜야 한다. 청춘의 고뇌만큼 잠을 방해하는 건 없으니까. 청소년의 학습권, 수면권을 위해서라고 하는데, 표현의 모순이다. 너의 학습할 권리를 위해 너의 게임할 권리를 빼앗겠다는 건데, 이런 건 권리가 아니다. 그 실체는 부모의 학습시킬 권리, 수면시킬 권리에 불과하다(심지어는 부모에게 권리를 주는 것도 아니다. 국가가 하겠다는 거니까).

만약 부모가 자녀의 게임 이용을 내버려두겠다면 어쨌건 그 결정을 존중해야 한다. 일차적으로 가정 안에서 부모 손에 맡기는 게 우선이다. 성향에 따라서는 자녀가 게임을 하면서 스트레스를 풀도록 내버려두는 쪽을 선택할 수도 있다. 살다 보면 그 시간이 자정을 넘길 수도 있다. 근데 왜 법이 나서서 전국의 불을 일시에 끄려 들까? 통행금지나 등화관제의 향수 일까?

근본적인 문제는 청소년들을 보호와 관리의 객체로만 인식한다는 점이다. 그들도 엄연히 한 개체로서 즐거움을 추구할 권리가 있다. 자신이 원치 않는 시기에 게임을 중단해야 하는 고통에 대해 아무렇지 않게 생각하는 것 같다. 한창 드라마를 재미있게 보고 있는데, 누가 톡 꺼버린다면 어떤 기분이겠는가?

GTA (Grand Theft Auto)는 전 세계적으로 메가히트한 비디오 게임이다. 게이머는 도시를 누비며 차를 도둑질하고 마구잡이로 사람을 때리기도 한다. 이 게임은 최소한의 상식과 윤리를 파괴했다. 그동안 대부분의 게임 주인공은 적어도 정의의 편에 있었다. 폭력을 행사하더라도 복수라든가 하는 그럴듯한 이유가 있었다. 하지만 GTA 주인공은 마음 내키는 대로 범죄를 저지르고 사람을 해칠 수 있었다. 이 게임에서 묘사된 폭력성과 비윤리성은 게임 규제 움직임을 촉발했다.

캘리포니아주는 2005년, 18세 미만의 미성년자에게 폭력적인 등급이 매겨진 게임의 판매나 대여를 금지하는 법을 만들었다. 아마 우리 사회의 상식은 '그럴 수 있는 거 아닌가, 혹은 그래야 하는 거 아닌가'일 것 같다. 하지만 이 법안은 연방대법원에서 위헌 판결을 받았다. 게임물에도 표현의 자유가 인정되어야 하고, 폭력적인 비디오게임이 미성년자들의 폭력 성향을 유발한다는 점이 입증되지 않았으며, 규제의 수단이 과도하다는 이유였다. 양국의 태도에는 근본적인 차이점이 있는 것 같다. '너무 폭력적인 거 아니야?' 하는 의혹이 있을 때, 한국은 의혹이 있으니 규제하자고 하고, 미국은 의혹만으로 규제할 수는 없다고 한다.

개인적으로는 양키 센스로 가득한 이 게임을 좋아하지 않는다. 내겐 재미없고, 취향이 달라서다. 그렇지만 게임 속 세상에서 윤리를 초월해버린 아이디어의 과감성은 인정하지 않을 수 없다. 그 발상의 전환은 거대한 성공으로 이어졌다. 이 게임의 창조자에 비하면 규제를 만든 캘리포니아의 몇몇 주의회 의원들은 그저 낡은 인물로 보인다(실제로 GTA 개발자는 2009년 〈타임〉이 선정한 세계에서 가장 영향력 있는 100인에 들었지만 주의회 의원들은 아니다). 인생 폭이 좁은 '범생이들'이 힘을 너무 많이 갖고 있는 건 미국도 마찬가지라는 점에서 조금 위안이 되기는 한다.

'좁은 문'이란 단어가 떠오른다. 한국이라는 작은 나라에서는 인생길도 무척 좁다. 대부분이 동의하는 바람직한 길이란 게 있는데, 장래를 위해 현재의 즐거움을 죽여야 한다는 공통점이 있다. 우리나라 일부 정치인이나 관료는 만화, 음악, 게임 그 어떤 것에도 치우치지 않고 적절한 시간 동안 자고 열심히 공부하며 나쁜 건 보지도 않고 건전한 생각만 하는 청소년을 법으로 만들어내고 싶어하는 것 같다(바람직한 청소년이 갖춰야 할 리스트에 '놀이'는 없다.). '재미없는 천국'이 그들 머릿속에 들어 있는 설계도인 듯하다. 자신들은 '나쁜 것'들과 거리가 멀게 살아왔고 그래서 대체로 규제의 대상에서 벗어나 있었기에 통제당하는 입장의 스트레스를 잘 모른다. 그래서 무슨 문제가 있다더라는 소문만 있으면 바로 규제하고 처벌한다는 발상을 떠올리는 건지도 모른다. 만약 GTA의 창시자가 이런 '무균 모델' 속에서 성장했다면 GTA는 못 만들었을 것이다. 하지만 GTA가 있는 세상이 없는 세상보다 더 재미있다.

글을 쓰고 보니 오늘은 너무 '척'을 한 게 아닌가 싶다. 실은 나 역시 인생 폭이 좁은 '범생이'에 불과하다. 다만, 스스로 뭘 모른다는 걸 알기에, 무언가를 규제하고 만들어보겠다고 나서지 않는다는 점에서 적어도 무해하다고 자평한다. 내가 하고 싶은 건, '전지적 참견시점'으로 팔을 걷어붙이는 센 사람들에게 좀 가만히 있으라고 말리는 일이다. 창조는 어렵고, 규제는 쉽다. 만드는 게 어렵지, 망가지는 건 순간이다. 게임중독이 문제라고들 하지만, 내겐 이런 법을 만드는 사람들의 '규제중독'이 더 심각해 보인다.

법이 혼인을 보호할 수 있을까

2015년 대법원 이혼 '유책주의' 판결

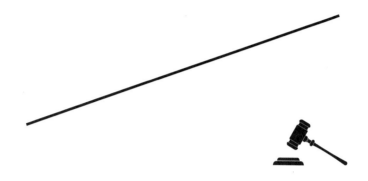

　　나는 판사로 재직하던 2007년 간통죄 위헌제청을 했다. 실은 그때 혼인빙자간음죄에 대해서도 같이 위헌제청을 하려 했다가 그만두었다. 해당 사건의 피고인이 피해 여성을 상대로 혼인하자고 꾀어 돈을 갈취하는 등 죄질이 너무 나빠 감정이 상했기 때문이었다. 논리적으로는 위헌이라 생각했지만, 이런 사람을 위해 위헌제청을 해야 하나, 싶었던 것 같다. 혼인빙자간음죄는 다른 이의 위헌제청으로 간통죄보다 먼저 위헌결정을 받아 사라졌다.

　　감정이 개입된 법률문제가 또 있다. 이혼에 관한 유책주의와 파탄주의의 대립이다. 유책주의는 잘못이 있는 쪽의 이혼청구를 받아주어서는 안 된다는 거고, 파탄주의는 잘못이 누구한테 있든 혼인이 깨졌으면 이혼하게 해주자는 입장이다. 가족이라는 집단보다 개인의 자유를 우선하는 요즘에는 파탄주의 쪽이 친근할 수 있다. 반면, 잘못한 쪽이 이혼소장을 내고 뻔뻔하게 구는 사건을 보면 기분이 그렇지 못하다. 안 된다는 쪽의 분노는 대단히 강렬하다.

대법원은 2015년 이 문제에 관해 판결을 내렸다. 유책주의 6인과 파탄주의 6인이 팽팽히 대립했고, 양승태 전 대법원장은 유책주의에 표를 던졌다. 결과는 7:6으로 유책주의가 간신히 유지되었다.

유책주의라는 '결론' 자체에 이의를 제기하지는 못하겠다. 이쪽은 도의나 정의관념의 굳건한 지지를 받고 있다. 다만 이 유책주의 판결문을 읽다 보면 뇌 속 논리지향의 뉴런 몇 다발이 아우성을 치는 통에 도무지 참을 수가 없어진다. 감정을 배제하고, 오로지 논리 측면에서만 판결문을 따라가 보자.

파탄주의를 채택하고 있는 여러 나라의 이혼법제에는 재판상 이혼만을 인정할 뿐, 우리처럼 협의이혼 제도가 없다. 우리는 협의이혼 제도가 있으니 상대방을 설득해서 이혼할 수 있는 길이 열려 있다. 그래서 재판상 이혼에서까지 파탄주의를 도입할 필요가 없다.

미국, 일본, 독일, 영국, 프랑스 등은 기본적으로 파탄주의이다. 재판상 이혼만을 인정한다지만 그건 법원을 통해서 한다는 의미에서 그렇다. 당사자가 합의한 내용을 법원에서 확인하는 정도여서 협의이혼이나 다를 바 없는 나라가 대부분이다. 그리고, 애초에 상대방 설득이 안 되니까 재판까지 간 것 아닌가? 그런데 설득하면 된다니, 이런 해결책을 어떻게 이해해야 할까.

우리나라에서는 상대방을 보호할 입법적인 조치가 마련되어 있지 아니하여 유책 배우자의 이혼청구를 받아들이게 되면 상대방이 일방적으로 희생될 위험이 크다.

상대방을 보호하는 '입법적인 조치'란 게 어떤 것인지 판결문에는 설명이 없다. 혹시 유책주의를 유지해 상대방을 보호하겠다는 이 판결 자체를 염두에 둔 건 아닐까? 그걸 입법의 임시 대체물로 삼겠다는 복안일까?

혼인서약을 위반했으니 당연히 배상을 해야 한다. 위자료도 높게 책정해야 하고, 재산분할도 부양의 측면을 고려해서 정하고. 상대방 보호를 위해 생각할 수 있는 조치는 이것밖에 없고, 이것이 핵심이다. 이거라면 당장 판결로 할 수 있다. 입법까지 갈 필요도 없다. 유책 배우자의 이혼소송에서

위자료를 대폭 증액하든가 재산분할의 기준을 달리 정하면 된다. 바로 사법부의 일이다. 당장 할 수 있는 판결을 피하면서 입법이 없으니 임시로 유책주의라도 유지해야 한다는 말은 납득이 가지 않는다.

유책주의는 축출이혼을 방지하려는 의도도 있다. 다른 나라에서는 간통죄를 폐지한 대신 중혼 처벌규정이 있는데, 우리는 없다. 대책 없이 파탄주의를 도입한다면 중혼을 결과적으로 인정하게 될 위험이 있다.

축출이혼이란 용어는 전근대적, 종족적 표현으로 들린다. 무일푼으로 쫓겨나는 느낌도 준다. 하지만 앞서 말했듯이 위자료와 재산분할에서 탄탄한 보장을 해주면 그런 모습은 없을 것이다. 유책주의 판례가 형성되던 1960년대에는 재산분할도, 면접교섭권도 없었다. 하지만 지금은 다 생겼고, 양육권, 친권 등도 동등하게 보장된다. 그래도 모자란다면 제도를 실질화해야 한다. 유책주의가 직접 막는 것은 '이혼'이지, '축출'이 아니다. 축출을 막는 건, 위자료와 재산분할 같은 현실적인 보장책들이다. 이혼 자체를 금하면 결과적으로 '축출'도 막을 수 있다는 사고방식은 앞뒤가 바뀐 것처럼 느껴진다.

외국의 중혼 처벌은 간통죄의 대체물이 아니다. 대체할 거면 그냥 간통죄를 유지했을 것이다. 글자 그대로 중혼의 지

경까지 간 경우 처벌하겠다는 것뿐이다(중혼은 이중결혼으로, 단순한 외도와는 다르다). 서구의 가톨릭 전통과도 관련이 있는 것 같다. 그리고 혼인 파탄의 원인은 성격차이, 괴벽, 폭행, 도박, 낭비, 외도 등 실로 다양하다. 중혼은 그중 한 예일 뿐이며, 비율로는 극히 적을 것이다. '중혼이 처벌 안 되는 판에 파탄주의마저 도입하면 어찌되겠는가'라는 주장인데, 이 특수한 위험을 막기 위해 이 거대한 제도를 운영할 수는 없다. 파리를 잡기 위해 F22 전투기를 띄울 것인가? 그런 식이라면 반대로 '함정을 파 상대의 잘못을 유도하는 경우도 있을 수 있으니 유책주의를 통째로 버려야 한다'는 말도 가능해진다.

우리나라에서 아직 양성평등의 전적인 실현은 미흡해 보인다. 이혼율이 급증하고 국민의 인식이 변했지만 이는 역설적으로 혼인에 대한 보호의 필요성이 커졌다는 방증이라 할 수 있다. 유책 배우자의 이혼청구로 인해서 정신적 고통을 받거나 생계유지가 곤란한 경우가 있다.

유책주의가 여성을 보호한다고 하려면 유책 배우자는 늘 남성이라는 전제가 성립해야 한다. 그런데 성립하지 않는다. 이혼을 청구하는 쪽은 남성일 수도, 여성일 수도 있다. 일반론으로 될 수가 없는데 그런 경우가 있다고 해서 논거로 삼는 건 곤란하다.

이혼율이 급증하면 '혼인 보호'에 바람직하지 않다는 인식이 판결문에서 보인다. 여기서 의문이 또 든다. 혼인 보호는 결국 이혼을 줄이자는 얘기일 텐데, 이혼이 무조건 나쁠까? 상대가 싫고 괴로워도 꾹 참고 결혼 상태를 유지하는 것이 좋은 일일까? 혹시 '남이 보기에' 좋을 뿐인 건 아닐까? 누군가와 평생을 살도록 법으로 강제한다는 건데, 그 누군가를 위해서 내 인생은 희생되어야 할까? 이혼을 문제시하는 이런 잠재 인식이 이혼자와 그 자녀들에게 상처를 주지는 않을까?

'혼인의 보호'라는 표현 자체를 문제 삼기는 어렵다. 국가가 가정의 후견인 역할을 하겠다는 국친주의적 냄새가 나기는 하지만 그 정도를 두고 일일이 비판의 날을 세울 것까지는 없다. 하지만 '유책주의가 혼인을 보호한다'는 논리는 수긍하기 어렵다. 파탄주의가 거론되는 정도의 혼인은 글자 그대로 파탄, 사실상 깨진 것이다. 다만 잘못한 측이 가족관계등록부상의 정리를 요구할 수 있느냐는 문제다. 싫은 상대와 어거지로 같이 살게끔 해놓고 혼인이 보호됐다며 박수 치는 법의 모습을 어떻게 이해해야 할까. 혼인을 보호하는 건, 혹은 나아가 보호할지 말지는 근본적으론 그 사회의 문화이다. 유책주의가 보호하는 건 혼인의 껍데기일 뿐 혼인 그 자체는 아니지 않은가.

'이혼에 대한 국민의 인식이 변했다'는 걸 인정하면서도, 그것이 '역설적으로 혼인에 대한 보호의 필요성이 커졌다'는 증거라니. 국민이 이혼을 관대하게 보아주고 있는데, 또 다른 누가 보호의 필요성이 커졌다고 한다는 걸까? 혹시 이혼에 대한 관대한 인식을 다수의견 대법관들이 마땅찮게 여기고, 이런 인식은 바람직하지 못하니 결혼제도를 더 수호해야겠다고 느낀다는 이야기일까? 국민의 인식을 함부로 심사하는 듯한 이런 서술은 불편하다.

더 근본적인 의문이 있다. 이왕이면 결혼을 유지하는 게 낫다손 치더라도, 왜 하필 법원이 이혼제도의 운영을 통해 달성하려고 하는가 하는 점이다. 법원은 만능이 아니며, 온갖 일에 간섭할 만큼 전지하지도 않다. 그저 사후적 심사기관에 불과하다. 결혼제도를 어떤 방향으로 이끄는 건(굳이 이끌어야 한다면) 사회, 문화, 의식 차원의 일이며, 그들이 담당해야 한다. 예를 들면, 가정의 기초경제, 성평등 의식, 교육 제도 같은 것들. 이미 곪아버린 가정을 법으로 지탱한다고 해서 혼인제도가 보호되는 것일까?

상대방의 생계 문제를 언급했는데, 거듭 말하지만 위자료와 재산분할을 먼저 돌아봐야 할 것 같다. 이혼 후에 양육비를 안 주면 과태료라도 매길 수 있지만, 혼인 상태를 유지하면서 돈을 안 주면 오히려 방법이 없다.

결론적으로, 이런 논거들은 들지 않는 편이 나았을 것 같다. 근거의 개수가 많다고 결론이 단단해지는 건 아니다. 다만 이론상 이런 주장은 가능할 것 같다. '혼인은 계약이다. 결혼의 약속을 깬 사람이 혼인 계약을 해소할 수 있도록 하는 것은 계약법의 기본 원리에 반한다. 그러니 잘못한 쪽이 이혼 청구하는 것은 안 된다.'

사실 유책주의에는 강력한 부동의 논거가 따로 있다. 감정이다. 바로 판결문에서도 언급한 '정신적 고통'이다. 법률에 무슨 감정이냐고 할지 모르지만, 법은 감정의 제국이다. 모든 형벌과 법제도의 근간이 감정이다. 이를테면 사람을 죽여도, 물건을 훔쳐도 피해자는 물론 공동체의 어느 누구도 분노하지 않는다면 그 행위는 처음부터 범죄가 될 수 없다. 손해를 입은 사람이 개의치 않는다면 배상도 필요 없다. 잘못을 저지른 자에게 갖는 응보의 감정, 배신감, 분노. 이런 것들을 토대로 법제도는 쌓아 올려져 있다. 유책 배우자에게 갖는 이 감정은 강하고 선명하다. 파탄주의의 온갖 논리를 다 합쳐도 덤비지 못할 만큼이다.

이 울분은 확실히 위로받아야 한다. 다만, 꼭 결혼을 깨지 못하게 하는 방법으로 해야 할지는 다른 문제다. 결혼을 제재의 수단으로 삼는 것에는 고개를 갸웃거리게 된다. 그보다는 고액의 위자료와 재산분할, 이게 우선이고, 직접적이다.

그 후의 유책주의 논의는 차원이 달라질 것이다.

　　대법원의 유책주의 유지 선언과 무관하게 하급심에서는 이미 'wind of change'가 불고 있다. 위자료와 재산분할 기준은 높아지고, 이혼 기준은 파탄주의에 가까워지고 있다. 대법원 다수의견도 결국 파탄주의가 '논리적으로 불가'한 게 아니라 '준비될 때까지는 할 수 없다'는 입장이다. 유책주의를 보노라면 현재 우리의 사형제도가 문득 떠오른다. 아무도 나서서 폐지를 공언하지 못하지만 사실상 폐지된 것이나 마찬가지인 신세. 어쩌면 대법원 판결의 의미가 여기에 있는지 모른다. 실상은 파탄주의를 더 좋아하는 것 아닐까. 그러면서도 유책주의가 종언을 고했다는 선언을 감히 하지는 못하고, 그저 사실상 파탄주의 운영을 슬쩍 눈감아주겠다는, 소위 '츤데레'는 아닐까. 파탄주의는 과거 호주제, 간통, 혼인빙자간음, 양심적 병역거부 등이 그랬듯 딱 한 가지가 부족한 것처럼 보인다. 그것은 '시간'이다.

Size Does Matter
노동조합에 대한 손해배상 폭탄

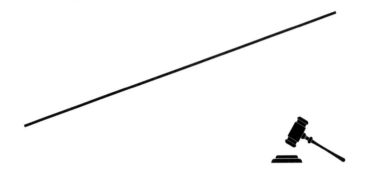

티코 승용차가 달리던 길에 벤츠 승용차가 돌연 뛰어들었다. 티코는 피하지 못하고 벤츠를 들이받았고, 티코도 박살이 났다. 수리비는 벤츠가 1억 원, 티코가 100만 원이 나왔다. 벤츠의 과실이 훨씬 컸지만 티코가 벤츠에게 수천만 원을 물어주게 되었다. 우리는 이런 상황이 공평하다고 느낄까?

이것과 비슷한 상황이 거대 기업과 노조 간에 벌어질 수 있다. '기업의 불법 행위 VS. 노조의 불법 파업'의 경우, 생산 라인의 정지로 손해가 발생하였다고 그대로 배상액으로 떠안긴다면 유사한 형평성의 문제가 발생한다. 기업은 불법이 드러나도 유유히 지갑을 열면 그만이겠지만(벤츠 차주가 지갑을 연다), 노조는 파산이다(티코 차주는 차를 파는 깃도 모자라 전세금을 빼고 있다).

노조 측이 일방적으로 불법 파업에 돌입하였다 하더라도 마찬가지로 형평성 이슈는 떠오를 수 있다. 불법성의 존부보다는 배상액의 크기가 문제이기 때문이다.

불법행위에 손해배상을 명하는 건 당연하다. 노조의 쟁의행위라고 해서 예외일 수는 없다. 만약 면책을 인정한다면 극단적으로는 생산라인의 정지를 넘어 파괴까지 마음대로 행할 수 있는 무소불위의 특권을 쥐고 무정부적 소요도 가능해질 수 있다(다만, 정당한 파업으로 인한 손해는 노동조합 및 노동관계조정법 제3조에 따라 면책된다).

다시 말하지만, 문제는 액수다. "Size does matter." 영화 〈고질라〉의 광고 카피처럼. 큰 기업일수록 생산할 수 있었던 물량 손실뿐 아니라 임료(賃料), 보험료, 감가상각비 같은 고정비만 해도 엄청나 수십, 수백 억에 이르기도 한다. 이걸 노조와 노조원들에게 액면금대로 배상을 명한다면 사실상 '끝장'을 의미한다.

과연 그들이 '그만큼' 잘못했을까? 불법 파업, 잘못이다. 그래서 형사처벌을 받는다. 그런데 죽기까지 해야 하는지? 종류는 다르지만 기업도 잘못을 한다. 그렇다고 곧장 활동 중단의 제재를 받지는 않는다. 건물이 무너지고 사람이 죽어도 기업은 손해배상 때문에 문을 닫지 않는다. 불법 파업이 그보다 큰 잘못 같지는 않다. 기업 노조가 '죽음에 이르는 배상'을 지게 되는 이유는, 그들의 잘못이 그만큼 크기 때문이 아니라 단지 상대방이 크기 때문이다. 단 한 번의 파업으로도 기업에는 막대한 손해(생산손실, 고정비)가 발생하고, 액면대로의 배상은 노조의 영구적 활동정지를 초래한다. 배상액이 잘못의 크기에 정비례하는 건 아니지만, 이 경우는 너무 지나치다. 노조원들과 가족은 생계를 잃는 반면, 그 돈 받는다고 기업의 수익이 대폭 개선되는 것도 아니다.

생산손실이나 고정비는 마치 지구의 자전과 같다. 줄곧 움직이고 발생하지만 사람들은 감지하지 못한다. 그래서 그 배상에 직관적으로 수긍하기도 어렵다. '네가 일을 안 했으니 월급을 줄 수 없다' 혹은 '파업하면서 물건을 부수었으니 물어내라' 여기까진 쉽게 이해가 된다. 하지만 '네가 일했더라면 내가 벌었을 돈을 못 벌었으니 그 돈을 내놔라'라니. 언뜻 논리적으로 들리지만 이는 보통의 손해와는 좀 다르다. 과장이라는 비난을 감수하고 말하자면, '꿈에서 본 손해'에 대한 배상으로 여겨질 수 있다.

웬만하면 민사책임으로 돌리고 형사책임은 최후에 보충적으로 지도록 하는 것이 법률의 상식이다. 그런데 노조원들은 형사책임보다 민사배상에 더 몸서리치는 것 같다. 형사처벌을 감수하고 나섰던 사람도 생계의 위기 앞에서는 발이 얼

어붙는다. 손해배상은 이렇게 쟁의를 일소하는 네이팜탄이
된다.

　다시 티코와 벤츠의 교통사고로 돌아가보자. 벤츠 사이
드미러 하나만 부수어도 차를 팔아야 한다면, 티코는 어디 무
서워서 달릴 수나 있을까?

　몇몇 사람들은 법원을 본다. 그런 결론이 불가피한가?
의문을 표하면서. 하지만 판사는 사또 재판을 하는 사람이 아
니라 정해진 알고리즘에 따라 결과를 도출하는 프로그램과
같은 존재이다. '불법행위-손해의 발생-손해액 산정-배상명
령'이라는 도식에서 벗어날 수 없는 한 현실적으로 손해를 입
은 기업의 요구를 뿌리치기도 어려워 보인다. (노동조합이라
고 해서 민사책임도 완화되어야 하는가에는 찬반양론이 있을 것이
다. 거시경제에 미치는 영향이라든가 기업 측의 사정, 예상키 힘든
인과로 파급되는 부작용 등 다른 관점에서 다른 이야기를 할 수 있
을 듯하다. 다만 '실질적 형평성'이라는 관점에 국한해서 본다면 의
문이 생긴다.)

　법해석기관으로서 한계가 있지만, 만약 노조의 민사책임
을 완화해야 한다는 입장을 취한다면 방법 여하에 따라서는
법리 안에서 형평에 맞는 해결을 도모할 길은 있을 것이다.

첫째. 신의칙상 이루어지는 책임제한 법리를 좀 더 유연하게 활용하는 것이다. 판사에게는 사정을 고려해서 책임의 적절한 선을 그을 수 있는 재량이 있다(대법원 2010다93790 등). 기업과 노조의 자력 차이, 액면대로의 배상을 명하는 것이 기업의 수익에서는 큰 비중이 못되지만 노조와 노조원에는 존립과 생계를 위협할 수 있는 거액이라는 사정, 외부의 타력에 의한 통상의 손해와는 다른 사건의 성격 등을 감안해서 노조 측의 책임을 현실적인 액수까지 떨어지도록 낮게 책정하는 것이다. 손배 청구액에 따라서는 10퍼센트, 아니 5퍼센트, 1퍼센트도 가능할 것이다. 1억 원을 구한다면 10퍼센트가 적을 수 있겠지만, 100억 원을 구한다면 1퍼센트도 과도한 금액이 될 수 있다.

이 해석에는 피해자 측의 손해에 앞서 가해자 측의 자력을 고려한다는, 일반 불법행위 법리에서는 곤란한 발상이 깔려 있음을 부인할 수 없다. 하지만 대기업과 노동조합 사이의 분쟁이라는 특수성을 고려하면 받아들이지 못할 이유도 없을 듯하다.

둘째. 생산시설의 파괴나 상해행위에 대하여는 이 같은 광폭 책임제한을 도입할 수 없다. 어디까지나 가동할 수 있었던 생산 손실이나 고정비 손해에 국한해야 한다.

관행에서 벗어나는 해석이지만 관행은 법이 아니다. 민

사 법리의 틀 안에서 형평을 도모할 여지가 있다면 고려해볼
가치가 없지는 않을 것 같다.

상급심은 늘 더 옳은가
2015년 KTX 승무원 대법원 판결

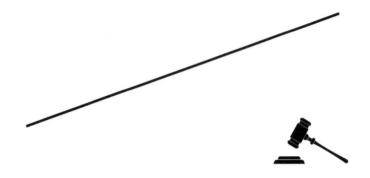

　작가는 영원한 '을'이다. 꼭 돈이 없어 을이 아니라, 타인의 심판을 받는 입장이기 때문에 그렇다. 작가가 창작자로서 세상에 내보낸 작품을 두고 독자는 온갖 비평을 한다. 어차피 모두를 만족시킬 수 없는 법이고, 또 모두를 만족시키는 둥글둥글한 작품은 별 볼 일 없을 가능성이 높기도 하다. 그래서 밋밋한 서평들이 열거되는 것보단, 호평도 열렬하고 악평도 화끈한 쪽이 차라리 낫다. 개중에는 아예 터무니없는 비난도 있다. 그럴 때면 서평을 텍스트로 작가가 재반론을 한다면 양상이 어떨까 궁금해지기도 한다. 말하자면, '정(正)-반(反)'이 아니라 '반-정'의 논리 전개라면 어떨까. 이런 가정은 어디서든 재밌는 결과를 낳을 것 같다. 이를테면 오디션 참가자가 심사위원인 가수 박진영의 평을 평가한다면? '공기 반 소리 반이 뭡니까? 개인 취향을 강요하지 마세요.' 신입사원이 상사를 평가한다면? '부장님, 컴퓨터 공부 좀 하셔야겠습니다.'

상급심 판결은 하급심 판결보다 권위 있어 보인다. 법제도상 상급심이니까 태생부터 위에 있기도 하고, 상급심이 더 경륜 많은 판사들로 구성되었다는 이유도 있을 것이다. 여기에 작은 이유를 보태자면, 판결문의 논리 구조도 그렇게 보이게끔 되어 있다. 상급심 판결문은 기본적으로는 '비판'이다. 하급심 판결문에서 판단한 쟁점을 조목조목 나열하면서 그게 타당한지를 따지는 것이다. 원천적으로 창작보다는 비평이 쉽다. 그리고 비평하는 쪽이 더 위에 있는 것처럼 보인다. 그래서 하급심 비평을 하는 판결문의 구조상 상급심의 논리가 더 권위 있어 '보인다'. 그런데 만약, 앞서 예를 든 것처럼 상급심 논리를 먼저 펼치고 그것을 비판하는 위치에 하급심 논리를 놓아본다면 어떨까? 견디지 못할 상급심 판결도 꽤 있을 것 같다. 그렇게 여겨지는 판결이 여기 하나 있다. 'KTX 승무원 사건' 대법원 판결이다.

사건을 간략히 설명하면 이렇다. KTX 승무원들은 명목상으로는 철도공사(이하 '코레일') 직원이 아니었다. '철도유통'이라는 회사의 직원이었다(이 사실을 듣고, 엉? 하고 놀라는 독자도 있으리라. 어쩌면 그 놀라움이 상식일 것이다). 코레일은 객실 승무원을 직접 고용하지 않고, 객실 서비스를 따로 떼어 철도유통에 도급했다. 철도유통이 승무원을 뽑아 KTX 객실에 파견 근무시키는 형식을 취한 것이다. 승무원들과 코레일 사이에 여러 갈등이 있었지만 여기서는 법적인 부분만을 언급해야 할 것 같다. 승무원들은 코레일을 상대로 자신들이 코레일 소속 근로자임을 확인해달라는 소송을 제기했다. 실질적으로 보면 코레일에 고용된 거나 다름없다는 주장이었다. 코레일은 어디까지나 승무원들은 철도유통에 취업한 거라며 이를 거부했다. KTX 승무원들은 직원일까 외부용역일까.

과정을 건너뛰어 대법원 판결을 먼저 보자. 결론적으로 승무원들을 코레일의 근로자로 인정하지 않았다. 첫째 근거는 승무원의 일이 코레일 직원의 일과 구분되어 있다는 거였다. 무슨 말인가 하면, 승무원들이 코레일 직원과 뒤섞여서 업무를 같이 했다면 코레일의 근로자로 보기 쉬워진다. 그렇지 않고 승무원의 업무가 분리된다면 얘기는 달라진다. 코레일이 철도유통 회사에 그 일만 따로 떼 도급을 준 것일 뿐이라는 논리가 성립 가능하다. 코레일의 주장이 그랬다. KTX 운행에는 '안전 업무'와 '승객 서비스 업무'가 있는데, 코레일의 열차 팀장이 안전 업무를 전담했고, 승무원들은 객실 서비스 업무만 담당했다. 객실 서비스 부문만을 떼어 철도유통에 도급한 것에 지나지 않는다. 일종의 아웃소싱이란 거다. 대법원은 이 주장을 받아들였다. 코레일 직원과 승무원들의 업무 영역이 똑 떨어지게 구분되어 있었다고 봤다.

그런데 과연 KTX 안에서 코레일 직원과 승무원들의 업무가 물과 기름처럼 구분될 수 있을까? 여기서 하급심은 대법원의 논리를 이렇게 비판한다(앞서 말했듯, 가상의 편집이다). 당시 노동부는 승무원 업무가 성격상 파견 대상이 아니고 도급도 안 된다고 밝혔다. 그런데도 코레일은 이런 식의 세팅을 진행했다는 점이 문제였다. 그리고 당초 계약상 승무원들이 객실 서비스 전반뿐 아니라 안전 업무도 하도록 되어 있었고, 안전장치 점검이나 비상사태 대응 같은 업무가 평가항목에 들어가 있기도 했다. 코레일 측 열차 팀장과 공통된 업무도 많다. 이런 점들을 보면 코레일 직원과 승무원들은 '네 일, 내 일' 구분하는 사이가 아니라 상호 협력해서 업무를 수행하는 관계라고 봐야 하는 것이다.

이 말은 설득력이 있다. 일반적인 안전 문제가 발생하여 승객이 승무원에게 도움을 요청했을 때, 승무원이 그건 우리 업무가 아니라며 '노'라고 할 수 있을까. 코레일은 KTX를 그렇게 운행하려고 했던 걸까. 승무원이 안전 업무를 외면해 트러블이 생길 때 코레일은 아마도 승무원에게 책임을 물을 것이다. 하지만 근로자로 인정하지 않으면서 그런다면 모순이다.

사실, 업무가 구분되든 아니든 어쩌면 그게 본질적인 요소는 아니다. 모든 조직은 분업체계를 갖추고 있다. 그중 일부를 떼어 도급했다고 해서 무조건 고용이 아니라고 할 수는 없을 것이다. 여기서 더 중요한 문제가 떠오른다. 과연 승무원을 고용한 철도유통을 독립된 업체로 볼 수 있는가 하는 점이다. 그렇지 않고 철도유통이 코레일의 사업부서의 하나 정도로 평가된다면 승무원은 실질적으로 코레일과 직접 근로계약을 한 거라고 볼 여지가 커진다. 대법원은 이 두 번째 쟁점에서도 코레일 편이었다. 철도유통을 독자적인 사업주체로 인정했다. 철도유통은 승무원 관리본부를 따로 설치하고 사무실을 코레일로부터 임차하였으며, 승무원 제복과 가방을 직접 구입해 배부하기도 했다는 것이다.

반면 하급심은 이렇게 비판한다. 철도유통 자체가 코레일 지분 100퍼센트의 자회사인데 무슨 소리냐. 게다가 임원진은 전부 코레일 출신이다. 코레일이 직접 승무원의 임금 항목과 액수를 결정해서 지급했다. 심지어 코레일이 철도유통의 일반관리비나 이윤까지 산정했는데, 그게 독립적인 사업체라고 할 수 있는가? 철도유통은 승무원을 위한 별도의 시설과 장비조차 갖추지 않았다. 코레일이 필요한 시설과 장비를 철도유통에 무료로 빌려주었을 뿐이다. 결국 코레일은 자신의 시설, 장비를 이용해 승무원들을 근무시킨 셈이다. 이런 사정을 감안하면 철도유통은 사업주로서 독자성이 있다고 보기 어렵다. 철도유통은 실질적으로는 코레일의 고용계약을 대리한 정도에 불과하다는 판단이다. 어느 쪽이 설득력이 있는지, 독자 여러분이 판단하시기 바란다.

대법원은 셋째로, 철도유통이 승무원을 채용하고 교육하는 주체였다고 판단했다. 철도유통은 자체적으로 마련한 운용지침에 따라 승무원의 채용·승진·직급체계를 결정했다. 직접 교육 및 근무평가를 실시했다. 코레일 직원이 채용 면접관으로 참여하거나, 승무원이 코레일의 위탁교육을 받기도 했지만 이것만으로 철도유통이 채용 및 교육의 주체라는 점을 부인할 수는 없다. 코레일의 열차 팀장이 승무원의 업무를 점검하지만 이는 업무상 감독이 아니라 계약에 따른 절차에 불과하다. 승무원의 출근시간이나 승무시간, 배치순서도 철도유통이 결정했다. 코레일이 '승무원 매뉴얼'을 만들었지만 이는 그저 업무의 표준을 제시한 것뿐이다.

이 부분에서는 결론만 있을 뿐 판단 근거조차 아예 제시되어 있지 않은 명제가 많아 놀라운데, 개인적인 감상은 제쳐두고 하급심의 비판을 보자. 코레일은 승무원 채용부터 관여했다. 철도유통 측과 인원수를 조율했고, 코레일 직원이 면접관으로 참여했다. 승무원 교육도 그렇다. 코레일이 자료를 제작·배포했고, 직무교육도 수시로 실시했다. 코레일의 열차 팀장이 승무원의 업무수행을 확인하고 평가했다. 반면에 철도유통 측 책임자는 KTX에 승차하지도 않았다. 코레일이 승무원에 대한 시정사항을 통보해 철도유통이 징계처분을 하고 코레일에 통보한 일도 있었다. 코레일이 작성한 '서비스 매뉴얼'에 승무원의 복장과 메이크업에 관한 세부 사항이 명시되어 있기도 하다. 이런 점들을 모아보면 승무원에 대한 인사노무관리의 실제적인 주체는 코레일이라고 봐야 한다.

하급심은 위의 세 근거를 들어 묵시적으로 승무원들과 코레일 간에 근로계약이 존재한다고 인정했다. 반면에 대법원은 같은 근거를 들어 묵시적인 근로계약관계를 부정했다. 나아가 '파견'에도 해당하지 않는다고 했다(파견으로 인정되면 2년 후에 정식 고용해야 한다. 그 길도 막은 것이다). 논리 전개를 보면 '하급심 논리를 두고 그것을 나무라는 대법원 판단'의 그림보다, '대법원의 논리를 두고 그것을 나무라는 하급심 판단'으로 편집한 그림이 더 나아 보인다. 상식으로도 그렇지 않을까. 대한항공 승무원을 직원이 아니라고 하면 직관적으로 이상한 기분이 들 것이다. 코레일 승무원은 다른가? 하긴 사업체마다 사정이 다르니, 객실 서비스를 떼서 외주 줄 수도 있을 것이다. 하지만 그 외주 회사가 100퍼센트 자회사라면? 승무원들한테 정식고용을 할 것처럼 온갖 기대를 심어주었다면? 코레일은 경영상의 필요에서 그랬을 것이다. 하지만 경영의 관점과 법의 관점은 다르며, 재판은 후자에 따라야 한다. '어쨌든 고용계약은 다른 업체와 했으니까'라는 건 실질을 도외시한 형식논리로 보인다. 법 영역에는 딱 부러지는 기준을 제시할 수 없는 애매모호한 문제가 수없이 존재한다. 그에 관해 내려온 대법원 판례를 관통하는 한 가지 원칙은, '사정을 종합적으로 고려해서 실질을 보라'는 것이다. 그런데 이 사건에서도 그렇게 했는가?

대법원은 '재판거래' 대상으로 이 판결이 주목받자, 이렇게 해명했다. 해당 재판부 전원은 물론 재판연구관들이 머리를 맞댄 집단지성의 결과물이라는 것이었다. 재판거래는 내가 판단할 일이 아니다. 다만 밝힌 내용은 다소 놀랍다. KTX 승무원 소송은 두 건이었고, 그중 1심 두 재판부와 2심 한 재판부가 고용관계를 인정했다. 그리고 2007년에 있었던 별도의 업무방해 형사재판에서도 판사는 근로관계를 인정했다. 하급심 다섯 재판부 중 도합 네 재판부가 대법원과 의견이 달랐는데, 대법원에서는 왜 집단지성으로 의견이 일치했을까? 이런 사안이라면 차라리 의견이 갈리는 게 더 자연스럽다. 법원이 거짓 해명을 했으리라고는 생각지 않지만 신뢰를 위해 당시 재판연구관들이 작성한 보고서를 공개했으면 싶다. 하급심 판결에 비해, 그리고 3년이라는 심리기간에 비해 대법원 판결문은 맥이 풀릴 만큼 짧았다. 재판연구관은 대법관이 방향을 지시한 대로 보고서를 썼을 수도 있으니 의미가 적다. 그래도 연구관 보고서를 읽어보면 판결문에 드러나지 않은 어떤 숙고, 빙산의 거대한 아래쪽이 보이지 않을까. 혹은 그렇지 않거나.

추신

2018년 7월 코레일과 철도노조는 KTX 해고 승무원들을 코레일 정규직원으로 채용하기로 합의하였다. 해고 승무원들은 12년 만에 복직의 꿈을 이루었지만, 거기에 법의 역할은 없었다. KTX 대법원 판결의 주심이었던 고영한 전 대법관은 '사법농단 사건'의 공범으로(직권남용 등) 2019년 2월 11일 기소되었다

히가시노 게이고를 지옥으로!

'라우드니스를 지옥으로 보내겠다.' 1986년 나는 레코드 가게에서 이 문구가 쓰인 어느 밴드의 1집 앨범을 들고 코웃음치고 있었다. 당시, 일본의 헤비메탈 밴드 '라우드니스'는 전설을 쓰고 있었다. 아시아 밴드 최초로 빌보드 차트에 올랐고, LA에서는 보컬 니이하라 미노루의 서툰 영어 발음을 따라하는 밴드까지 생겨날 정도였다. 그런데, 이 밴드를 지옥으로 보내겠다며 록의 변방인 한국에서 들도 보도 못한 밴드가 호기롭게 출사표를 던졌으니, 내 눈에는 그저 가소롭게 보일 뿐이었다.

그 밴드의 이름은 '부활'이었다. 그리고 그 앨범에는 '희야'와 '비와 당신의 이야기'가 담겨 있었다. 음반을 발견한 가게에서는 그냥 웃고 지나쳤기에 그 곡들을 듣게 된 건 한참 후였다. 충격이었다. 한국에도 이런 음악이 있다니……. 해외 문물에 빠져 겉멋만 가득했던 청년 시절의 나를 부활의 음악이 뒤흔들어놓았다.

그 문구가 이상하게 잊히지 않았던 건, 아마도 우리 세대가 마음 깊이 절어 있던 '외국 콤플렉스'에 정면으로 덤벼든 패기에 공감했기 때문은 아니었을까. 젊음만이 가능했던 그 도전.

급기야 나도 일을 저지르고 말았다. 마흔 줄이 넘어 추리소설을 쓰기 시작한 건 순전히 좋아서 시작한 일이었지만, 그 출발점에는 한국 출판계를 휩쓴 일본 추리소설에 대한 부러움이 도사리고 있었다. "좋은 홍보문구 없겠습니까?" 출판사에서 이렇게 물었을 때, 문득 부활의 그 문구가 떠올랐다. "히가시노 게이고를 지옥으로 보내겠다! 어떻습니까?" 출판사는 질겁했다. 히가시노 게이고는 무라카미 하루키의 판매량을 위협하는 초베스트셀러 작가 아닌가. 그를 어디론가 보내버리겠다니, 아마도 출판 관계자는 1986년 부활 음반을 집어 들고 코웃음 치던 내 심정이었을 것 같다. 나는 농담이라며 얼버무렸다.

사실 거의 농담이었다. 나는 히가시노 게이고의 열렬한 팬이다. 그런데도 그 치기 어린 캐치프레이즈가 하마터면 내

걸릴 뻔했던 건, 도전하지도 않는데 저절로 열리는 문은 없다는 생각 때문인 듯하다. 목표가 높아야 성취도 커진다. 실제로 '부활'은 라우드니스 못지않은 전설이 되었다.

GOTH

6개의 에피소드로 이루어진 이 연작단편집의 두 번째 이야기까지 읽었을 때, 초조감으로 책을 덮었다. 그리고 몇 편이 남았나 세어보았다. 맛있는 쿠키가 줄어들 때와 비슷한 안달감이 일었다.

이 작품에서는 사이코패스인 고등학생 주인공, 그리고 그의 파트너이자 감정 없는 소녀 모리노가 등장해 갖가지 사건에 맞닥뜨리고 때로는 해결해간다. 소년 '덱스터*'라 할 만하다. '중2병의 바이블', '암흑계 라이트노벨'이라 불러도 좋다. 오쓰이치의 《GOTH》는 잔혹한 묘사가 우선 눈에 띄는

---

* 사이코패스가 살인자들을 처치하는 미국 소설과 동명 드라마의 주인공.

소설집이다. 살인은 기본이고, 사체를 훼손하며 손목을 자르기도 한다. 인간의 감정이 쏙 빠져버린 듯 서늘한 문체, 담백하지만 오싹한 대사가 자아내는 오묘하고 컬트적인 분위기가 전체를 지배한다. 무언가를 숨긴 듯한 은둔형 캐릭터는 호기심을 자극한다. 물론 그것만으로는 좋은 작품이 될 수 없다. 그것이 전부라면 책을 덮자마자 머릿속 한구석에서 먼지를 뒤집어쓰고 아득히 잊혀갔을 것이다. 사이코패스는, 현실에는 드물지만 스릴러물에서는 지나치게 흔해졌기 때문이다. 《GOTH》는 뻔한 살인자의 고백담에서 나아가, 온갖 변화막측한 술수들로 독자의 얼을 빼놓는다. 작가는 문자를 표현의 도구로 사용하는 이점을 한껏 발휘해 작품에 생명력을 불어넣었다(만약 영상이나 다른 매개체를 사용한다면 다른 변주가 이루어질 수 있을 것이다). 이불 속에서 새어 나오는 불빛처럼 번득이는 아이디어가 단순히 사이코패스의 감정 없는 일기에 그쳤을 수도 있었을 이 소설을 걸작의 반열로까지 끌어올려놓았다. 매력은 더 있다. 이 작품은 아이러니컬하게도 권선징악적인 결말을 유지한다. 연쇄살인자를 처단함으로써 정당성을 획득하는 살인마 덱스터에 우리가 열광하는 이유가 이 작품에도 고스란히 들어 있는 것이다. 도덕을 버린 사이코패스들에게 매력을 느낄 순 있어도 결국 도덕을 버리지 못하는 게 우리다. 사이코패스가 주인공이면서도 아슬아슬하게 보통 사람들의 감성과 도덕의식에서 벗어나 있지 않은 이 책은 그래서 묘한 안도감을 준다. 착한 이가 착한 일을 하는 건 안심은 되지만 지루하다. 나쁜 놈이 나쁜 짓을 하는 이야기는 흥미롭지만 불쾌하다. 그와 달리, 나쁜 놈인 줄 알았는데, 은근히 인간다운 면모와 의리를 보여주는 캐릭터는 우리를 빠져들게 한다. 파멸적인 오라를 지닌 이 사이코패스들에게 우리는 친밀감 혹은 매력조차 느끼게 된다. 생각 없는 '중2병 환자'나 청소년들이 이들의 스타일에 열광하고, 따라하게 되지 않을까 하는 걱정이 일 정도다(나름대로 리버럴한 사고를 갖고 있다고 생각하는 사람으로 하여금 이렇게 학부모의 심정을 갖게 하고 케케묵은 발언을 하게 만드는 이 작품은 도대체 뭐란 말인가?).

주인공과 그의 반 친구(사실 두 사람의 관계를 정의하기는 애매하다) 모리노는 제1편 〈암흑계〉에서 인상적인 첫 등장을 한다. 연쇄살인마의 수첩을 모리노가 주워서 주인공에게 보여주고, 둘이 같이 살인사건 현장을 찾아가는 것으로 이야기가 시작된다. 처참한 살인현장을 만나지만 두 사람의 반응은 밋밋하기만 하다. 심지어 피해자의 옷가지와 모자를 주워오기도 한다. 분명 정상인의 행동이 아니다. 감정과 동감이 메마른 사이코패스들이기에 가능한 일이다. 그리고, 그들은 사이코패스만이 할 수 있는 방식으로 사건을 해결한다. 사실 주인공은 사건을 해결하려 한 것도 아니었다. 처음 이 단편을 읽고 느낀 감각은 뭐라 말할 수 없는 묘한 간질임이었다. 추리력과 정의감으로 사건을 해결하는 명탐정 셜록 홈스풍도 아니고, 사건을 종횡무진 누비며 쾌도난마로 악을 응징하는 모험가 뤼팽식도 아니다. 찝찝하지만 해결은 분명히 된 이상 야릇한 사건 풀이. 사다코가 꿈속으로 기어들어가 프레디 크루거를 목 졸라 죽인 느낌이라면 올바른 비유일까?

제2편 〈리스트컷 사건〉에서는 행인들의 손목을 절단하는 연쇄손목절단마(?)와의 대결이 펼쳐진다. 손목에 집착하는, 그저 취향만 뒤틀려 있을 뿐인 악당은 약빠른 두뇌회전을 보이는 주인공의 상대가 되지 못한다. 역시 독특한 추리와 엉뚱한 해결을 선보이는데, 아마 대개의 독자들이 가장 정서적으로 반감을 느낄 단편이기도 할 것 같다(여기까지 읽었을 때, 앞서 말했지만 설레는 마음으로 책을 덮었다. 그러다가 반나절을 참지 못하고 다시 책을 집었다).

제3편 〈개〉에서는 주인공의 동네에서 개가 연쇄적으로 실종되는 사건이 일어나는데, 두 가지 시선으로 이야기가 전개된다. 살인과 기묘한 사건들에 무미건조한 호기심을 갖고 추적하는 우리의 주인공, 그리고 기묘한 동거를 하는 개와 소녀의 눈이다. '칼을 준 사람에게'라는 문구가 이상하게도 기억에 남는데, 더 누설하지 않고서 내용을 소개하거나 감상을 이야기하는 건 불가능할 것 같다. 1, 2편의 흐름상 다음은 이

럴 거라는 예상을 뛰어넘는 결말에 기절초풍했다는 점만은 밝혀도 좋을 것 같다. 1, 2편이 워낙 뛰어났기에 3편쯤에 와서는 템포를 조절하는 평작이나 급이 떨어지는 단편이 끼어 있을 거라고 생각했었는데…… (비틀스의 명반도 모든 곡이 다 좋지는 않으니) 〈개〉를 읽고서는 책을 든 손에 땀이 차면서 힘이 바짝 들어가고, 걸작을 만난 걸지도 모른다는 예감을 가졌을 때만 반응하는 뇌 속 더듬이가 부들부들 떨리기 시작했다.

제4편 〈기억〉에서는 주인공의 친구 모리노의 과거가 밝혀진다. 표정 없고 무감동한 아이, 타고난 사이코패스인 줄 알았던 그녀에게 끔찍하고도 슬픈, 쌍둥이 형제의 죽음에 얽힌 과거가 있었다. 조금은 예상 가능하고, 재기발랄함이 다소 덜하지만 오쓰이치의 다른 작품에서 느낄 수 있는 특유의 애잔한 면모가 한껏 발휘되고 있다. 그러면서도 캐릭터의 통일성이나 분위기의 일관성을 해치지는 않는 절묘한 선에서 감성 코드가 마무리된다. 실컷 웃기고 부수다가 의미나 메시지를 던져야 한다는 강박관념에 시달려 돌연 눈물과 외침 범벅으로 전체를 망치고 마는 영화나 소설은 이런 수위 조절을 참고할 필요가 있지 않을까 싶다.

제5편 〈흙〉에서는 조금 안심했다. 역시 아무리 훌륭한 단편집이라도 그 가운데에는 이런 범작도 끼어 있는 법이지……. 사실, 이 단편 하나로만 치면 훌륭하다고 평할 수 있

을 테지만, 이전 편에서 한껏 높아진 기대치로 인한 피해를 입었다고 할 수밖에 없다. 주변에서 좋은 평판을 받으며 사회 안에 은둔해 있던 어떤 인물은 실은 사람을 땅에 묻고 싶은 내밀한 욕망에 시달린다. 결국 한 소녀를 유괴해 마당에 묻어버리는데……. 이번에는 또 어떤 식으로 독자를 농락할까, 기대를 품고 흥미진진하게 읽어나간 데 비해 결말은 다소 평범(?)하다. 형사 콜롬보처럼 지분지분 악당을 괴롭히는 주인공 소년의 넉살이 기억에 남을 뿐이다. 하지만 이 한 박자의 쉼은 다음 대단원을 위한 밑밥에 불과했으니…….

제6편 〈목소리〉는 중편이다. 첫 장을 펼치며 슬펐다. 이제 이 재밌는 책도 끝이구나 하면서 은근히 조바심도 일었다. 마지막에 엉뚱한 작품이 튀어나와 재를 뿌리는 건 아닐까. 하지만 기우였다. 점증되는 불안감과 호기심이 마지막에 깨끗이 해소되며 납득되는 마무리까지 이어진다. 이 훌륭한 연작 단편집의 대미를 장식하기에 더할 나위 없는 이야기다. 단편집을 꿰뚫는 어떤 장치는 이 마지막 작품을 위한 것이었는데, 이런 종류의 반전에 당하고 보니, 공이 어떻게 휘는지 구질을 다 알면서도 꼼짝없이 천재 투수의 마구에 농락당하는 타자가 된 기분이었다. 그리고 나는 오쓰이치와 《GOTH》의 열렬한 팬이 되고 말았다.

천재라 불린 사람들은 대부분 20대를 전후로 한 젊은 시절에 걸작을 남겨왔다. 음악, 미술, 문학 같은 문화 분야뿐 아니라 물리학, 수학 같은 학문 분야도 그렇다. 그런 걸 보면 인간의 뇌는 지성 면으로나 감성 면으로나 아무래도 20대가 최고조인 듯하다(10대에 더 좋을 수도 있겠지만 이때는 어떤 창작을 하기 위한 입력이 절대적으로 부족하다). 물론 예외는 있다. 나이가 들어서도 커다란 정서적 충격을 받으면 걸작이 나오기도 하고(예를 들어, 에릭 클랩튼이 아들을 잃고 창자가 끊어지는 아픔을 승화시켜 만든 곡 'Tears in Heaven'을 보라), 혹은 인생을 관조하는 경지에 이른 노년의 대가가 깊이 있는 작품을 남기는 일도 많다. 하지만 역시 지성의 반짝임이 느껴지는 재기발랄한 작품은 싱싱한 젊음이 만들어낸다. 《GOTH》가 오쓰이치가 20대 초반에 쓴 작품이라는 사실을 알고서 놀랐지만, 그런 연유로 이내 고개가 끄덕여졌다. 이런 작품은 한 작가가 재능이 최고조이던 젊은 날, 길을 걷다가 떨어진 간판에 머리를 다치듯 어떤 영감을 불현듯 만나야 탄생할 수 있는 작품인 것이다.

이 소설에는 '19금' 딱지가 붙어 있다. 검열 제도 자체의 정당성을 떠나, 여기서 주목하고 싶은 건 폭력성과 선정성이 난무하는 허다한 작품들에도 쉽사리 붙지 않던 19금 딱지가 왜 이 작품에 붙었을까, 하는 점이다. 그만큼 검열관들의 마음에 깊은 인상 혹은 상처를 남겼다는 걸 역설적으로 의미하는 건 아닐까. 이 작품이 수많은 소위 '중2병' 환자들에게 깊게 각인되고, 걸작만이 갖는 특유의 힘으로 읽는 이들을 가상의 도덕에 빠져들게 해 사회가 용인하지 않는 길로 이끌어버릴지 모른다는 두려움을 마음 깊숙한 곳에서 감지한 탓은 아닐까. 사이코패스를 구경하는 건 재밌지만 사이코패스가 되는 건 재미없고, 되고 싶다고 되는 것도 아닌 것 같지만, 그 사실을 미처 깨닫지 못하는 덜떨어진 이들이 어딘가에 있을지 모른다고 걱정하게 만든 건 아닐까. 아니면 공부 스트레스와 외로움에 시달리던 청소년들이《GOTH》의 주인공과 모리노에게 감정이입을 지나치게 해버릴지 모른다는 두려움을 가진 건 아닐까. 어떻게 아느냐고? 그저 역지사지다. 이 작품에서 내가 느낀 강렬한 매력을 검열관들 또한 느끼지 않았을 리가 없으니까.

일러두지만,《GOTH》는 취향을 극단적으로 타는 작품이다. 잔인한 묘사를 싫어하는 사람, 감성적인 면을 중시하는 사람이라면 가까이해선 안 될 책이다. (분명히 말씀드렸다. 훗날 왜 이런 작품을 추천했냐는 비난은 면하고 싶다.) 반면, 당신이 '착한 문화 산물'에 질렸다면, 범람하는 감성물에 피로를 느꼈다면, 그래서 인간 정신의 밑바닥에 도사린 짐승에게 관심이 생겼다면, 이 책의 잔혹한 묘사를 넘어 빛나는 재능이 자아낸 엔터테인먼트의 정수를 맛볼 준비가 된 것이다.

《GOTH》 2권이 나오지 않은 건 천만다행이다. 한 작가가 이런 수준의 작품을 줄줄이 내는 걸 목격한다면 같은 장르 작가로서 펜대를, 아니 키보드를 부러뜨려야 하지 않겠는가.

부자로 살기 위하여

무림 고수가 우연히 절세비급을 손에 넣었다. 그런데 그 무공은 경지에 다다를수록 인성을 잃어가는 종류의 것이었다. 만인의 경외를 받던 고수는 어느 순간 연마를 그만두었고, 이런 말을 남겼다. '천하를 가진다 한들 그것을 즐길 수 있는 마음이 사라지면 무슨 소용인가.' 이 무협소설의 제목은 기억나지 않는다.

"인간은 열정으로 가득 차 있어. 의학, 법률, 경제, 기술은 삶을 유지하는 데 필요해. 하지만 시와 아름다움, 낭만, 사랑은 삶의 목적이지." 이건 영화 〈죽은 시인의 사회〉에서 키팅 선생이 한 말이다.

돈이 지배하는 현대사회에서는 재벌과 부자가 부러움의

대상이다. 대저택이나 고급 승용차, 모피 같은 걸 갖고 싶다면 우리는 도저히 그들과 경쟁할 수 없다. 그런데, 다행히도 인간 세상의 재화는 그것만 있는 게 아니다. '문화'라면 어떨까.

재벌이라고 해서 더 재밌는 영화, 소설을 보고 읽는 게 아니다. 따로 환상의 음악을 듣는 것도 아니다. 귀족들만 음악회에 갈 수 있었던 옛날과 다르다. 누구나 똑같은 음악, 그림, 영화, 소설을 즐긴다는 데에 현대 생활의 묘미가 있다. 편당 1~2만 원이면 구할 수 있고, 박물관에 갈 수 있으며, TV나 유튜브는 공짜다. 기쁨을 느끼는 센서와 감상할 여유만 있으면 된다. 고급 승용차를 가졌지만 문화를 즐길 감성이 없는 사람이 그 반대의 경우보다 더 비극적으로 보인다.

어마어마한 행복 자원의 보고가 거의 거저나 다름없는 가격표를 달고 우리 앞에 있다. 바빠서, 여유가 없어서, 돈 문제에 신경 쓰느라 지나쳐버리기에는 아깝다. 차는 생산 구조상 비싸게 값이 매겨져 있지만 인생에서의 효용으로 따지면 얘기가 다르다. 만약 조수미의 노래를 소수의 특권층만 들을 수 있고, 고흐의 그림을 보는 데에 특별요금을 지불해야 한다면, 영화 어벤져스 시리즈를 소수에게만 보여준다면, 과연 얼마의 가격표가 붙을까. 우리는 부자들보다 더 부자일 수 있다. 페라리 타는 갑부보다 버스 안 서민이 더 나은 인생일 수 있게 만드는 게 문화다. 이 가성비 최고의 재보(財寶)

를 두고 굳이 경쟁이 안 되는 자동차와 집만으로 비교할 필요는 없을 듯하다.

3부

절차란 무엇일까

2017년 불법촬영 무죄 사건과 미란다 원칙

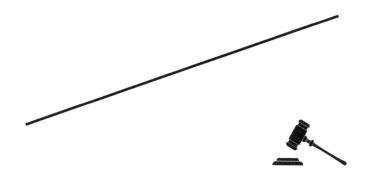

이번 글은 아마도 이 책에서 가장 재미없는 이야기가 될 것 같다. 바로 '절차'에 관한 이야기이기 때문이다. 절차라는 것이 빠져나가는 악인을 잡아내는 방향으로 작용하는 경우는 드물다. 오히려 재판을 방해하고, 태클을 거는 쪽이다. 영화 속에서만 그런 것이 아니라 현실에서도 그렇다. 그래서 이 주제는 인기가 없다. 인기 있는 건, 통쾌한 응징이나 '저지 드레드'식의 즉결처분이다. 하지만 절차는 정의를 위해 주먹을 날리는 용기보다 더 중요하다……. 이런 얘길 해야 하니, 재미도 없고 감동도 없을 것이 분명하다. 어떤 글에서든 읽는 재미를 우선으로 치는 내 입장에선 마음이 무겁다.

얼마 전 화제가 된 판결 중에 이런 게 있었다. 지하철 불법촬영(몰카) 사건이다. 겉보기에는 멀쩡한 이상규(가명)는 지하철에서 여성의 다리와 엉덩이를 몰래 촬영하고 있었다. 이를 눈치챈 주변 시민들이 그를 붙잡았다. 촬영에 쓴 휴대전화도 빼앗았다. 잠시 후 경찰이 달려왔고, 시민들은 경찰에게 '남자가 사진을 지울까 봐 확보해두었다'며 그의 휴대전화를 넘겨줬다. 이상규는 몰카 범죄로 기소됐다. 정확히는 '성폭력 범죄의 처벌 등에 관한 특례법 위반'이라는 죄명이다.

그런데 이상규는 무죄 판결을 받았다. 이유는 증거 부족이었다. 자백도 했고, 휴대전화도 압수돼 있었는데, 법원은 왜 증거가 부족하다고 했을까. 이유는 절차에 있었다. 휴대전화를 압수하는 과정에 문제가 있었다는 것이다. 시민들이 휴대전화를 빼앗아 경찰에 넘겨줬으니, 본인의 자발적 의사에 따라 넘겨받은 건 아니고, 실질적으로 압수에 해당한다. 압수를 하려면 영장이 있어야 한다. 적어도 48시간 이내에 사후 영장이라도 받았어야 한다. 그런데 경찰은 영장을 받지 않았다. 그렇다면 이 휴대전화는 위법한 절차로 확보한 증거이다. 따라서 증거로 쓸 수 없다. 그렇게 되니 남은 증거는 이상규 본인의 자백뿐이다. 그런데, 우리 형사소송법상 피고인의 자백이 유일한 증거일 땐 유죄로 하지 못하도록 되어 있다('자백이 증거의 왕'이던 시절이 있었다. 수사기관이 자백만 얻으면 된다는 생각에 고문과 같은 무리수를 두었고, 그걸 통제하기 위해 만

들어진 룰이다). 그래서 이상규는 결국 증거 부족으로 무죄가
되고 말았다.

비슷한 시기에 비슷한 사건이 있었다. 마약 범죄였다. 안
영률(가명)은 멕시코에서 필로폰을 국제택배로 밀수하려 했
다. 검사는 정보를 입수하고 세관에 운송장번호를 알려두었
다. 세관에서는 안영률 앞으로 오는 국제화물을 주시하고 있
다가 소포를 발견해서 사무실로 가져와 풀었다. 필로폰 100그
램이 발견되었고 세관원은 검사에게 이를 알리고 마약을 제
출했다. 안영률은 마약 밀수로 기소됐다. 이 사건 역시 무죄로
끝났다. 이유는 역시 압수에 관한 절차 위반이었다. 세관에서
통관화물의 내용을 검사하는 것은 일상 업무이지만, 마약첩보
를 입수한 후 특정 운송장의 화물을 풀어보고 검사에게 제출
하는 것은 전 과정을 보아 압수에 해당한다. 그렇다면 영장을
받았어야 한다. 48시간 이내 사후영장이라도 받았어야 한다.
하지만 검찰은 영장을 받지 않았다. 결국 영장주의, 압수절차
에 위배되어 입수된 마약은 증거물로서의 효력을 잃었다. 나
머지 증거로는 마약 밀수에 대한 입증이 부족했다. 그래서 안
영률은 무죄로 판단받았다.

이런 결론들은 직관적으로 우리의 정의관념에 반한다.
압수한 과정에 잘못이 있다고 해서 휴대전화나 마약이 다른
물건으로 변하는 것도 아닌데 뭐가 문제일까. 범인은 처벌하

고 수사기관에는 따로 페널티를 주면 될 것 아닌가. 이런 생각이 우선 든다. 그래서 얼마 전, 그러니까 불과 10년 전까지만 해도 이런 경우에 증거능력이 인정됐다. 그런데 2007년 형사소송법에서 압수절차가 위법하면 확보한 물건의 증거능력이 아예 없다고 못 박았다. 그 무렵 대법원 판례도 같이 바뀌었다. 법은 우리의 정의 관념과는 반대로 발전해나갔다.

이 원칙은 미국에서 20세기 초반에 등장했다. 그리고 '잘살고 합리적인' 나라들로 퍼져갔다. 수사기관더러 법 좀 지키라고 좋은 말로 해봤는데, 도무지 안 되더라는 것이다. 위법하게 얻은 증거는 아예 쓰지 못하도록 만드는 것만이 불법 수사를 억제하는 거의 유일하고 유효한 방책이라는 걸 세계 각국은 경험을 통해 체득했다. 우리는 2007년에야 글로벌 기준에 겨우 도달한 것이다.

현대법의 트랜드는 한마디로 '절차의 실체에 대한 우위'로 표현될 수 있다. 절차는 다 아는 그 절차고, 실체는 풀어 말하면 '올바른 결론', '진상' 정도가 되겠다. 즉 사건의 진상에 다다르고 정의를 실현하는 것보다 그 과정에서 절차를 꼬박꼬박 지키는 게 더 중요하다는 방향으로 기울었다는 의미이다. 소크라테스가 오래전 '너 자신을 알라'고 했다. 그 말에는 너 자신의 한계를 알라는 의미도 포함된 것이 아니었을까? 사람들은 더 교양 있어지면서 겸손해졌고, 오히려 자신의 인식의 한계를 자각하게 되었다. 어차피 인간은 100퍼센트의 진실에는 도달하지 못하는 게 아닐까. 절대 진리는 없지 않은가. 적어도 알 수 없지 않은가. 그렇다면 재판도 불가능한 목표를 달성하려 무리수를 두기보다는 그 과정에서 절차를 지키는 게 더 중요하지 않을까. 정해진 매뉴얼대로만 했으면 결론이 마음에 안 들더라도 받아들여야 한다는 것이다. '절차적 정의'라는 표현으로 지지되는 이 사고방식을 더 단순하게 극단적으로 표현하면 이렇다. '재판은 옳은 결론을 내는 게 아니라 옳은 절차를 지키는 것이다. 그 끝에 뭐가 있든 상관하지 않는다.' (물론 이 또한 절대 진리가 아니라 하나의 사조, 흐름일지 모른다. 다른 요인, 이를테면 기술의 압도적 발달로 과거의 사건을 그대로 재현할 수 있다면 진상에 쉽게 도달할 수 있고, 그것이 더 중요하다는 방향으로 바뀔 수도 있을 것이다. 영화 〈마이너리티 리포트〉처럼 장래 범죄를 저지르리라고 확실히 예측된다면―양자컴퓨터가 그런 걸 계산해낼지도 모른다―사전에 처벌하자는 주장도 나올 법하다. 아무튼 현재는 아니다.)

절차의 우위에 확고하게 정점을 찍은 계기는 1966년에 미국에서 있은 '미란다 판결'이다. 영화 속에서 경찰이 범인을 체포하면서 거의 기계적으로 '진술거부권이 있고, 변호인을 선임할 권리가 있다' 등을 읊어주는 장면은 이제 익숙하다. 이것이 바로 '미란다 원칙'인데, 미란다라는 인물의 재판에서 유래한다. 미란다라는 단어는 어딘가 음료수 같고 멜랑콜리하게 들리지만, 실은 18세 소녀를 납치해 성폭행한 파렴치한의 이름이다. 그는 경찰에 체포된 후 자백도 했다. 주법원에서 유죄 판결을 받고, 연방대법원까지 갔다. 여기서 난리가 났다. 연방대법원이 5:4로 미란다를 무죄로 판결해버린 것이다. 지금은 미란다 원칙이라는 이름으로 불리는, 위의 내용들을 경찰이 체포할 때 말해주지 않았다는 이유였다. 그래서 그 체포는 불법이 되었고, 불법상태에서 얻은 자백은 증거로서의 효력을 잃었다. 미국 전역이 들끓었다. 피고인의 인권만 중하고 피해자의 보호는 무시하는 것이냐며 지금도 쉽게 들을 수 있는 비판이 일었다. 경찰은 물론 판사들조차 이 판결을 비난했다. 하지만 시간이 흐르며 모두가 이 원칙에 수긍했고, 정착됐다. 그리고 지금은 이 원칙에 이의를 제기하려면 거의 KKK단 수준의 경멸을 한 몸에 받을 각오를 해야 한다. 후일담이지만, 미란다는 주법원에서 다시 재판을 받았는데 여자친구가 악행을 증언한 덕에 결국 유죄 판결을 받았다. 5년 뒤 가석방된 미란다는 술집에서 노름을 하다 다툼에 말려 살해당했다.

법대생 시절, 이 미란다 판결을 처음 접했을 때 납득할 수 없어 어쩔 줄 몰라했던 기억이 있다. '악을 단죄하는 게

법'이라는 소박한 정의감에서는 '절차를 지키지 않아 무죄'라는 괴상한 사고방식을 받아들이기 힘들었다. 사법연수원 시절까지도 갈등했던 것 같다. 지금은? 지지자이다. 어찌 보면 미란다 원칙에 '반발—분통—수긍—납득—지지'로 변해가는 개인의 정서가 법조인이 되어가는 과정이라고 해도 과언이 아니리라. 또 다른 이름으로는 '리걸 마인드'로 불린다.

다른 나라의 예를 들 것도 없이 과거 우리의 수사와 재판에서도 많은 무리수가 있었다. 범죄자를 처벌하기 위해서, 혹은 정당한 목적을 위해서라면 절차를 어겨도 무방하다는 생각이 암암리에 당연시되었다. 그 결과 고문, 도청, 불법수색 등이 횡행했다. 목표를 위해선 수단을 가리지 않았던 것이다. '합목적성'만이 중시될 뿐 '합법성'은 뒷길에 버려져 있었다. 하지만 세상엔 둘 다 필요하다. 하지만 적어도 재판에서 합목적성은 '하이에나'이며, 합법성은 '킬리만자로의 표범'이다. 인기 없고 얼어 죽더라도 추구해야 할 이상이다.

수사와 재판 절차에 관해 촘촘히 규정해놓은, 코드의 집약체가 형사소송법이다. 이 번거롭고 귀찮은 '절차'는, 과거의 잘못을 극복하려는 처절한 싸움 끝에 만들어지고 채택되었다. 피고인의 권리, 나아가 억울한 사람을 만들지 않기 위한 노력의 산물이다. 해설서만 해도 베개로 삼을 만큼 두껍다. 형사소송법은 악인을 처벌하기 위한 법이 아니다. 억울한 사람을 만들지 않기 위한 법이다.

국가기관을 싸잡아 욕하기는 쉽다. 하지만 그 과정에서 책임이 분산되고 잘못이 숨겨지는 경우도 있다. 앞서 언급한 몰카범과 마약범 사건에서 수사기관, 법원 모두를 싸잡아 비난해서는 안 된다. 둘 중 한쪽이 잘못한 게 분명한 이 사건에서 그건 논리적 모순이기도 하다. 잘못은 영장주의를 위반한 수사기관에 있다. 그것을 지적하고 개선을 요구해야 한다. 절차의 준수를 요구한 판결을 비난해선 곤란하다. 그건 고문과 가택침입, 도청으로 얼룩졌던 과거의 절차 공백지대로 돌아가자는 주장과 일맥상통할 수 있다. 한국에는 5천만 명이 살고, 5천만 개의 정의가 있다. 각자의 정의만이 실현되어야 한다고 우긴다면, 혹은 힘을 얻은 세력의 정의만이 지배한다면 사회는 끝장이다. 개인의 정의관도 변하며, 지배세력은 바뀐다. 누가 옳은지 누가 판단할 것인가. 판사도 모른다. 정의만을 좇다 발을 헛디뎌 낭떠러지로 추락하는 위험을 피하기 위해 안전수칙, 즉 절차를 지키라는 것이다. 그것이 바로 법치주의이다.

사망시각 전쟁

1995년 치과의사 모녀 살인사건

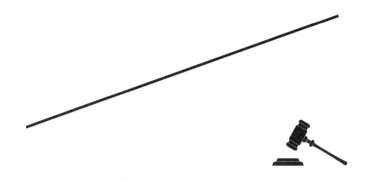

'대결'은 항상 시선을 끈다. 오디션 프로그램이 인기 있는 이유도 여기에 있을 것이다. 노래는 물론 스포츠, 요리, 여행까지…… 요즘은 대결 없는 TV 프로그램이 거의 없는 것 같다. 재판도 이 '대결' 때문에 더 화제가 된 적이 있었다. 살인사건 재판에서 벌어진 한국 법의학자들과 스위스 법의학자의 대결이었는데, '치과의사 모녀 살인사건'으로 알려진 사건이었다. 결론적으로, 스위스 학자의 승리였다. 한국 법의학자들의 결론에 따르면 유죄였지만, 법원은 '꼭 그렇지 않다'는 스위스 학자의 의견을 받아들였다.

모녀가 살해당하는 끔찍한 사건이 일어났다. 어머니인 안지혜(가명)와 딸(1세)이 끈 같은 것으로 목이 졸려 죽은 채

더운 욕조 물에 담겨 있었다. 범인은 안방 장롱에 불을 놓았고, 아파트 경비원이 아침 8시 40분경 새어 나오는 연기를 발견했다. 남편 박주형(가명)이 체포되어 법정에 섰다. 남들이 부러워하는 치과의사 부부였기에 더 충격적이었다.

사망시각이 관건이었다. 안지혜는 전날 밤 10시 30분에 언니와 통화했다. 박주형은 다음 날 아침 7시에 집을 나섰다. 만약 안지혜의 사망시각이 아침 7시 이전이라면 범인은 박주형이 확실하다. 그 이후라면 7시부터 경비가 발견한 8시 40분 사이 침입한 외부인의 의한 소행일 가능성이 있다.

1심은 박주형을 유죄로 판결하고 사형을 선고했다. 결정적 증거는 역시 사망시각이었다. 국과수 법의학자, 서울대, 고려대 의대 교수 등 내로라하는 국내 법의학자 3인이 입을 모아 사망시각은 7시 이전이라고 진술했다. 근거는 시반(죽은 후 나타나는 시체의 반점), 시강(시체경직), 위장 내용물이었는데, 이런 추론이다.

① 시반 : 안지혜에게서 사체를 뒤집을 때 만들어지는 양측성 시반이 나타났는데, 11시 30분 검안을 하며 사체가 뒤집혔고, 시반은 사후 6시간 이후에 생성되므로, 역산하면 사망시각은 7시 이전일 수밖에 없다.

② 시강 : 재강직이 발현되지 않은 점에서 11시 30분 검안 당시 사후 7~8시간이 경과된 것으로 보이며, 사망시각은

3시 30분에서 4시 30분 사이가 된다.

③ 위장 내용물 : 위에서 발견된 음식물의 종류로 보아 저녁식사로 추정되고, 상태를 보면 안지혜가 저녁을 먹은 후 얼마 되지 않아 사망한 것으로 보인다.

사망시각 외에 의심스러운 정황도 많았다. 부부는 고부 갈등, 성격차이 등의 문제로 갈등이 있었고, 안지혜는 인테리어 업자와 외도 중이었다. 박주형은 사건 당일 안지혜가 아침으로 콩나물국을 먹었다고 했으나 그 흔적이 없었고, 샤워를 했다고 했지만 역시 흔적이 없었다. 박주형의 팔 상부에는 손톱자국이 있었다. 자기 스스로 꽉 잡아 생긴 상처라고 해명했지만, 뒤에서 앞으로 굽은 모양으로 자신의 손으로는 만들 수 없는 것이었다. 박주형의 다른 진술도 거짓말탐지기 조사에서 모조리 거짓 반응이 나왔다. 범인은 장롱의 옷에 불을 붙이고 안방 문을 닫아놓았다. 이 상태에서 연소가 진행되었는데, 불은 천장의 합판을 그슬기만 한 채 산소 부족으로 자연진화되던 중 발견된 '훈화현상'으로 판단되었다. 여기에는 상당한 시간이 걸리니, 연기가 새어 나오는 것을 경비원이 발견한 8시 40분보다 훨씬 이전에 방화가 이루어졌을 것으로 추정되었다. 해저드1 컴퓨터 시뮬레이션에 따르면 6시 40분에서 7시 10분경으로, 거의 박주형이 집에 있었던 때이다. 아파트 1층에는 경비원이 상주해 제3자가 침입하는 건 대단히 어렵다. 전자렌지 안에서 한약 봉지가 발견되었는데, 아침을 안 먹은 상태에서 약만 먹으려 했다고 생각하기는 어려우므로 이 또한 저녁식사 후 약을 먹기 전에 살해당한 것으로 추정하는 근거가 되었다. 베란다 커튼 끈이 잘려나가 있었는데, 안지혜의 목에 난 졸린 자국과 폭이 유사했다. 박주형은 사건 전 〈위험한 독신녀〉 비디오테이프를 두 번 빌려서 보았다. 거기에는 혐의 내용과 흡사하게 남자를 죽여 욕조에 담그고, 옷을 불태워 없애는 장면이 나온다. 하지만 박주형은 제목조차 기억나지 않는다고 했다. 한 가지 박주형에게 유리한 사실은, 안지혜가 화장하지 않은 상태에서 콘택트렌즈를 끼고 있다는 사실이었다. 아침에 세수한 후 콘택트렌즈를 낀 다음에 사망한 게 아닐까 하는 추론도 가능케 한다. 하지만 1심은 이것이 무죄의 증거까지는 못 된다고 판단했다.

하지만 이어 열린 2심은 이 결론을 뒤집고 박주형에게 무죄를 선고했다. 판결문은 60쪽에 이르지만, 핵심은 법의학자들의 사망시각 추정이 확실치 않다는 것으로 요약될 수 있다.

2심 판결은 대법원에 가서 다시 뒤집혔다. 대법원은 유죄로 보이니 다시 재판하라는 취지로 파기환송했다. '간접증거가 개별적으로는 완전한 증명력을 갖지 못하더라도, 전체 증거를 종합적으로 판단했을 때 종합적 증명력이 있는 것으로 판단되면 범죄 사실을 인정할 수 있다'는 법리를 내세웠다. 말하자면, 사망시각에 관한 법의학 증거, 발화시간 추정, 외도, 거짓말들, 손톱자국, 커튼 끈, 한약 봉지, 비디오테이프 등 하나하나 개별로 보면 유죄의 증거로는 약하지만, 다 모아 보면 유죄로 보이지 않느냐는 뜻이다.

환송된 2심에서 그 유명한 '대결'이 있었다. 스위스 법의학자 L이 한국에 건너와 법정에 섰다. 그는 스위스에서는 위 내용물에 의한 사망시각 추정을 하지 않는다고 말했다. 이어 가장 정확한 방법은 직장(直腸) 부분의 온도를 측정하는 것인데, 본건에서는 이루어지지 않아 정확한 추정이 불가능하다며 일침을 가했다. 결국 시반과 시강에 의해 사망시각을 추정해보더라도 우리나라 법의학자들의 추정처럼 안지혜가 아침 7시 이후에 사망하였을 가능성이 없다는 견해에는 찬성하기 어렵다고 밝혔다. 2심은 우리나라 법의학자들의 감정의견을 버리고 L의 입장을 채택하였다. 우리 법의학자들은 제3자인 반면, L은 변호인 측이 초빙한 학자란 측면에서 색안경을 끼고 볼 수도 있겠지만, 그럴 필요까지는 없을 것이다.

여담으로, 이때는 한국과 스위스 법의학자들의 대결에서 한국이 참패했지만, 훗날, 소위 '만삭 의사 부인 살인사건'에서는 캐나다 법의학자를 상대로 설욕한 바 있다. 서래마을 영아 유기 사건에서는 프랑스의 코를 납작하게 만드는 실력을 보여주었다.

대중에게는 이 법의학자들의 대결이 흥미를 끌었겠지만, 사실 이것이 결정적이었다고는 할 수 없다. 스위스 법의학자 L도 결국 아침 7시 이후의 사망이 가능하다는 정도의 입장이어서, 여기에 7시 이전이라는 다른 법의학자들의 다수 의견을 참고하고, 여타 보강증거들의 신빙성이 인정되면 충분히 유죄 판결도 가능했다.

법률가, 특히 판사의 마인드로 판결을 읽어본 결과, 유무죄를 가른 핵심 요소는 따로 있었다. 파기환송된 2심에서는 화재실험을 했다. 판사의 마음을 결정적으로 뒤흔든 건 분명 이것이었다. 학교 운동장에 현장인 안방구조물을 그대로 재현해 불을 놓는 실험을 한 것이었다. 발화 5, 6분 만에 하얀 연기가 대량으로 발생했고, 8분 후부터 자연 감소되었다. 공기가 부족해지면서 불완전연소로 연기의 색깔이 검은색으로 변해갔다. 1심에서 인정한 것처럼 화재가 지연된 '훈화현상'은 아니라는 것이 전문가들의 의견이었다. 사건 당시, 8시 40분 경비원이 발견했을 때 흰 연기가 현관 밖으로 새어 나오고 있었다. 그렇다면 방화는 그 몇 분전에 이루어진 것으로 보는 게 타당하다는 결론이 나온다. 화재는 박주형이 출근한 이후라는 얘기다.

여기에 대해 검찰은, 아파트 전체가 아닌 안방만을 재현한 실험이었고, 연기 색깔은 물건 재질, 온도, 산소 등에 따라

차이가 있기에 흰 연기라고 하여 화재 초기라고 단정할 수 없으며, 현장엔 거실이 끼어 있었고, 화재경보기가 눌어붙은 것으로 보아 화재가 길게 지속되었을 것으로 보인다고 항변했다. 하지만 결국 검찰의 이론과 컴퓨터 시뮬레이션은 화재 실험의 벽을 넘지 못했다.

훈화현상, 즉 화재의 지연현상이 있었을 거라는 추정이 깨졌다. 검찰 주장에 따르면 박주형이 7시 출근 전 불을 놓은 후 1시간 40분이나 지나서 발화되도록 하는 특수 장치를 하였거나 자연적인 인과와 달리 진행된 우연한 사정이 있었다고 해야 하는데, 증거 없이 이런 걸 우기기는 힘들다. 실험 결과는 박주형이 안 했다고 확신하게는 못하지만, 적어도 7시 이후 외부인이 침입해서 범행을 저질렀을 가능성이 없다고 단정하지도 못하게 만들었다. 이런 합리적인 의심이 남아 있는 한 법리적으로 유죄는 난망이다.

파기환송 2심 판결문은 자그마치 106쪽에 이르렀다. 이번엔 대법원도 무죄를 수긍했다. 핑퐁 재판은 하급심의 승리로 끝이 났다.

이건 이례적이다. 대법원이 파기환송했다는 건 결론을 바꾸란 뜻이고, 하급심은 대체로 이에 따른다. 다르게 해봤자 대법원에 가서 어차피 또 깨질 테니까. 그런데 이 사건에선 하급심이 대법원의 방침과 다르게 다시 무죄로 했고, 대법원도 자신의 결정을 들이받은 그 결론을 받아들였다. 왜 그랬을까.

역시 파기환송심에서 있었던 화재실험의 영향이 컸다. 이것이 대법관들을 움직였으리라. 그 마음의 얼개를 들여다보면 '무죄의 확신'보단 '찜찜함'이다. 사형, 즉 인간의 목숨이 걸린 문제다. 하급심이 치받아 못마땅했겠지만, 화재실험이라는 엄연한 결과가 유죄로 가려는 발걸음 뒤에 끈적끈적하게 들러붙었으리라.

또, 이런 면도 있었을 것이다. 1심 3인은 유죄 판단이었다. 2심 재판에서는 무죄가 났으니 3인 중 최소 2인이 무죄 판단이었다. 파기환송 2심에서도 3인 중 최소 2인이 무죄 판단이었다. 만약 1심이 2(유죄):1(무죄) 합의였고, 두 차례의 2심 모두 3(무죄):0(유죄) 합의였다면 무죄 판단을 한 판사는 7인이 된다. 대법원을 제외하고 보면, 하급심 9인의 판사 중 최소 4명에서 최대 7명의 판사가 무죄일지도 모르는 '합리적 의심'이 있다고 보았다. 대법관들이 생각을 달리한다 하더라도, 그 판단을 무시하기는 어렵다. 자신들은 합리적 의심이 없다고 판단했더라도, 사건을 심리한 다른 판사 아홉 명 중 네 명 이상이 유죄의 확신을 갖지 못했다는 엄연한 사실을 외면할 수는 없었을 테니 말이다.

무죄로 하는 건 비교석 마음이 편하다. 억울한 사람을 처벌하는 위험은 어쨌든 없으니까. 하지만 무죄의 가능성을 끈질기게 제기당하면서 유죄로 선언하는 일은 상당히 불편하다. 무고한 사람을 집어넣는 위험을 의식하지 않을 수 없다. 그건 법률가들이 가장 무서워하고 싫어하는 일이다.

독자에 따라서는, 아무리 그렇다 하더라도 이 사건에서 외부인이 침입해서 범행했을 가능성이란 게 기껏해야 이론적인 수준에 불과할 뿐 실제로는 없어 보이는데, 그걸 이유로 합리적 의심 운운하면서 무죄로 판결한다는 게 합당한가? 하고 의심을 품을 수도 있다. 타당한 항의이다. 상식적으로는 납득이 어렵다. 다음번에는, 이 외부인 침입 가능성이라는, 비현실적으로까지 보이는 틈새에 집착하는 판사들의 트라우마에 대해서 한번 써보겠다.

외부 침입자

1992년 김순경 살인 누명 사건

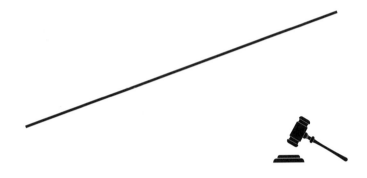

"저는 K라고 하는 순경입니다. 카페 종업원인 여자친구가 있었죠. 한때 결혼까지도 생각했었습니다. 그날도 신림동에서 여자친구를 만났습니다. 새벽 3시 30분에 근처 여관에 투숙했습니다. 우리는 사랑을 나누었고, 잠을 잤습니다. 일하러 가야 했기에 여관 주인에게 콜을 부탁하여 아침 7시에 깼습니다. 여자친구는 더 자겠다고 했고, 저는 방문을 잠그고 혼자 나왔습니다. 그길로 파출소에 가서 근무를 하다가 10시에 다시 여관으로 돌아왔죠. 여자친구는 죽어 있었습니다. 저는 놀라 경찰에 신고했죠. 자살인 줄 알았는데, 알고 보니 살인이라더군요. 목이 졸려 죽었다고요. 이루 말할 수 없이 슬펐습니다. 그런데 더 충격적인 건 어처구니없게도 경찰은 제가 범인이랍니다."

"그야 당신이 피해자와 같이 있던 유일한 사람이니까."

"살인이라면, 제가 나온 7시부터 10시 사이에 누군가가 들어와서 여자친구를 죽였을 겁니다. 전 아니에요."

"그 틈에? 과연 그런 교묘한 우연이 있을까? 감정 결과 피해자의 사망시각이 3시 30분에서 7시 사이로 나왔어. 현장 감식 경찰관에 따르면, 오후 3시 10분경 사체를 보았을 때 시반 및 사체경직이 확실했다고 해. 각막이 혼탁했고 발가락과 손가락 마디가 완전히 경직되어 있어 억지로 폈다는군. 손가락 끝까지 완전히 경직되려면 사망 후 10~12시간이 경과되어야 하며, 역산하면 사망시각은 3:10~5:10으로 추정할 수 있어. 이건 국과수 부검의의 공적인 견해야.

또, 경찰관은 사체 직장 온도를 측정했는데, 15시 30분경 23도로 나왔어. 이걸 토대로 부검의가 '뮬러의 공식'에 대입해 산정해봤는데, 사망 후 12시간이 경과한 것으로 나와. 역시 사망시각은 3시 30분 전후가 되지.

위장 내용물도 검사했어. 황색의 반죽 형태였고, 소화 정도로 보아 식후 두세 시간 정도 지나 사망한 것으로 판명되었어. 그런데 피해자는 2시경 식사를 한 것으로 확인되었지. 아무리 늦추어 잡더라도 5시 이전에는 죽었다는 결론이 나와.

사후경직, 직장 온도, 위장 내용물. 이건 과학이야. 어떻게 보더라도, 사망 무렵 같이 있었던 사람은 당신이 유일해."

"억울합니다. 저와 여자친구의 혈액형은 A형인데, 현장 침대에서는 정액 양성반응에, 혈액형이 AB형인 휴지가 발견되었어요. 이불 위에서도 B형의 체모가 발견되었고요. 침대 위에는 발자국이 있었고, 그건 제 것이 아닙니다. 게다가 제가 투숙했던 203호는 열쇠도 분실되어 있었다고 합니다. 외부 침입자가 있었던 겁니다."

"피해자의 몸속에서는 혈액형이 A형인 정액만이 검출되었어. 제3의 인물에 의한 성폭행은 없었단 얘기지. 또 203호에는 당신이 투숙하기 전에 다른 커플이 머물다 나갔고, 여관 주인은 청소를 하지 않았다는군. 어차피 불특정 다수가 이용하는 곳이 여관이야. B형인 사람의 체모 같은 건 얼마든지 발견될 수 있겠지. 그것만으로 제3자의 범행으로 볼 순 없어. 침대 위 신발 자국은 굉장히 희미했어. 만약 그게 범인의 것이었다면 달랑 두 개만 생길 수 있을까? 그건 현장을 다녀간 경찰 등의 부주의로 생긴 것이었을 가능성이 커. 휴지에서 다른 혈액형이 검출되었다지만, 그게 범인의 것이라면 왜 하필 남이 닦고 버린 휴지를 사용했는지 납득이 안 가. 그건 당신이 경찰에 신고한 후 경찰이 도착하기까지 사이에 수사에 혼선을 주려고 현장을 훼손한 것으로밖에 설명이 안 돼."

"여자친구가 갖고 있던 수표가 없어졌어요. 그중 두 장을 교환해 간 사람이 확인됐는데, 제가 아니었죠. N이라는 모르는 사람이었어요."

"수표 문제는 살인과 직접적인 관련이 없어."

"그래도⋯⋯."

"여관 주인은 아침 7시에 인터폰을 했을 때 당신이 바로 받았다고 했어. 그런데 인터폰과 침대는 거리가 떨어져 있어 바로 받기는 어려운 구조야. 당신이 깨어 있으면서 인터폰 받을 준비를 하고 있었다는 느낌을 받았다고 해. 당신이 나간 후 안으로 들어온 사람은 없었다고도 증언했지. 또, 당신은 왜인지 여자친구가 자살했다고 처음부터 단정적으로 말했어. 307호 투숙객은 4시경 여자의 싸우는 소리를 들었는데, 악하는 비명소리가 나더니 그 후로 조용해졌다고 증언했어. 이런 의심스런 정황도 많지만 아무튼 가장 중요한 건, 피해자가 죽은 시간에 같이 있었던 유일한 인물이 당신이라는 사실이야. 피해자는 살해당했어. 그렇다면 범인은 당신일 수밖에 없어."

여기까지 읽은 독자 여러분은 어떻게 판단하실지 궁금하다. K 순경의 말이 그럴 법하다고 생각해서 무죄로 할 것인지. 아니면, 잠깐 방을 비운 사이에 외부인이 침입해서 살해한다는 게 말이 돼? 하면서 유죄로 할 것인지.

이 사건은 1992년 가을에 일어났다. K 순경은 유죄 판결을 받았고 징역 12년이 선고되었다. 사망시각에 대한 추정을 믿지 않을 수 없었기 때문이었다. 어쨌든 당대 최고 수준의 과학이 낸 그 결론은 미심쩍은 약간의 의문을 뭉개버리기에 충분해 보였다. 유죄 판결은 항소심에서도 유지되었다. K 순경은 상고했다.

대법원 재판 중에 이변이 일어난다. 진범이 잡힌 것이다. 그는 범행을 전부 자백했다. 피해자와는 일면식도 없는 처지였는데, 여관을 지나다가 203호 열쇠를 주워 7시 30분경 방에 침입했다. 지갑에서 수표를 꺼내는데 피해자가 일어나기에 엉겁결에 위에 올라타 소리를 지르지 못하도록 휴지로 입을 틀어막고 목을 졸랐다는 것이었다. 범인만이 알 수 있는 디테일을 털어놓았고, 수표에 이서된 N은 그의 지인으로 확인되었다.

검찰은 K 순경을 석방했고, 대법원은 무죄 판결을 선고했다. 감식결과 등 과학증거는 어떻게 배척했을까.

먼저, 현장감식을 진행한 경찰관의 증언의 정확성이 의심스럽다고 했다. 현장임장일지에는 '완전경직'이라고만 되어 있을 뿐 손가락 관절의 경직 등에 관해서는 언급이 없었다. 피해자의 손가락을 억지로 폈다고 하나, 사후경직 상태에서는 손가락이 부러질지언정 펴지지는 않는데 사진으로 보면 손가락이 자연스럽게 펴져 있다. 이런 점들을 보면 시체의 현상이 과연 경찰관의 진술대로였던 건지 의문이 든다. K 순경은 10시경 피해자의 팔이 자연스럽게 들렸다고 진술했는데, 사망추정시각까지 염두에 두고 한 진술이 아니라면 이 또한 경찰관의 증언과 배치된다. 경찰관의 진술이 틀렸다면, 그가 인식한 시체의 경직 상태를 기초로 판단한 국과수 부검의의 판단에도 오류가 생길 수밖에 없다.

또, 직장 온도 측정은 시간 간격을 두어 3회 이상, 온도계를 20센티미터 이상 삽입해 측정하여야 하는데, 경찰관은 단 한 번, 그것도 7센티미터 정도 삽입하여 측정했다. 그렇다면 추정의 근거로 삼을 만큼 정확성이 있었을지 의문이다. 뮬러의 공식이란 것도 난방 중인 여관방에서 피해자가 전라의 상태인 점을 감안해서 적용한 것인데, 여관 주인의 진술로는 아침 두 시간만 보일러를 작동했고, 10시부터는 방이 계속 열려 있었다고 하므로 주위 환경이나 기온 등 측정의 전제에 오차가 있을 수 있다.

위 내용물로 사망시각을 추정한 부분도 문제다. 피해자는 2시경 과일 안주를 먹었지만 위 내용물에서는 밥이 검출되었다. 그렇다면 그 후에 식사를 한 것으로 보이고, 추정 사망시각도 달라질 수밖에 없다.

여기에 더하여, 여관 주인의 진술이 처음에 경찰에게 잘 모르겠다고 했다가 조사가 진행될수록 구체화된 점에서 액면 그대로 믿기 힘들고, 자살이라고 말했다는 건 K 순경의 인식 하에서 가능한 진술이었으며, 비명을 들었다는 투숙객도 틀어주지 않은 비디오를 보았다고 하는 등 그 진술의 신빙성이 의심스럽다고 했다.

대법원 판결문을 읽어보면 논지는 분명하고, 논거 또한 합리적이다. 1, 2심이 왜 그 정도 증거만으로 유죄로 판단했을까 싶을 정도다. 하지만 그 판단은 결국 '사후적'이라는 게 문제다. 과연 진범이 잡히지 않았어도 1, 2심 판결이 파기되었을지 의문이다.

이 글에 관심 있는 독자라면 형사재판에서 유죄로 하려면 '합리적 의심 없는 증명'이 있어야 하며, 그게 어떤 것인지 아실 것이다. 그리고 제3자가 침입해서 범행을 저질렀을 가능성이 있다는 이유로 무죄가 내려진 몇 개의 사건을 알고 있을지도 모른다. 대표적으로는 앞서 소개한 '치과의사 모녀 살인사건'이 있고, '듀스 김성재 살인사건'도 있다(김성재 사건에서는 제3자 침입 가능성에 상당한 이견이 있음을 밝힌 바 있다).

판사들이 너무나 지엽적인 가능성에 구애받는다고 생각하는 이도 있을 것이다. 실험실에서 이론적으로나 제기될 수 있는 손톱끝만 한 틈바구니에 집착하는 거 아닌가, 하고 말이다. 그런데 이 K 순경 사건을 보면 판사들의 이 답답함은 '합리적 의심'이라는 형사소송법상의 이론적인 장벽 때문에 생기는 것만은 아니라는 사실을 알 수 있다. '실제로' 이런 경우가 있었던 것이다.

K 순경 사건은 판사들의 뇌리에 깊은 트라우마를 안겼다. 뱀을 보지도 않은 사람이 뱀을 두려워하는 것처럼, 이 사건이 있은 지 한참 후에 법조계에 발을 들인 판사들조차도 일종의 선험적인 두려움을 갖게 되었다. 당시의 과학수사 수준을 감안하더라도 과연 경찰에서 밝힌 사망추정 시각을 전적으로 믿을 수 있는가 하는 문제도 있을 것이다. 하지만 그보다 훨씬 선명한 의의는, 얼핏 작위적인 상황처럼 보이는 '제3자 침입 가능성'이 실제로 존재한다는 선례를 남겼다는 것이다. 이 사건은, 비록 한정된 시공간이라 할지라도 제3자가 범행했을 가능성이 조금이라도 있다면 유죄의 합리적인 증명이 있다고 단정하는 일을 주저하게 만들었다.

이 틈으로 인해 진범을 놓치는 일은 안타깝다. 그러나 그 틈을 메우는 건 법 이론이 아니다. 합리적 의심 기준을 완화하면 억울한 이들이 생기기 쉽고, 반대로 강화하면 범인이 빠져나가기 쉽다. 여기서 필요한 건, 혹은 앞으로 더 필요한 건 수사 기술과 시스템이다. K 순경 사건에서처럼 현장 경찰관의 엉성한 기록만을 믿고 법의학적인 판단을 해서는 오류를 피할 수 없다. '외부인 침입 가능성' 트라우마를 치유할 수 있는 건, 초동수사에서의 법의학적 자료 확보와 과학적 분석, 감정 같은 것들이다. 기술의 발전이 언젠가 법률가들을 '합리적 의심'에 대한 고민에서 완전히 해방시킬지도 모른다.

잘못을 되돌리는 방법

1999년 삼례 나라슈퍼 사건

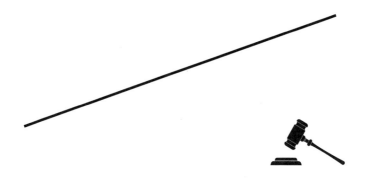

수사와 재판 과정에서의 문제점이 이처럼 몽땅 드러나는 사건은 또 없을 것이다. 범인으로 몰린 세 사람은 가난했으며, 정신지체였다. 절차가 엉망이었다는 사실과 이들이 모두 사회적 약자였다는 사실에 우연한 상관관계만 있었던 건 아닐 것 같다. 소위 '삼례 나라슈퍼 사건'에서 가장 큰 피해자는 목숨을 잃은 할머니이다. 다음으로 큰 피해자는 강도범으로 몰려 청춘을 잃은 불우한 세 남자이다.

1999년 전북 완주군 삼례읍 나라슈퍼에 3인조 강도가 침입했다. 이들은 자고 있던 부부를 결박하고 금품을 털었다. 옆방의 할머니가 깨어 소리를 쳤다. 강도들은 할머니의 입과 코를 청테이프로 틀어막았다. 강도들이 서랍에서 돈을 훔치는 동안 청테이프에 입과 코가 막힌 할머니는 숨이 막혀 사망하고 말았다.

피해자 부부는 범인을 '20대의 경상도 말씨를 쓰는 남자'라고 했다. 경찰은 불심검문을 하던 중 도망치는 세 남자를 검거했다. 지역 주민이고, 미성년자, 정신지체아였다. 이들은 범행을 자백했고, 이는 법정에서도 유지됐다. 범인이 자백한 사건은 간이공판절차라고 해서 증거조사를 간략화해 신속하게 진행된다. 불과 8개월 만에 대법원에서 강도치사 유죄 판결이 확정되었다. 주범은 6년, 나머지 두 명은 4년 형을 선고받았다.

결말을 먼저 말하면, 거의 20년이 흐른 후, 이들에 대한 유죄 판결은 재심을 통해 무효화됐다. 말하자면 세 사람이 무죄란 건데, 어째서 이런 일이 생긴 걸까.

일단 그 과정에서 몇 번의 결정적 기회가 있었다는 점을 먼저 말해야 하겠다. 재판이 진행되던 중에 진범이 따로 있다는 제보가 있었다. 부산의 어떤 이가 "친구 중 한 명이 전주 우석대 앞 슈퍼에서 강도짓을 하다가 할머니를 죽였다, 녹색 큐빅이 박힌 반지와 목걸이를 금은방에 팔았다"고 경찰에 신고한 것이다. 그런데 경찰은 현상금을 노린 정신병자의 신고로 취급하고 묵살해버렸다. 이땐 제보자가 나중에 말을 바꿨기 때문에 이해해준다고 쳐도, 다음의 기회를 날려버린 건

도무지 이해가 안 간다.

　판결이 확정된 지 한 달 뒤, 또 다른 제보가 있었다. 진범이 부산에 거주하는 3인조라는 단서가 나왔다. 내사를 진행한 부산지검은 이들로부터 자백을 받아냈다. 금은방 주인의 진술과 매입장부도 확보했다. 피해자 중 한 명이 부산지검에 와서 범인을 조사한 동영상을 확인하였는데, 울음을 터뜨렸다. 그의 목소리가 바로 그날 밤 자신이 들었던 범인의 목소리와 같았기 때문이다. 사건은 이 시점에서 전주지검으로 이송되었다. 그런데 전주지검은 이 사건을 삼례 3인을 수사하고 기소했던 바로 그 검사에게 배당해버렸다. 기다렸다는 듯 부산 3인조는 자백 진술을 뒤집었다. 해당 검사는 부산 3인조의 자백 진술에 신빙성이 없다는 이유로 혐의없음 결정을 하고 내사를 종결했다. 삼례의 세 사람은 재심을 청구했지만 기각됐다. 부산 3인조의 자백을 믿기 어렵다는 전주지검 검사의 보고서가 주 근거였다. 결국 삼례의 세 사람은 고스란히 감옥에서 4~6년을 보냈다.

　세월이 더 흘렀고, 강도치사의 공소시효도 지났다. 그래서일까, 부산 3인조 중 한 명이 자신이 진범이라고 다시 털어놨다. 삼례 3인은 2015년 재심을 청구했다. 법원은 재심 개시를 결정했고, 심리 끝에 이들에 대해 무죄 판결을 선고했다. 그 근거를 읽어보면 너무나 당연해서, "당시에는 대체 왜?"라는 생각이 저절로 든다.

　우선, 삼례 3인의 자백 진술에 일관성이 없었다. 처음에는 네 명이서 공모해 범행을 저질렀다고 진술했는데, 나중에 3인으로 정리되었다. 훔친 돈의 액수나 패물에 관한 진술도 몇 번이나 바뀌었다. 피해자의 목을 누른 흉기도 처음에는 드라이버라고 했다가 나중에는 칼이라고 변경됐다. 피해자의 진술에 맞추어 경찰이 3인으로 하여금 진술을 이리저리 바꾸게 한 게 아닐까 의심되는 부분이다. 자백 진술 자체의 객관적 합리성도 없었다. 강취한 패물의 모양을 전혀 기억하지 못했고, 그날 도랑에 버렸다는 진술도 이상했다.

　이런 점들은 부산 3인조의 진술과 비교해보면 더 선명해진다. 일단 '20대 전후로 보이는 남자 3명, 그중 1명은 경상도 말씨 사용'이라는 용의자의 프로필에는 부산 3인조 쪽이 더 부합한다. 삼례 3인은 익산 토박이였고, 경상도 말씨를 전혀 쓰지 않았다. 부산 3인조는 나라슈퍼의 위치 및 내부구조, 잠을 자던 피해자들의 위치, 범행 중의 대화 등 실제로 경험하지 않고서는 알 수 없는 구체적이고 세부적인 내용들을 털어놨다. 내부구조와 약도를 그림으로 그렸는데, 실제와 부합했다. 삼례 3인은 당시 나라슈퍼의 대문이 닫혀 있어 한 명이 담을 넘어 들어가 대문을 열어주었다고 진술하였는데, 당시에는 대문이 고장 나 열려 있었다. 부산 3인조는 당시 대문은 닫혀 있지 않고 열려 있었고 그리로 들어갔다고 진술했다. 흉기에 대한 진술도 그렇다. 삼례 3인은 칼이라고 했고, 부산 3인조는 '빠루'와 '신호'라는 공구라고 했다. 피해자는 자신의 목을 누르던 도구가 차갑고 날카로워 칼인 줄 알고 그렇게 진술했다고 했는데, 목에 거의 상처가 나지 않은 점을 봤을 때 칼보다는 신호일 가능성이 높았다. 삼례의 3인은 드라이버로 새시 문을 열고 들어갔다고 했고, 부산 3인조는 빠루와 신호로 문을 비틀어 열었다고 했다. 그런데 드라이버로 새시 문을 열려고 하면 드라이버가 휘어질 뿐 열리지 않았던 반면, 빠루나 신호로는 쉽게 열렸다. 삼례 3인이 강취한 현금이 경찰에 의해 45만 원으로 정리됐는데, 부산 3인조는 10만 원을 들고 왔다고 해 차이가 있었다. 그런데, 나중에 피해자의 장롱에서 35만 원이 발견돼 피해금액이 10만 원으로 최종 확정되었다. 결국 부산 3인조의 진술과 맞아떨어졌고, 경찰이 정리한 금액은 허공에 떠버렸다.

삼례 3인은 패물을 버리거나 땅에 묻었다고 진술했지만 주변을 수색했어도 패물을 찾지 못했다. 은반지를 여자친구에게 주었다고 했지만, 반지를 확인해보니 피해자의 패물이 아니었다. 반면에 부산 3인조는 금은방에 패물을 팔았다고 진술했는데, 금은방 주인도 그들로부터 녹색 큐빅이 박힌 여자용 목걸이 등 패물을 44만 원에 구입한 사실이 있다고 확인해주었다. 패물의 모양은 피해자 진술과도 일치했다.

삼례 3인은 할머니의 얼굴을 때린 걸로 되어 있지만 할머니 얼굴에 외상은 발견되지 않았다. 부산 3인조는 당시 실신한 것으로 보이는 할머니의 얼굴에 물을 뿌리고 입안에 물을 흘려 넣어주었다고 진술했는데, 피해자들도 "당시 할머니 얼굴이 물에 흠뻑 젖어 있었다"라고 했다.

당시 현장검증을 촬영한 동영상도 증거로 제출됐다. 영상을 보면 진술거부권을 고지하지 않았음은 물론, 경찰이 욕설을 하고 머리를 때리기도 했다. 세 사람은 우두커니 서 있다가 경찰이 시키는 대로 따라 하는 식이었다. 경찰이 연출하고 이들이 연기하는 식으로 검증이 이루어진 게 아니었나 하는 의혹이 인다.

지면 관계상 자잘한 근거들은 생략했는데도 이 정도다. 결국 삼례 3인은 거의 20년 만에 누명을 벗고, 억울한 옥살이에 대해 법률에 따른 금전 보상을 받았다. 하지만 세월은 돌아오지 않는다. 사건의 마지막에 찾아온 운이 아니었다면 이대로 묻혔을 게 분명하다.

경찰도 이들이 무고한 걸 알면서 조작하지는 않았을 것이다. 그럴 경찰은 없다. 수사관은 이들이 범인이라고 확신했다. 그 이유는 증거나 합리적인 추론보다는 그저 불심검문에서 이들이 도망쳤다는 사실, 어눌한 진술 같은 것이었을지 모른다. 안 좋은 선입견 때문에 수사를 강행했고, 아마도 강압적이었을 과정 끝에 자백을 얻었을 것이다.

이들은 왜 법정에서까지 허위 자백을 유지했을까. 그렇지 않다고 왜 강하게 항의하지 못했을까. 그랬다면 다른 증거의 형편없는 수준을 봤을 때, 당시 무죄 판결을 받았을 가능성이 높다. 당시 국선변호인의 역할도 부실했다고밖에 할 수 없다. 변호인은 이들에게 자백을 권유했다. 이들이 항소하면서 무죄를 다투지 않고 형을 깎아달라고 했던 것도 물론 어처구니없는 전략이었다.

백번 양보해서, 경찰이 범인을 잘못 체포했을 수도 있을 것이다. 국선변호인도 수사결과를 토대로 자백이 더 유리하다고 판단했을 수도 있을 것이다. 여기서 제일 큰 문제는, 이 모든 잘못을 되돌릴 기회가 있었다는 점이다. 재판 도중에 부산에 진범이 있다는 제보가 무시된 건 넘어가자. 제보자가 현상금을 노렸던 거라고 진술을 바꾸었다고 하니까. 하지만 부산지검에서 3인조가 검거된 때부터는 얘기가 다르다. 사건을 부산지검에서 계속 수사하게 하지 않고 전주로 이송한 결정도 이해하기 어려운데, 전주지검이 이 사건을 당초 삼례 3인을 수사하고 기소한 검사한테 배당한 결정은 이 전 과정을 통틀어 이해 불가한 선택의 절정이라 할 만하다. 이런 식이면 애당초 다른 결정이 나올 수 있을까. 판결에 불복해 항소했는데, 1심 판사가 또 재판하는 식이나 다름없다. 검사라는 직책을 가진 개인의 양심과 직무 자세에 맡긴다는 거였겠지만, 인간에 대한 불신이야말로 사법 시스템의 기초다. 그는 이미 삼례의 3인이 범인이라고 판단한 선입견을 갖고 있는 입장이다. 다른 결론이 나오기 힘들다. 그렇더라도 백지 상태에서 사건을 재검토하는 게 마땅하지만, 그래야 된다는 것과 실제로 그렇게 되는지는 늘 다른 문제다. 그리고, 동일한 검사가 내린 부산 3인조에 대한 불기소처분을 핵심 근거로 삼아 재심을 기각해버린 당시의 법원 판단 또한 결과적으로 안이했다고 평가하지 않을 수 없다.

허위 수사이든 잘못된 절차에 기초해서든 확정 판결이라는 철옹성이 한번 세워지면 재심은 거의 불가능하다. 법적안정성이란 가치는 불도저 같은 거라서 한두 명의 개연성 있는 억울함 정도는 가뿐히 밀고 가는 괴물이다. 이 사건은 수사기관 스스로의 노력으로 진실이 밝혀진 게 아니라는 점에도 주목할 필요가 있다. 진범이 자백했다는 '우연한 외부의 사정' 덕분에 과거의 결론이 깨졌다. 그렇다면 거꾸로 된 셈법도 가능하다. 그런 사정이 없었던 사건이 다수 있지 않을까 하는 추정이다. 삼례의 세 사람이 그나마 가졌던 마지막의 운조차 없었던 사람들 말이다.

사람은 잘못도 하고 실수도 한다. 그게 드러났을 땐 누구나 덮고 싶어한다. 그걸 덮는 가장 좋은 방법은 즉시 잘못을 인정하고 고치는 것이다. 그랬다면 삼례 사건도 이미 20년 전에 지금과 같은 결과를 얻었을 것이다.

추신

법무부 산하 검찰 과거사위원회는 2019년 1월 21일 '삼례 나라 슈퍼 사건'에 대해 검사의 객관의무를 위반한 사건이라고 결론 내렸다. "(이 사건의 진범인) 부산 3인의 자백에 신빙성이 없다고 배척한 무혐의 결정은 검사가 공익의 수호자로서 부담해야 할 객관의무를 위반한 것"이라고 하면서, "부산지검이 이미 상당한 유죄의 증거를 수집해 진범을 기소할 정도로 진행했던 내사 사건을 전주지검으로 이송한 것"과 "부산 3인에 대한 내사 사건을 전주지검의 원처분검사에게 배당한 전주지검 결정", "사건을 다시 배당받은 해당 검사의 태도" 모두 부적절했다고 판단했다.

배심재판의 미래

2013년 인천공항고속도로 사망사건

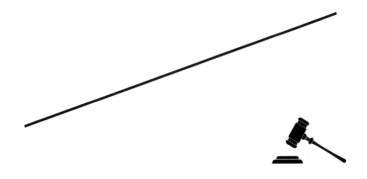

2월의 어느 저녁, 인천공항고속도로를 달리던 SM5 승용차 조수석 문이 열리고 한 사내가 돌연 떨어졌다. 공항 방향 15킬로미터 지점 3차로였다. 남자는 길바닥에 쓰러져 의식을 잃었고, 잠시 후 뒤에서 달려온 차에 치여 사망했다.

SM5 운전자 황동규(가명)와 죽은 남자 이진호(가명)는 친구 사이였다. 황동규는 사기죄로 실형을 산 전력이 있는 인물로, 당시에는 이진호의 땅을 사서 빌라를 신축·분양하는 사업을 진행하려 했다. 그러나 개발 허가가 나지 않고 일이 틀어지자 이진호는 토지 매매를 해지하려 했다. 이 일로 황동규와 갈등이 있었다.

이날 저녁 황동규가 서울 서대문구 모래내에 있는 이진

호의 집에 찾아가 그를 불러냈다. 행주산성에 가서 저녁이나 먹으며 잠깐 이야기하자고 했다. 이진호는 맨발에 슬리퍼를 신고 황동규의 차에 올랐지만 예상보다 먼 여행이 되고 말았다. 이진호에게는 영원히 돌아오지 못하는 길이었다.

어쩐 일인지 황동규의 차는 잠시 후 인천고속도로를 달리고 있었다. 운전대를 잡은 황동규가 임의로 행선지를 영종도로 바꾼 거였다. 이진호는 영종도에 가기 싫다며 내려달라고 했지만 황동규는 응하지 않았다. 신공항 톨게이트를 지난 무렵부터 차가 뒤뚱거렸는데, 차 안에서 어떤 다툼이 있었음을 짐작케 한다. 시속 약 40킬로미터로 진행하던 차의 조수석이 돌연 열리며 이진호가 떨어졌고, 사망했다. 이진호를 친 차량이 약 1분 30초 뒤에 달려왔으니, 만약 황동규가 사고 직후 차를 갓길에 정차하고 친구를 구호했더라면 살 수 있었다. 하지만 황동규는 그대로 달렸고, 119에 신고도 하지 않았으며, 43분 뒤에야 현장에 돌아왔다. 모든 일이 일어난 후였다.

황동규는 기소되었다. 죄명은 살인 혹은 감금치사였다. 살인죄 구성은 이렇다. 이진호가 '영종도는 가기 싫다, 내려달라'고 했지만 황동규가 응하지 않았고, 사업 문제로 말다툼을 했다. 황동규가 화가 나 소주병을 들어 마시려는 행동을 하자 이진호가 빼앗으려 했고, 둘이 몸싸움을 하다가 황동규가 이진호를 밀쳐 떨어뜨렸다. 그래서 뒤에서 오던 차에 받혀

숨지도록 했다는 것이다. 감금치사죄 구성은 이렇다. 내려달라는 요구를 거절하고서 차 안에서 몸싸움을 한 데까지는 같다. 이진호가 위험을 느끼고 차에서 빠져나오려 조수석 문을 열었다. 그런데도 황동규는 차를 정차하지 않고 그대로 달려 이진호를 떨어지게 했고, 이진호는 뒤이어 달려온 차에 치여 사망했다. 이는 소위 '선택적 기소'란 것인데, 말하자면 둘 중 하나의 죄에는 해당된다는 거다. 차 안의 상황을 알 수 없었기에 검찰은 살인과 감금치사 중 어느 쪽이든 걸려라 하며 그물을 던진 것이었다.

이 사건은 국민참여재판으로 진행되었다. 살인죄에 관해서는 7명의 배심원 전부 무죄로 판단했다. 달리던 차에서 운전석에 앉은 사람이 팔이 닿기 어려운 조수석의 문을 열고 사람을 밀쳐 떨어뜨렸다는 가설에 무리가 있다고 본 것이다. 또, 이진호가 죽으면 사업이 중단될 판인데 그를 살해할 이유도 없었다. 반면 감금치사에 관해서는 7명 중 5명이 유죄로 판단했다. 배심원단은 황동규가 즉시 정차해서 친구를 구했더라면 죽지 않았을 거라는 점에서 도덕적 비난을 받을 가능성이 높다고 보았고, 황동규의 사고 전후 진술이 오락가락해서 믿을 수 없다고 판단했다. 배심재판은 다수결이니 이대로라면 감금치사죄는 유죄로 나와야 한다.

재판부는 배심원단과 결론이 달랐다. 살인, 감금치사 모두 무죄라는 거였다. 그중 살인 부분이 무죄라는 점에 대해서는 배심원단과 일치하니 재론할 필요가 없을 것 같다. 감금치사죄까지 무죄로 한 근거는 이렇다.

이진호가 내려달라고 요구했음에도 황동규가 거부하고 달렸다는 사실을 인정할 직접증거가 일단 없었다. 사고 직전 목격한 톨게이트 직원도 둘 사이에 별다른 다툼을 인지하지 못했다. 승용차의 평균 속도는 70킬로미터에 가까웠는데, 사고 지점에서는 40킬로미터 이하로 현저히 줄어 있는 점을 보면 이진호를 내려주기 위해 속도를 줄였을 가능성이 있다. 왜 43분이 지난 후에야 현장에 돌아왔는가에 대해 황동규는 고속도로라 후진할 수도 없었고 더 가면 회차로가 있을 거라 생각해서 달렸는데 없어서 인터체인지 네 개를 거쳐 돌아오느라 늦었다고 변명했다. 이 점은 이동거리와 속도 계산 및 CCTV 영상에서 사실로 확인되었다. 이진호의 사체에서는 뒤차에 치인 부위 말고는 어떤 상처나 가격의 흔적도 발견되지 않았다. 차 안에 핏자국도 없었다. 차가 달리는 도중에 이진호가 떨어졌다는 점에 의문을 품을 수는 있다. 주행 중인 차에서 스스로 뛰어내린다는 건 생각하기 어렵기 때문이다. 하지만 실험 결과 고속으로 달리다가 속도를 늦추면 실제보다 훨씬 느려졌다고 체감하는 걸로 판명되었다. 이진호는 차가 거의 정차했다고 생각했고, 당장 차를 떠나고 싶은 마음에 조수석 문을 열고 스스로 내렸을지 모른다. 그러다 도로에 굴러 정신을 잃었다가 변을 당했다. 이랬을 수 있다.

적어도 '황동규가 이진호의 정차 요구를 거부하고 차를 내달렸다가 이진호가 떨어져 사망했다'는 감금치사죄의 공소사실이, 그렇지 않을 수도 있으며 그저 추락사한 것일 수 있다는 '합리적 의심'을 지울 만큼의 입증까지는 도저히 도달하지 못했다고 본 것이다. 아마 법률전문가 대부분이 여기에 동의할 것 같다. 2심도 결론을 같이했다. 살인과 감금치사 모두 동일한 논리로 무죄였다.(다만 2심에서는 검찰이 유기치사죄를 예비적 죄명으로 추가해 이 부분을 유죄로 판결받았다. 도로에 떨어진 친구를 구조하지 않고 내버려두어 사망케 했다는 점이 인정돼 징역 2년에 처해졌다.)

법적으로 재판부는 배심원단의 평결에 따를 의무가 없다. 배심원의 결정을 참고하도록 되어 있을 뿐이다. 하지만 실제로는 배심원과 재판부의 결론이 달라지는 경우는 드물다. 특히 근래에 들어와서는 거의 배심원의 평결에 따른다고 해도 과언이 아니다. 이 사례는 예외적인 경우였다.

이 판결을 언급하는 건 조심스럽다. 재판부의 결론 자체는 아무리 뜯어보아도 법리적으로 옳지만, 국민참여재판에의 대중적 지지에 비추어봤을 때 언급 자체만으로 불필요한 논쟁에 휘말릴 수 있을지 모르기 때문이다. 더구나 이 재판부

구성원 중에는 내가 아는 한 가장 훌륭한 판사 중 한 명도 있다. (아무튼 나는 이 재판부의 입장을 지지한다. 다만 배심제도에 조그만 제안을 하려는 입장에서 글을 쓴다.)

아마 반대 상황이었다면 배심원 평결이 필시 유지되었을 것이다. 배심원단이 무죄, 재판부가 유죄 의견인 경우 말이다. 형사재판에는 강력한 보수성이 있다. '어떤 경우에도 억울한 사람을 만들지 말아야 한다'는 지상명령이다. 절차의 한계로 악인을 처벌하지 못하게 돼도 어쩔 수 없다고 감수하지만 무고한 사람을 처벌하는 일에는 경기를 일으킨다. 그래서 재판부가 보기에 유죄 같아도 배심원단이 무죄라고 한다면 마음 편히 그에 따랐을 것이다. 악인을 놓칠지도 모르지만, 억울한 사람을 만들 일은 없으니까. 하지만 재판부 판단으론 명백히 무죄인데, 배심원단이 유죄로 평결을 내린다면 얘기가 다르다. 억울하고 무고한 사람을 만들어낼 소지가 있다. 이땐 고뇌가 깊어진다. 배심원단의 평결을 따라 외형상 무리 없는 재판 진행으로 적당히 끝낼 것인가, 아니면 법관의 양심에 따라, 그리고 '의심스러울 때는 피고인의 이익' 원칙에 따라 무죄방면을 할 것인가.

여기서 잠깐 뚱딴지 같지만 2천 년 전의 재판으로 건너뛰어본다. 본디오 빌라도는 로마제국의 속주인 유대의 총독이었다. 그는 예수 그리스도에게 사형선고를 내리고 십자가에 못 박은 인물로 역사상 악명이 높다. 빌라도 입장에선 사실 억울할 수 있다. 예수 재판에서는 유대의 종교가들이 적극 유죄를 주장했고, 빌라도는 오히려 그런 유대인과 유대교를 경멸하는 쪽이었다. 빌라도는 될 수 있으면 예수의 재판에 개입하지 않으려고 애를 썼다. 유대인의 문제이고 종교적 사안일 뿐이라고 발뺌했다. 하지만 유대인들은 예수가 선동가로서 유대인의 왕이 되려 한다며 끈질기게 고발했고, 그들이 행한 재판에서 배심원은 예수에게 사형을 언도했다. 대신 도둑인 바라바를 풀어주라고 했다. 빌라도로서도 더 뺄 수 없는 상황이었다. 그는 결국 유대인들의 탄원에 굴복했고, 예수는 십자가에 올랐다.

예수를 처형하라고 부추겼던 유대의 사제들 중 누구의 이름도 이제 남아 있지 않다. 그들에게 책임을 묻는 이도 없다. 예수 그리스도의 죽음에 대한 모든 책임은 최종 결정권자인 빌라도에게 지워져 있다. 후대에 남은 악명은 전부 그의 몫이 되었다.

이런 일은 어떤 판관에게도 마찬가지다. 누가 무슨 탄원을 하고 어떤 로비를 했든 최후의 책임은 판단자가 진다. 판사는 그야말로 '달리 할 수 있었던 마지막 사람'이기에 그렇다.

이 사건도 다를 바 없다. 배심원단이 유죄로 평결했다 하더라도, 만에 하나 황동규가 무고한 인물이라면 그를 처벌한 데 대한 책임은 오로지 판사가 져야 한다. 무서운 일이다. 배심원단의 결정을 저버렸다는 욕을 먹더라도, 무고한 이를 처벌했다는 (양심의) 비난을 받고 싶지 않다. 판사는 '빌라도 총독'이 되기 싫은 것이다.

때가 된 것 같다. 배심원단의 결정에 법적 구속력을 부여할 때 말이다. 이런 문제 상황은 어떻게 보면 배심원 평결에 강제성이 없기 때문에 생기는 균열이다. 그것만 부여하면 이 제도는 완성된다.

선진국은 대부분 배심재판 전통을 가지고 있고, 스페인과 러시아도 독재가 무너진 후 일제히 배심제도를 도입해 그 대열에 합류했다. 시차를 두었지만 우리나라도 마찬가지다. 이런 역사를 보면 배심재판은 제도 선택의 문제를 넘어 선진 사법의 징표쯤 되는 것 같다. 형사재판의 요체가 절차라면, '죽은 서면'이 아니라 '라이브'여야 한다면, 배심제야말로 거기에 가장 걸맞은 모습이다.

우리는 이미 배심재판을 거쳐 어떤 결정이 나오더라도 따르면 된다는 사회적 합의에 도달했다고 본다. 그편이 판사로서도 좋다. 배심원 평결에 구속력이 있다면, 판사는 빌라도 총독이 될 걱정 없이, 마음 편하게 평결에 따르면 될 일이기 때문이다.

포청천과 황희 정승
앵커링 효과와 재판의 형평성

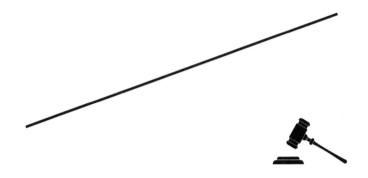

　　재판이 재판 외적인 이유로 왜곡되고 있다고들 말한다. 비판도 많다. '유전무죄 무전유죄' 같은 말은 이젠 거의 법정에 대고 '좋은 하루 보내세요' 하는 거나 다름없는 수준의 클리셰가 되었다. 하지만 법정 밖의 시선처럼 돈이나 사회적인 지위로 재판에서 차별을 받는지 어떤지는 이야기하고 싶지 않다. 법원 안의 일반적인 정서는 이렇다. '무의식적인 편향이 있을지 모르지만 의도적으로 달리 대접할 생각은 추호도 없다. 나하고 무관한 사람들이다. 그럴 이유가 없다.' 그래서 재판에서 그런 차별적인 기제가 존재한다고 목소리를 높여봐야 내 입장에선 다중을 상대로 한 인기성 발언이 되기 십상이거나 위선으로 떨어지게 된다. 부동명왕이 눈을 부릅뜰 것 같은 그런 커다란 이야기 대신 법정에서 느낀 조금 다른 종류의 편차랄까 오류 같은 것에 관한 조그마한 이야기를 해보려 한다.

최인훈의 소설《광장》은 남한과 북한 모두에 적응하지 못하고 갈 곳을 잃은 한 남자의 선택에 관한 이야기이다. 주인공 이명준은 남한의 부패한 '밀실'에 실망해 월북하지만 그곳에는 공허한 '광장'만이 있었다. 이명준은 모두에 등을 돌린 채 제3국행을 택하고, 결국 남중국해에 뛰어들어 자살한다. 내가 대학에 들어왔을 때는 재야의 필독서 중 하나였는데, 지금은 교과서에도 실려 있으니 어느새 불멸의 생명력을 얻었다고 해야겠다.

이데올로기와 인간, 사회와 실존에 관해 많은 생각을 하게 만드는 소설이지만, 내게는 좀 엉뚱하게 기억에 남은 부분이 있었다. 이명준은 약빠른 이들이 승승장구하는 남한 사회에서 성격적인 약점이 점점 커져 월북한다. 하지만 그는 북한 사회에도 적응하지 못한다. 신문사 편집부에서 깨지고는 이런 얘기를 하고 있다. '더 게으르고 얼렁뚱땅 하는 다른 사원은 그 까다로운 편집장 동무와 제법 사이좋게 지내고 있었다. 자기 경우는 사상적인 일뿐만 아니라, 성격에서 오는 손해도 보는 것이리라 싶었다. 이런 사회에도 그 놀음은 피할 수 없는 일이던가. 대인관계에서 순전히 공적인 관계가 없는 성격

같은 것이 아직도 그 사람의 사회적 생활을 쉽게도 만들고 어렵게도 만드는 것이라면, 거기도 또한 북조선 사회의 반혁명성이 있었다.'

이명준의 독백처럼, 어떤 사회든 '성격놀음'이란 게 있다. 대개는 적극적이고 외향적이고 집요한 성품 쪽이 유리할 것이다. 반면에 소극적이고 내향적이고 온순한 성품은 상대적으로 불리하다. 기껏해야 사람 좋다는 허망한 평이나 들을 뿐이다. 자기주장이 약하면 양보를 강요당하기 일쑤다. 누명을 뒤집어쓰고도 해명할 기회를 갖지 못하고 속병을 앓기도 한다. 이런 사람들은 대체로 자기 팔자이니 피할 수 없다고 여기는 것 같다. '성격적 약자'까지 배려하는 디테일한 문화를 쌓기보다는 자신을 담금질해 스스로 강자가 되기를 지향한다. 물론 개인의 선택이고, 문화일 수 있다.

이 성격놀음이란 것에 관해서는 조그만 의문을 품고 있다. 성격이 일상에서의 보이지 않는 역할을 넘어 권리까지 야금야금 갉아먹는다면? 사람이 인정받는 것이 재능 순서가 아니라 성격 순서라면? 거기까지 가버린다면 잘못된 것 같다. 형평성뿐 아니라 사회의 효율 면에서도 그렇다(조금 다른 이야기지만, 오랜 세월 남성중심적 문화 아래에서 묻혀 살았던 여성의 재능이 해방되면서 사회는 얼마나 많은 인재를 새로 얻었던가). 성격이든 육체든 강한 자가 더 많이 차지하는 곳은 원시의 정글에 가깝다. 그 반대쪽이 진화의 길일 것이다. 성격놀음에서 열위에 있는 사람들을 새로운 약자로 인정한다면, 약자에의 배려란 것이 이런 데까지 지평을 넓혀갈 수도 있지 않을까. 사회가 성숙되면 팔자의 문제도 해결될 수 있는 건 아닐까. 기술이 이만큼이나 발전했는데, 인문도 이 정도 수준까지는 도달해야 하지 않을까. 이제는 그런 진화가 가능하지 않을까. 이명준 같은 친구도 어쨌든 살 수 있어야 하지 않나.

　　이런 의문은 의문에서 그치는 것으로 하고, 여기서는 객관적이고 무색무취해야 할 법정에서조차 존재하는 '성격놀음'에 관해서 몇 가지 증언해보기로 한다. "법률은 모든 이에게 평등하다. 그러니 성격놀음 따윈 있을 수 없고 마음이 여린 사람이라고 해서 불리하지 않다. 재판은 사실과 증거를 집어넣으면 자로 잰 듯한 권리가 튀어나오는 '권리자판기'다." 이렇게 말하고는 싶다. 하지만 이 안에서 많은 사례를 보아온 경험이 나를 주저하게 한다. 목소리 큰 사람이 이긴다고들 하는데, 안타깝게도 재판에서도 어느 정도는 그렇다. 오해는 마시라. 법정에서 고함을 치거나 과격하게 행동하는 편이 유리하다는 말이 아니다(다른 대부분의 상황에서와 마찬가지로 흥분은 결코 도움이 되지 않는다). 양보 없이, 강하게 주장을 밀어붙이는 쪽이 좀 더 많은 것을 가져가는 경향이 있다는 의미다.

사적자치(私的自治)의 원리가 지배하는 민사에서 특히 그렇다. 민사소송에는 '당사자주의' 혹은 '변론주의', '처분권주의' 원칙이 있다. 즉, 소송을 할 것인지 말 것인지, 어느 부분을 소송 범위에 넣을 것인지, 소송을 끝낼 것인지, 끝낸다면 언제 끝낼 것인지까지 전부 당사자의 뜻에 달려 있다. 법원은 당사자가 주장하는 범위 안에서만 인정하고 판단해야 한다. 사실관계와 권리를 검토한 결과 원고가 1천만 원 받을 게 있어도 원고가 100만 원을 받겠다고 하면 그렇게 판결해야 한다. 1천만 원의 권리가 있으니 피고더러 1천만 원을 주라고 할 수 없다. 피고 쪽도 마찬가지다. 이를테면 당사자의 개성과 성격, 인생관이 반영될 여지가 많은 구조다. 이런 요소는 다양한 경로의 인과관계를 거쳐 결론에도 영향을 미친다.

중립적인 판사조차 강한 쪽의 주장에 알게 모르게 이끌리는 경향이 있다. 증거가 부족한 청구라 할지라도 한쪽이 집요하고 거세게 밀어붙이면 판사는 그 주장을 쉬이 배척하는 데에 부담을 느낀다. 한쪽의 강한 확신이 전염된다는 심리적인 이유에서만은 아니다. 소심한 판사라면, 이 공격적인 성향을 가진 인물의 요구를 들어주지 않았다가는 자칫 일이 시끄러워질지 모른다는 내밀한 두려움에 지고 마는 경우도 있다. 누군가 판사를 상대로 클레임을 걸었을 때 사실 여부를 불문하고 여론은 절대 법원에 우호적이지 않다. 판사는 그것이 사실로 확인되었을 때 타격을 입는 게 아니라 문제가 제기된 때에 이미 타격을 입는다. 그리고 법원 조직은 해당 판사를 그 이유만으로 좋아하지 않게 된다. 법원은 '평온'을 대단히 중시하는 조직이다. 옳은 일을 하다가 시끄러워지느니 적당히 달래서 조용히 넘어가는 쪽을 더 선호한다. '포청천'보다는 '황희 정승'이, '저지 드레드'보다 '네고시에이터'가 살아남는다. 하긴 법원뿐 아니라 모든 조직이, 특히 공조직이 그렇긴 하다. 하지만 법원에서 '단단한 놈'이 사라져가는 걸 아쉬워하는 사람들도 분명 있을 것이다.

지금은 변호사 개업을 한, 소심한 B 부장판사의 사례를 소개한다. 당시 법원에 유명한 민원인이 있었다. 남을 상대로 소송하는 일에 평생을 바쳐온 사람이었다(고소왕이라는 소리를 듣는 강 모 변호사도 이 사람에 비하면 아득한 말석에 불과하다). 이 사람을 '고소황'이라고 일단 부르자. 한 인생에 평생 소송할 거리가 있을 리 만무하니, 대부분 근거가 약해 패소했다. 그중에는 어떤 이를 상대로 10년 넘게 소송을 반복해온 사건이 있었다. 법정에 나온 피고를 보니 하도 시달려 피골이 상접했고 우울증을 앓아 마치 넋이 나간 사람 같았다. 나는 증거법칙에 따라 단호하게 고소황을 패소시켰고, 그의 반발로 조금 시끄러워졌다. 이어진 다른 소송에서 판결을 맡은 B 부장판사는 질질 끌려 다니다가 결국 고소황의 청구를 받아주었다. B 부장판사는 '그래도 주장을 따져봐야지……' 하며 사석에서 변명했지만 판결문에 법리적 근거는 없었다. 무서운 쪽의 손을 슬그머니 들어줘버린 B 부장판사는 조용히 넘어갔지만 피고는 연장된 고통에 보이지 않는 곳에서 울었으리라. '무리 없는 사건처리'를 한 B 부장판사는 온건한 판사 이미지를 유지하며 그 후로도 법원에서 좋은 보직을 받았던 걸로 기억한다(개업한 뒤로는 유명한 사건에 변호사로 이름을 올리고 있다). 처세술만은 매끄럽기 그지없다고 해야 할지 모르지만 그가 좋은 판사였는지는 의문이다. '집요한 사람'이 이익을 보고 '얌전한 사람'은 손해를 보는 사회 속 흔한 장면이 재판에서도 그대로 반복된 경우다. 하긴, 재판도 애당초 사회 속 현상에 불과한 것이니 다를 턱이 없다. 하지만 그것이 '재판'이기 때문에 조금은 더 씁쓸하다.

똑같은 손해를 입었더라도 받아내는 배상액에서 차이가 나기도 한다. 공격적이고 과감한 주장을 하는 쪽이 더 많이 가져간다. 학리적으로는 체계적 오류를 낳는 인지적 착각의 하나인 앵커링(anchoring) 효과란 것으로 설명해볼 수 있다. 앵커링이란, 기본으로 혹은 처음 단계에서 제시되는 양을 사회적으로 바람직한 평균치로 해석하는 경향을 말한다. 애당초 '베팅'을 세게 하면 그 값에 정박(anchor)한 후 관련 요소들을 고려해서 최종값을 조정하게 된다는 얘기다. 심리학에

서는 보편적인 착각의 한 유형이지만, 판사들이 특히 빠지기
쉬운 심리적 맹점이다.

　　이런 편향은 시장에서의 가격흥정 과정 같은 데서도 흔
히 일어난다. 중동의 시장에 가본 일이 있는지? 상인이 100을
불렀다면 손님은 얼마를 불러야 할까? 80? 50? 마음 약한 사
람들은 어떻게 절반이나 깎나 싶어 차마 50까지 부르지는 못
할 것이다. 하지만 손님이 50을 부른다고 해도 상인은 뒤돌아
쾌재를 부른다. 실은 10이나 20 정도를 불러야 제대로 된 흥
정이 시작되는 경우가 많다. 적절한 가격이 얼마인지는 모르
겠지만 아랍의 상인들은 그보다 아득히 높은 금액을 먼저 부
르고 나온다는 것만은 확실하다. 손님은 마음에서부터 그 가
격에 닻을 내리고 시작하게 되니 웬만큼 담대하지 않고서는
흥정에서 밀리거나 손해를 볼 수밖에 없다. 조금은 극단적인
예를 들었지만, 그 외에 우리의 실생활에서도 얼마든지 있으
니 굳이 더 설명을 요하지는 않으리라 본다.

　　인간이라면 갖는 보편적인 인지적 오류인 만큼 트레이닝
을 받은 전문법관이 주관하는 소송에서도 벗어나기 힘들다.
이를테면 원고의 청구금액이 높을수록 실제적인 손해배상액
또는 위자료가 많아지는 경향이 있다(미국에서의 연구결과이
니 우리만의 고유한 문제는 아니다). 이 점은 재판 실무를 하는
내 입장에서도 솔직히 그렇다고 토로하지 않을 수 없다. 위자

료가 100만 원 정도 인정되면 적당할 사건이라도, 원고가 길길이 뛰면서 1억 원은 받아야 한다고 강하게 주장해오면, '그래도 1억 원을 달라는데 100만 원으로 깎아버리는 건 너무한 거 아닐까' 하는 우려를 나도 모르게 갖게 된다. 이런 착시를 마음속에서 지우려는 의식적인 노력이 없다면 무심결에 원고의 주장 금액에 경도되고 만다. 앵커링 효과는, 자칫하면 받게 될 수도 있는 것이 아니라 받지 않는 것이 오히려 어렵다고 해야 한다. 결국, 배짱이 좋은 사람은 애당초 금액을 높게 청구할 것이고, 그 값이 정당하다며 강하게 주장할 것이고, 그것이 판사의 마음속 기준을 높여놓게 되니, 만약 인용된다면 손해배상 액수건 위자료 액수건 간에 유리한 금액을 결정받을 가능성이 높다는 이야기가 된다(형사절차에서는 검사의 구형이 높을수록 앵커링 효과로 선고형도 올라가는 경향이 있는데, 여기서는 더 언급하지 않기로 한다).

이런 경향은 조정절차에서 특히 두드러진다. 원고와 피고가 법정이 아닌 별도의 테이블에 모여 판사의 주재하에 협상과 화해를 시도하는 것이 조정절차다. 조정이 성립되면 감정적 대립이라는 후유증이 판결보다 적고, 시간과 비용 면에서도 낫다. 그래서 대법원이 통계를 따로 잡을 만큼 권장하고, 외국에서도 각광받는 절차다. 개인적으로도 지인들에게 말한다. 소송은 외과수술과 같아서 웬만하면 하지 않는 게 좋다고. 나 역시 재판보다는 조정을 통한 해결이 바람직하다고 믿고 있다. 그런데, 이런 명분과는 별개로, 뒷전에서 판사들은 이렇게 탄식한다. 결국 모진 쪽만 이득을 보는 거 아니냐. 조정 실무를 해본 판사라면 전적으로 부정하긴 힘들다. 대개는 조정이 판결보다 낫지만, 그런 모순적인 경우가 없지 않다. 조정은 어떤 면에서 증거나 사실관계가 무용지물이다. 당사자가 합의에 도달하면 그게 해결이며, 정의가 된다. 그 과정에서 강한 쪽의 욕망이 더 많이 반영됨은 재판으로서의 성격보다는 사회 내의 통상적인 협상 성격이 짙은 조정절차의 특성상 당연한지도 모른다.

돈을 받아야 할 원고는 어수룩하고 '물렁한 쪽', 돈을 갚아야 할 피고는 불굴의 의지를 지닌 '단단한 쪽'이라고 가정하자. 우선 당사자가 내놓은 협상에 있어서도 일단 단단한 쪽이 유리할 거라고 예상된다. 더구나 당사자 간의 속사정을 알지 못하는 판사로서는 조정의 '어쨌든 성공'에 더 관심이 높을 수밖에 없고, 그래서 약한 쪽을 공략하게 된다. 손톱도 안 들어가는 단단한 쪽은 아예 포기하고, 물렁한 쪽을 보며 말한다. '양보하시죠, 더, 더……' 앵커링 효과는 여기서도 여지없이, 아니 더 선명하게 발휘된다. 주어야 할 돈이 실제로는 1천만 원이다. 하지만 단단한 쪽은 100만 원밖에 줄 게 없다고 밀어붙인다. 물렁한 쪽은 양보해서 500만 원만 받겠다고 한다. 판사는 내막을 모르니 일단 산술적인 평균 안을 제시해본다. 딱 중간. 300만 원 어떻습니까? 단단한 쪽은 그래도 길길이 날뛴다. 말도 안 됩니다! 물렁한 쪽은 지친 나머지 고개를 끄덕인다. 그래서 나온 결론은, 물렁한 쪽으로 조금 더 불리하게 에누리해서 200만 원. 단단한 쪽은 만족할 것이고, 물렁한 쪽은 분통 터지고 억울하지만 지긋지긋한 소송을 끝냈다는 것만으로 조그만 위안을 삼고 돌아간다. 물론 가상이지만 심한 경우에는 이렇게 되기도 한다.

당사자의 주장과 무관하게 실체적인 진실을 추구하는 형사소송에서는 개인의 기질에 따른 불균형은 원칙적으로 없어야 한다. 하지만, 이런 곳까지 성격놀음은 유령처럼 슬며시 끼어든다. 이를테면 피고인이 범행을 부인하는 '사자 같은 심장'을 가졌다면 어떨까.

'피고인이 반성 없이 범행을 부인하고 있는 점'은 형사판결문에서 높은 형을 선고할 때 쓰는 정형화된 문구다. 이런 걸 보면 사자의 심장이고 뭐고 뻔뻔하게 범죄를 부인하며 뻗대다간 패가망신하겠구나 생각할 수 있겠다. 약간은 그렇다. 하지만 또 다른 약간은 다르다. 무슨 말인가 하면, 범죄의 명백한 증거가 있는 경우에만 그렇단 얘기다. 증거물이며 증인이 넘치도록 있어 피고인의 범행이 틀림없는데도 안 했다고 우기고 있으면 인상이 대단히 나빠진다. 자기 죄를 발뺌하는 건 인지상정이겠지만, 그 모습이 판단자의 감성을 건드려 눈살을 찌푸리게 한다. 심지어는 이 사람이 나(판단자)를 바보로 아나, 하는 생각에 자존심까지 상한다. 그래서 '악랄한 부인(否認)'을 하는 경우 형을 높이면서 관행적으로 저런 문구를 부기한다.

하지만 증거가 조금 부족하다면 이야기가 달라진다. 법과 재판에서 가장, 끔찍이도 싫어하는 일이 억울한 죄인을 만드는 것이다. 그 이유로 '무죄추정', '의심스러울 때는 피고인의 이익으로', '합리적 의심 없는 증명' 같은 법원칙들이 촘촘한 그물망처럼 펼쳐져 있다. 이런 통제는 살인, 강도, 강간과 같이 높은 형이 예상되는 중급 이상의 범죄일수록 더하다. 그러니, 증거가 어설퍼 보이는데 피고인이 극력 부인하면, 판사는 여전히 애써 냉엄한 표정을 짓지만 뒤로 마음이 흔들릴 수밖에 없다. 이거 억울한 죄인을 만드는 거 아닐까. 자신 있게 유죄로 하기 힘들어지고, 가령 유죄로 한다고 해도 (손을 떨고 마음을 졸이면서) 형을 어중간하게 잡거나, 집행유예 같은 적당한 형을 선고해 타격을 최소화한 채 상급심에서 회복될 수 있는 길을 마련해두기도 한다.

정말 억울한 경우도 물론 있지만, 대체로 기질이 강하고 배짱 좋은 피고인일수록 당당하고 집요하게 부인하는 경향이 있다. 그래서 뻔뻔한 범죄인이 엉뚱하게 증거 부족으로 무죄방면되거나 받으나 마나 한 형을 받고 끝나버리는 경우가 없지 않다. 반면에 순진하고 마음 약한 피고인은 증거가 다소 애매한 상황에서 선뜻 자기가 했다고, 모든 걸 인정하겠다고 나와 고민하던 판사를 반색하게 만드는 일이 종종 있다. 반성한다는 이유로 감형의 사유가 되기도 하지만 확실한 유죄 판결이 예약되는 셈이고, 판사는 명백한 유죄라는 안전판을 얻고 형을 정하는 데 홀가분해진다는 점을 부정하기 힘들다.

미국의 경우는 플리바기닝(plea bargaining, 유죄 인정 조건부 감형 협상) 제도로 인해 90퍼센트 이상의 형사사건이 검찰과의 양형 협상으로 사실상 법정 공방을 피해 끝나버린다. 유죄를 인정하는 대신 가벼운 죄목을 적용해주거나 기준보다 적은 형을 구형하겠다고 약속하는 검찰의 제안에 피고인이 동의하는 경우이다. 반면, 끝까지 해보고자 하는 피고인은 재판에서 정식으로 공방을 펼치게 된다. 그 결과 무죄를 받을 수도 있지만, 만약 유죄로 인정되는 경우에는 우리의 상상을 초월하는 형을 언도받게 된다(미국발 뉴스에 나오는 '엄청나게 센 판결'은 주로 이런 경우이다. 엄한 양형기준과 무제한의 경합범가중이 결합한 결과이기도 하다). 그런 리스크를 감수하고서 부인하는 것이다.

우리 재판 실무에서는 범행을 부인하다가 유죄로 인정되는 경우 가중 처벌의 정도가 그리 높지 않다. 양형기준을 다

성적으로 적용해 거의 동일한 형을 받는 경우가 더 많고, 심지어는 위에서 말한 이유로 처음부터 순둥이처럼 범행을 인정하는 사람보다 더 유리한 처우를 받기도 한다. 이론적으로는 피고인의 방어권을 보장해야 한다는 근거를 든다. 범행을 부인한다고 형을 대폭 높이면 피고인이 겁나서 다툴 수 있겠는가 하는 우려다. 나아가, 범행을 부인한다고 하여 형을 가중하는 게 과연 타당한지 근본적인 이의를 제기하기도 한다. 이 논리의 바탕에는 서양의 합리성보다는 동양의 관용 정서가 깔려 있다. 그리고 다른 편에는 피고인의 성격놀음에서 기인한 소송전략의 선택이 자리하고 있다.

하지만 형평성 면에서는 치명적이다. 범행을 저지른 건 잘못이지만 그나마 법정에서 모든 걸 인정하고 받아들이려는 비교적 선량한(?) 피고인에게 면죄부를 줄 순 없다 하더라도 조금은 선처를 해주는 게 상식적이다. 이런 관점에서는, 반대로 범죄를 교활하게 부인하는 피고인에게 아무런 형의 가중을 하지 않는 건 오히려 형평에 맞지 않다고 해야 한다. '피고인의 방어권 보장'이 '거짓말권 보장'을 포함하는 건 아니지 않은가? 그래도 '범행을 부인하였다고 하여 형을 가중하는 게 타당하지 않다'고 한다면, 이런 명제는 어떨까. '범행을 순순히 자백하였다고 하여 형을 감경해주는 건 타당하지 않다.' 동의하지 않을 것 같다. 하지만 '자백 감형'과 '부인 가중'은 동전의 양면이다. 뒤집어보면 실질은 같다. 정책적인 측면에서도 문제다. 무제한적인 포용, 용서는 듣기 좋은 말이지만 범행 부인을 부추기는 결과를 초래하기도 한다.

법정의 성격놀음은 수치화할 수 없고 비교한다고 차이가 드러나지도 않는다. 다른 종류의 차별과 다르게 표가 나지도 않는다. 어쨌든 당사자가 수긍했으니 그것으로 되지 않았느냐고 할 수도 있다. 비록 마음 여린 사람을 희생시킨 겉만의 평화라 할지라도 어쨌든 평화는 분쟁에 무관한 많은 사람들의 가슴에 안식을 준다. 《광장》의 이명준의 말처럼, 체제를 불문하고 사람이 사는 곳이라면 이런 성격놀음은 어쩔 수 없는 것 같다. 하지만 사람들은 적어도 재판에서는 그런 모습을 보고 싶지 않아한다. '만인에게 평등하다'는 게 법이니까. 성격의 개인차에서 비롯하는 결과의 왜곡을 최소화하려는 의식적인 노력이 있으면 좋겠지만 판사 개인의 의지에만 맡기기는 어렵다. 적극적으로 개입했다가는 트러블이 생기기 쉬운 구조다. 사람들은 포청천을 아쉬워하지만 정작 포청천이 우리나라 판사라면 공격을 받아 쓰러지는 건 시간문제이리라. 판사의 역할은 휘슬만 부는 심판 정도로 점점 오그라들고 있다.

재판의 품격

양승태의 상고법원 추진

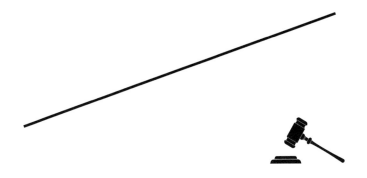

　화난 듯 거친 말투가 법정을 압도했다. 목소리의 주인은 판사였다. 검사는 오히려 온화했다. 법정 안의 공기가 얼어붙었다. 형사법정의 피고인들은 그렇지 않아도 잔뜩 위축되어 있다. 느낌이 좋지 않았다. 증거로 녹취파일을 틀 때도 판사는 심드렁한 표정이었다. 재판을 빨리 끝내고 싶어하는 역력한 기색. 성추행 무고로 피고인석에 선 60세 여성은 이 실리 없는 재판에서 그저 억울함을 풀고 싶었다. 결과는 항소 기각. 여성은 피를 토하는 심정이었지만, 판결문에는 별다른 이유가 없었다. "판사님은 왜 안 들으시죠?" 피고인은 원망의 한마디를 남겼다.

　이 판결의 결론을 비난하는 것은 아니다. 해당 판사가 유독 게으르거나 문제 있는 것도 아니다. '절차상 아주 잘한' 재판은 아닐지언정, 이것이 법원의 현실이다. '속도전'. 이 장면은 그것을 명징하게 보여주는 한 예에 불과하다.

법조계에 떠도는 오래된 속언 중에 '형사사건 증거 제1호는 공소장이다'는 말이 있다. 판사들의 유죄 편견을 비꼬는 말이지만, 그만큼 재판의 실질이 기대에 못 미친다는 현실의 반영이기도 하다. 형사 항소심도 비슷하다. 1심 판단을 일일이 깊이 있게 심리하려면 버틸 수 없다. 1심을 깨고 무죄 판결문을 쓰려면 단순 항소기각 사건 20건을 포기해야 한다. 반면에 1심대로 유지하면서 간단히 항소기각만 해도 기본은 된다. 유혹이 생길 수밖에 없다. 상고심도 다르지 않다. 변호사들은 실낱같은 기대로 상고이유서를 써보지만, 늘 결과는 같다. 대법원을 원망하기도 힘든 게, 매사 실질 심리가 불가능한 업무량을 알기 때문이다.

법원의 문제라 하면 흔히 비리나 뇌물 같은 것들을 지적한다. 부패로 공격하는 쪽이 더 와닿고, 기분도 풀린다. 하지만 그런 이례적인 일탈 행위는 절대 다수의 법관들과는 관계없다. 물론 극히 일부의 비리일지라도 당연히 발본해서 고쳐야 하지만, 보통 사람들에게 영향을 미치는 더 광범위한 문제점이 있다. 바로 판사 수의 부족이다.

다른 나라와 비교해보면 명백해진다. 독일은 인구 8천만 명에 판사는 약 2만 명, 프랑스는 인구 6천만 명에 판사 약 8천 명, 미국은 인구 3억 3천만 명에 판사 약 3만 5천 명인데 반해, 한국은 인구 5천만 명에 판사 수 3천 명에 불과하다. 인구 수 대비로 보면 독일은 판사 1명당 4천 명, 프랑스는 판사 1명당 7천 500명, 미국은 판사 1명당 9천 500명인 데 반해, 한국은 판사 1명이 1만 6천 600명의 재판을 담당하는 꼴이다. 판사 1인당 사건 수 기준으로 보아도 상황은 비슷하다. 판사 1인당 독일은 연간 210건, 일본은 350건인데 반해, 한국은 600건이다. 이 통계는 흩어진 자료들을 모은 거라 수치가 다소 부정확할 수도 있겠지만, 우리나라 판사 수가 현저히 부족하다는 사실은 분명해 보인다.

희한한 부분은, 우리는 일본을 통해 독일 법을 들여왔는데, 정작 판사 수는 독일에 비해 터무니없이 차이가 난다는 점이다. 일본이 판사 숫자에 굉장히 짠데, 아마도 직수입처인 일본의 제도를 들여오면서 법원의 규모도 비슷하게 가져온 탓이 아닌가 싶다. 하지만 인구 비례 소송 건수가 우리 쪽이 압도적으로 많은 탓에, 판사 1인당 기준으로 계산하면 위에서 보듯 우리가 또 일본의 두 배다. 결국 졸이고 졸인 간장 국물 같은 판사 인원을 보유하게 되었다.

아무튼 그간의 재판 경험상 사건 부담이 이 정도에 달하면 사건의 '해결'이 아니라 '처리'에 가깝다. 우리나라는 인적

자원의 처절한 부족을 판사 개인의 성실성에 기대고 있다. 그 갭을 메우느라 어떤 판사들은 야근과 주말 근무를 한다. 하지만 이런 대책은 위태롭다. '판사라면 그 정도는 봉사하는 마음으로라도 일해야 하지 않나'라고 할 수도 있다. 여기서 판사의 고생을 걱정하려는 게 아니다. 문제는 그렇지 못한 경우에 피해는 고스란히 사건 당사자에게 돌아간다는 데에 있다. 3천 명의 판사 모두가 그만큼 성실하기를 기대할 수는 없다. 그랬으면 좋겠지만, 당위와 현실은 다르다. 좀 덜 일하는 판사는 반드시 있다. 판사들이 나빠서가 아니라, 인간 사회 어디에나 개미가 있으면 베짱이도 있는 법이다. 또, 판사 개개인이 열심히 일한다고 하여도 절대적인 시간 부족으로 사건당 할애하는 시간이 필연적으로 적을 수밖에 없다. 그 물리적인 제약은 재판의 질적 저하로 이어진다. 그리고 역시 손해는 재판 당사자들이 받는다.

재판이란 묘한 존재여서 결론의 타당성을 검증할 수가 없다는 함정이 있다. 사법부가 사회 시스템상 최종 판단자인데, 누가 또 그 판결을 평가한단 말인가? 항소심이 있지만, 거기서 뒤집어진다고 하여 1심이 잘못했다는 이야기가 성립되지 않는 게 재판이다. 한편 법원행정처 및 고위층에서는 사건을 빨리, 많이 떼라고 독촉하며 인사 카드를 흔들고 있다. '어차피 결과가 옳은지 그른지는 아무도 모르는 일, 무작정 사건이나 많이 떼자'는 유혹이 판사의 마음속에 내려앉을 여지가 있다. 솔직히, 사건이 늘어나도 마음먹기에 따라서 판사들한테는 아무 상관 없을 수 있다. 한정된 근무시간을 사건 수로 나누어 시간을 할당해 그 정도 깊이로만 검토하고 판결하면 그만이다. 재판의 질이 저하되겠지만, 일반 회사업무와 달리 재판은 표나지 않는다. 인사권자가 좋아하는 '좋은 판사'는 올바른 결론을 내리는 판사가 아니라(결론을 잘 냈는지 알 수가 없으니) 사건을 빨리 떼는 판사가 된다(이건 눈에 확 보인다). 후자 쪽으로 기울고 싶은 유인이 생긴다. 좋은 결론인지 아닌지 측정할 수 없는 판결의 특성상, 이런 내적 인과관계로 인해 재판이 얄팍해져도 아무도 알 수 없고 문제의식을 갖지도 못하는 것이다. 그래서 결론이나 절차는 그저 그렇고, 단지 사건이 빨리 끝났다는 것에만 만족해야 하는 재판이 탄생할 수 있게 된다. 이것은 비극이다. 시민들의 생활에 비할 바 없이 영향이 큰 부분인데도, 무형의 손실이기에 계측이 안 되고, 겉으로 드러나지 않는다.

다시 말하지만, 판사 개인의 성실성에만 기대선 안 된다. 제도화해야 한다. 충분한 재판 시간을 확보하여야 하고, 그러려면 판사 수를 늘리는 것만이 근본적인 해결이다. 이것이 판사로서 20년을 근무한 내가 일선에서, 야전에서 가진 문제의식이다.

오늘 이야기하고 싶은 것은 재판의 품질 향상을 위한 제안만은 아니다. 그것과 함께, 그 대책으로 제시된 상고법원제에 관해서다. 아무래도 양승태 전 대법원장의 문제 인식은 재판 일선의 판사들과는 좀 달랐던 것 같다. 그는 '상고법원* 설치를 통한 사건 적체 해소'라는 기치를 내걸고 일대 숙원사업으로 추진했다. 판사들은 뜨악했다. 찬성, 불찬성을 떠나 대다수의 첫 반응은 '대체 이게 뭐지?'였다. 그래서 법원행정처가 나서서 이 미지의 물건에 관한 홍보활동을 판사들을 상대로 벌일 정도였다. 판사들도 잘 모르는 사업을 양 전 대법원장은 자신의 대표 업적으로 삼겠다고 나선 것이다. 지금은 언론 보도로 많이 알려졌는데, 그 요체는 '대법원의 사건 부담을 줄이기 위해 대법원 아래 상고법원을 별도로 설치하자'는 것이었다. 직관적으로 여러 가지 의문이 솟구친다. 우선 대법원의 사건 적체만이, 그것이 가장 큰 문제인가? 시민에게는 구름 위의 대법원 재판보다 사실심인 1, 2심 재판이 더 중요하다. 앞서 사례로 든 재판 같은 모습이 없도록 바라고 있다. 결론은 차치하고라도 절차상 충분히 참여하고 변론할 기회를 가지고 싶어한다. 거기에는 시간과 인력이 필요하다. 그런데 현실은 절대 부족이다. 이런 현장의, 시민의 피부에

* 대법원이 맡는 상고심 사건 중 간단한 사건을 맡아 별도로 처리하는 법원.

닿는 문제를 놔두고 '대법원의 부담을 줄이는 것'이 당대 사법부의 최고 의제여야 했을까? 설사 그 제도가 신설된들, 시민이 양 전 대법원장의 업적을 치켜세우며 칭송했을까? 업적을 위해서라면 더 대중적인 어젠다를 들고 나왔어야 하지 않을까? 대중과 멀어질 바에야 시대의 유행을 뛰어넘는 비전을 보여주었어야 하는데, 상고법원은 그만한 상품도 아닌 것 같다. 도대체 이런 걸 누가 알고 누가 관심 가진다고 사법부의 온 힘을 기울인단 말인가. 아무도 보아주지 않는 벽장 속 트로피다. 대중과 유리된, 낡은 감각이라는 느낌을 지울 수 없다. 어쩌면 그것이 그가 몰락하게 된 근본 원인인지 모른다. 선민의식. 본인도 모르는 채 쌓아올린 그것. 양 전 대법원장은 너무 높은 곳에 있었던 것 같다. 구중궁궐에서 세상을 살폈고, 그의 세상은 대법원과 법원행정처가 전부였다. 창구에서 터져나오는 불만에 관심이 없었고, 시민의 요구를 모르는 것은 물론, 일선 판사들의 정서와도 한참 동떨어졌다. 자신이 속한 대법원의 사건 적체만이 눈에 보였고, 그것을 해결하는 일에 골몰했다.

상고법원 추진 자체가 나쁜 의도는 아니었을 것이다. 하지만 그것을 관철하기 위한 방법에 큰 문제가 있었음이 드러났다. 그건 본인에게 재앙이 되었을 뿐 아니라, 사법부가 지축이 흔들릴 정도의 사태를 맞는 단초가 되었다. 욕심 없는 사람은 해코지하기 어렵다. 사람은 바라는 게 있을 때 약해진다. 그저 법과 원칙에 따른다는 당당함을 가졌더라면 법원은 어떤 바람에도 끄떡없었을 것이다. 그런데 상고법원이라는 업적에 욕심을 내면서 법원은 약점이 생겼다. 청와대, 언론, 검찰, 변협 등 온갖 권력들의 눈치를 보았다. 대책 문건도 만들었다. 이걸 작성한 판사들은 혜성처럼 등장한 상고법원제에 원래 찬성하는 신념을 가졌던 걸까. 아니면 영혼 없이, '최종 보스'의 뜻에 따라 열심히 문건을 만들어 올린 걸까. (사족이지만, 이들의 대책 문건에는 출포판—출세를 포기한 판사—이 문제라며 논의한 대목도 있다. 출포판은 조직 상부의 눈치를 보지 않고 소신재판을 하는 장점이 있다. 고위직 눈에는 거슬리겠지만 판사들은 출포판 동료를 높이 평가한다. 그런 출포판이 문제라면, 판사는 출세를 지향해야 한다는 걸까? 궁금해진다.)

처음으로 돌아가서, 사건 폭증과 재판의 질 문제는 상고법원 같은 제도적 대응으로는 한계가 있다고 본다. 판사를 쥐어짜서 해결할 게 아니라 판사를 늘려야 한다. 찔끔찔끔 말고, 판도를 바꿀 만큼의 대량이어야 한다. '한정된 인원'이라는 틀 안에서 지지고 볶을 게 아니라 아예 틀을 깨야 한다는 말이다. 단순하지만 가장 직접적인 해결책이다. 이 중차대한 문제가 표면화되기 어려운 구조상의 문제가 있다. 판사 부족과 재판의 숨은 질 저하를 가장 깊게 인식하는 사람은 판사

다. 그런데 판사는 대놓고 말하기가 뭣하다. 그냥 이대로 지
내도 큰 무리가 없는데, 괜히 사람 늘려달라는 말 꺼냈다가
'당신들만 편하자는 거냐?'는 오해를 사기 십상이다. 어쩌면
판사를 지내면서 현실을 잘 알고, 현재는 그만두어 오해를 살
일 없는 나 같은 사람이 이런 말을 하기에 적역일지 모른다.
이 글은 그래서 썼다. 우리 경제는 당당히 OECD의 일원이지
만, 제도적 인프라는 상대적으로 약한 것 같다. 특히 내가 아
는 사법제도의 실질을 보면 그럭저럭 사건은 빨리 떼고 있지
만 그 아래에서는 거대한 공룡 다리들 사이에 가녀린 학 다리
로 끼어들어 와들와들 버티는 안쓰러운 모양새이다.

공소시효와 태완이법

1999년 대구 어린이 황산 테러 사건

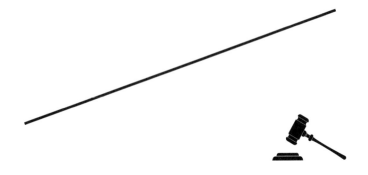

　범죄를 많이 접하다 보니 아무래도 무뎌진다. 신문에 난 사건 기사만으로도 머리가 하얘질 만큼 충격을 받던 청년 시절의 나는 이제 없다. 그럼에도 이런 사건들에는 아직 울컥한다. 바로, 어린이를 상대로 한 범죄이다.

　1999년 5월 어느 날 아침, 대구 효목동 골목길을 걸어가고 있던 여섯 살배기 태완이 곁에 돌연 검은 봉지를 든 괴한이 나타났다. 그는 뒤에서 태완이의 머리카락을 잡아당겨 입을 벌리게 한 뒤 봉지에 든 황산을 쏟아부었다. 황산은 태완이의 눈과 입으로 들어가 실명케 하고 식도와 기도를 태웠다. 전신의 45퍼센트에 화상을 입은 태완이는 사경을 헤매다 49일 만에 숨을 거뒀다.

여섯 살 태완이가 성인 남자에게 무슨 잘못을 했을 것 같지는 않다. 태완이 부모에게 원한을 품은 사람의 소행으로 의심되는 상황이었다. 사건 며칠 전 동네 치킨집 아저씨 이한규(가명)가 태완이 모친을 찾아와 울며 무릎을 꿇고 돈을 빌리려다 거절당하고 돌아간 일이 있었다. 그 치킨집은 사건 현장인 골목 근처였다. 태완이는 사건이 있기 전 그 아저씨를 보았다고 했다. 사건 후에는 목소리도 들었다고 했다. 그래서 이한규가 우선 용의선상에 올랐다. 하지만 경찰은 혐의 이상의 증거를 찾지 못했고, 세월만 흘렀다.

유족들은 태완이가 병상에 있는 동안 녹음 장비를 동원해 진술을 받았다. 그 뒤 이한규를 고소했지만 검찰은 증거불충분으로 무혐의처분을 내렸다. 유족들은 최후의 방편으로 법원에 재정신청을 했다. 검찰이 용의자에게 무혐의처분을 내린 경우, 그 처분에 반대하는 피해자 측에서 용의자를 기소해달라고 법원에 신청하는 제도다. 법원이 받아들이면 검찰의 의지와 무관하게 그 용의자는 기소되고, 형사재판이 시작된다. 이때가 공소시효 만료 나흘 전이었는데, 법원 결정이 나올 때까지는 공소시효가 중단되기 때문에 만약 법원이 언제든 인용만 해준다면 재판은 개시되는 거였다.

유족들이 이한규를 의심한 이유는 세 가지였다. 현장에서 이한규를 보고 목소리를 들었다는 태완이의 명확한 진술이 있었고, 이한규의 바지와 신발에서 황산 반응이 나왔으며, 이한규의 진술에 모순이 있다는 것이었다. 하지만 결국 기각되고 말았다. 법원의 판단은 이러했다.

태완이는 가해자에 대해 모르는 사람이라고 했다. 이한규가 그 골목으로 올라왔는가 하는 질문에는, 다른 아저씨라고 대답했다. 전문가들은 태완이의 이런 녹음 진술을 분석한 끝에 이한규를 범인으로 단정하지 못한다는 결론을 내렸다. 태완이가 암시에 따라 진술하는 모습을 보였고, 질문자의 질문이 자주 반복되었으며, 시간 순서가 섞였다는 의견도 있었다. 법원도 이를 받아들여 태완이가 남긴 진술이 이한규를 범인으로 확정하기에 부족하다고 판단했다(경찰이 이한규를 상대로 거짓말탐지기 조사를 두 차례 했는데, 모두 진실 반응이었다).

이한규의 바지 무릎과 끝단, 왼쪽 오금 부위에서 다량의 황산 반응이 나오기는 했다. 그런데, 이한규는 태완이가 테러를 당한 직후에 태완이를 안고서 택시를 타고 병원으로 이송했다. 택시 안에서 태완이를 무릎에 눕혀놓고 있었고, 내린 후에는 안고서 병원으로 뛰어갔다. 그 과정에서 태완이의 황산이 바지에 옮겨 묻었을 수 있다고 봤다. 바지 오금 부위에 황산이 묻은 건 이상하지만, 이한규가 태완이한테 황산을 뿌렸다고 해도 역시 그쪽에 묻을 가능성은 낮다.

이한규는 당시에 슬리퍼를 신었다고 했지만, 유족들은

가죽 신발을 신고 있었다고 해 진술이 갈렸다. 그런데 가죽 신발에서 황산이 검출되었다. 혹시 범행 당시 신은 신발을 숨기려 했던 게 아닐까, 의심 가는 대목이다. 하지만 법원은 이 또한 태완이를 택시에 태워 옮기다가 묻었을 수 있다고 보았다. 경찰은 황산이 묻은 옷과 이 가죽 신발을 같은 증거물 상자에 보관했는데, 국과수는 그때 신발에 황산이 묻었을 가능성이 있다는 의견을 밝히기도 했다.

이한규는 가게에 있다가 태완이의 비명을 듣고 가보았다고 했지만, 대학에서 실험해보니 가게에서는 '범행 현장'의 비명소리가 들리지 않았다. 그런데, 경찰이 태완이가 '발견된 현장'을 기준으로 실험해보니 이한규의 치킨집에서도 비명이 들렸다. 또 이한규가 걸어온 방향이 치킨집 쪽이 아니었다는 증언이 있었지만, 법원은 이를 추측성 답변에 불과하며, 가게를 나와서 곡선 형태로 걸어갔다면 그렇게 보일 수도 있다고 판단했다.

그밖에 당시 태완이의 친구가 있었고, 골목길을 태완이보다 앞서 걸었던 학습지 교사 여성도 있었지만, 결국 범행을 직접 목격한 진술은 나오지 않았다.

재정신청에서 법원의 잣대는 내사나 입건보다 훨씬 엄격하다. 이 사람한테 유죄 판결을 내릴 만큼 뚜렷한 증거가 있는가 하는 기준으로 본다. 유족 입장에선 다를 것이다. 그 사람에게 혐의가 있으면 일단 기소해주길 원한다. 이 시각에서라면 의혹은 여전히 있다. 전문가들은 태완이 말의 신빙성이 높다는 점에서는 의견이 일치했다. 범인의 얼굴을 직접 보지 못해서 '모른다'고 했는지 몰라도, 사건 직전 골목에서 이한규를 보았고, 사건 직후 목소리를 들었다는 분명한 진술이 있었다. 그렇다면 가게에 있다가 비명을 듣고서 나왔다는 이한규의 말과는 상충된다. 또, 경찰 실험 결과 치킨집에서 비명이 들린다고 했는데, 그건 태완이를 '발견한 장소' 기준이었다. '범행 장소'는 더 멀었고, 거기서 내지른 비명은 들리지 않았다. 두 장소는 꽤 거리가 있다. 태완이는 범행을 당할 때 비명을 질렀겠지만 발견 장소로 엉금엉금 기어와 그저 울고 있었다는 증언이 있었다. 그렇다면 '범행을 당할 때 내질렀을 비명'을, 들리지 않는 치킨집에서 들었다는 진술은 의문이다.

어쨌든 이 정도로는 유죄 판결의 가능성이 거의 없다. 결국 재정신청이 기각되었고, 대법원에서 2015년 7월 10일 재항고를 기각함으로써 확정되었다. 그 나흘 후 공소시효가 끝났다. 그 보름 뒤, 2015년 7월 31일 살인죄의 공소시효를 폐지하는 소위 '태완이법'이 시행됐다. 이 법은 태완이에 대한 끔찍한 황산테러 사건에 대한 사람들의 분노가 낳은 법이다. 이런 범죄에도 공소시효를 둬야 하나, 하는 여론이 크게 일었다. 이 법 시행 이후 미제사건의 재수사가 대대적으로 이루어져 '드들강 여고생 살인사건'이 16년 만에 해결되는 등 성과를 올렸다. 하지만 정작 태완이는 자신의 이름을 딴 이 법의 혜택을 보지 못했다. 아쉬운 점은, 태완이법이 보름만 더 일찍 시행됐다면 태완이 사건을 계속 수사할 수 있었다는 것이다. 혹은 대법원 결정이 보름만 더 늦게 났더라면 역시 그럴 수 있었다. 태완이 파일은 영구미제로 분류되었다. 어딘가에서 먼지를 뒤집어쓰며 서서히 잊힐 것이다.

어쩌면 태완이 사건은 지금 와서 재수사를 한대도, 범인을 색출하기가 거의 불가능해져버렸는지도 모른다. CCTV 자료가 있는 것도 아니고, DNA, 지문, 통화 기록, 디지털 증거도 없다. 남은 것은 서서히 바래가는 사람들의 기억뿐. 이런 '아날로그 범죄'야말로 초동수사가 성패를 좌우하는 법인데, 경찰이 너무 안이했던 게 아닌가 하는 안타까움이 깊게 든다.

우선, 아동 진술의 문제를 들 수 있다. 이 사건은 태완이 본인의 진술이 가장 중요한 증거일 수밖에 없다. 그런데 여섯 살이라는 나이가 문제다. 당연히 인지기능은 성인과 다르다. 8세 이하 아동의 현실과 상상의 경계는 매우 취약하고 쉽게 흐려진다. 예를 들어 얼굴 인식의 경우 5세 아동은 약 40퍼센트 정도의 정확성을 보이는데, 이는 단순한 추측보다 조금 나은 정도라고 한다. 아이는 암시성도 높고, 많이 긴장하며, 기억도 부정확하다. 벌받는 것에 대한 두려움으로 진술이 왜

곡되기도 한다. 그래서 아동 면담에 필요한 지침이 프로토콜화되어 있고, 아동 진술을 분석할 때에도 이것이 활용된다(유도신문이 아니라 자유회상을 이끌어내는 방식이다). 판례상 진술의 신빙성을 판단하는 나이 기준은 없다. 4, 5세 아동의 증언을 믿은 경우도 있다. 하지만 전문가의 참여 없는 아동 진술은 자주 배척된다.

태완이 사건에서는 초기부터 전문가가 참여해 태완이의 진술을 들었어야 했다. 그런 시스템이 미비했다면 경찰이라도 나서서 했어야 했다. 그런데 정작 태완이의 진술을 받은 사람은 경찰이 아니라 가족이었다. 경찰은 왜 최우선으로 태완이의 진술을 듣지 않았을까? 아이 진술이 뻔하지 뭐, 하는 선입견이었을까. 그렇다면 다른 수사를 완벽하게 수행했어야 하는데, 이것도 불만스럽다.

당시 황산은 쉽게 살 수 있었다. 구매자의 인적 사항도 필요 없다. 그래도, 대구라는 그리 크지 않은 지역에서 황산을 파는 가게를 상대로 전수조사를 할 수는 있지 않았을까(범행 양상을 보면 교묘한 계획을 짠 것 같진 않다. 이런 범인이 타 지역까지 가서 황산을 구입하지는 않았을 것 같다). 만약 이한규가 범인이라면, 그가 태완이 부모한테 돈을 빌리지 못해 앙심을 품은 게 사나흘 전이니 그 며칠 사이에 황산을 구입했을 것이다. 그렇다면 기간도 짧게 특정된다. 화공약품 가게를 상대로 이한규의 얼굴 확인이라도 해볼 수 있다.

검은 봉지에 황산을 담았다는 사실에 주목하면 범인의 소재가 한정될 수도 있을 것이다. 이 봉지를 들고 택시나 버스를 타지는 않았을 것 같다. 골목인 범행 현장에 자기 차를 몰고 왔다고 보기도 어렵다. 걸어서 왔을 가능성이 높은데, 황산이 든 봉지를 들고 먼 길을 걷기는 힘들고, 사람들 눈에도 띈다. 그렇다면 범인의 아지트는 가까운 곳에 있었을 가능성이 높다. 황산의 보관 문제를 생각해봐도 그렇다. 의심받을 수 있으니 가족과 사는 집에 오래 두기는 어려웠을 것이다. 가게 같은 곳에 숨겨두지 않았을까? 범행시각이 오전 11시였던 걸로 보아 직장인이 아니라 자영업자나 무직일 거라는 추정이 가능한데, 이 점과도 부합한다. 황산을 가지고 나올 때 혼자였을 테고, 그 무렵 남자가 혼자 있다가 나섰다면 집이 아니라 자신의 가게일 가능성이 높다. 황산을 뿌린 직후 아이의 비명이 있었고, 사람들이 모여들었다. 범인은 급하게 도주했을 텐데, 목격자는 없었다. 범행 후 바로 모습을 감출 수 있었다면 근처에 자기 가게를 둔 사람일 거라는 추측이 더 짙어진다. 대부분의 황산테러 사건은 범인이 바로 밝혀진다. 황산을 들고 다녔기에 목격도 쉽다. 그런 의미에서 범인이 증발해버린 이 사건은 범인이 몸을 숨기기 쉬운 은신처가 근처에 있었을 높은 개연성을 시사한다. 이 모든 사건의 양상이 마치 자북을 가리키는 나침반처럼 일제히 범인이 인근 거주자인 점을 가리키고 있다. 그렇다면 동네 주민이나 접점이 있는 이웃 남자들로 대상을 일단 한정하고, 황산 판매처를 돌며 그 사진들이나마 확인해봤어야 하지 않을까.

황산에만 집중할 일도 아니다. 검은 봉지는 수사했을까. 범인은 황산이 묻은 봉지를 어딘가에 버리거나 은닉했을 것이다. 황산을 보관하던 용기도 있었을 것이다. 검은 봉지는 나중에 나온 진술이니 사건 직후엔 조사하기 어려웠다 치더라도, 황산을 담았던 용기가 당연히 있을 걸 전제하고 수색했어야 했다. 경찰은 동네를 뒤져 황산이 묻은 용기를 찾아보았을까. 아니면 이한규에게 의혹이 있었으니 그의 가게만이라도 압수수색했다면 어땠을까. 그가 범인이라면 테러 직후 가게로 돌아갔다가 비명을 듣고 나오는 연기를 했다는 얘기가 된다. 그 직후 아이를 안고 병원으로 뛰어갔으니 검은 봉지를 처리할 수 있는 장소나 기회는 극히 제한적이다. 황산 용기든 봉지든 반드시 범행 직후 한동안 남아 있을 수밖에 없는 상황이다. 제때에 치킨 가게나 인근을 수색했더라면, 황산이 묻은 증거물 용기나 봉지를 확보했거나, 아니면 전혀 종적이 없어 이한규가 범인이기 힘들다는 점을 조기에 확인했거나 할 수 있었다.

판결문이나 기사, 자료를 보면 진술에만 의존한 수사였

던 것 같다. 정신이상자나 목격자를 찾는 데 주력하고 있다는 당시 기사도 있다. 처음엔 살인이 아니라 겨우 상해치사죄를 적용하기도 했다. 이만큼 여론의 반향을 불러일으키는 사건이 될 줄은 경찰도 몰랐던 것 같다. 할 수 있는데도 덜한 느낌이다.

이한규도 오랜 기간 의심받으며 고통받았을 것이다. 초기에 더 성의 있게 수사했다면, 범인을 잡지 못한다 해도, 적어도 이한규가 아니라는 점만 확인했어도 많은 이들의 괴로움을 덜 수 있지 않았을까.

사고를 겪지 않았다면 지금쯤 빛나는 20대를 보내고 있을 태완이는 여섯 살에 멈춘 사진 속에서 장난기 가득한 얼굴로 웃고 있다. 아이는 어려서 황산이 뭔지도 몰랐고, 그저 뜨거운 물을 뒤집어 쓴 것으로 알고 죽었다. "형아야, 엄마가 나만 로봇 신발 사준다 했는데, 사도 되나?" 병상에서 태완이가 남긴 마지막 말이었다.

취향의 기억

　　인터뷰를 할 때면 작가의 서재를 찍고 싶다는 제안을 받곤 한다. 아니면 내 책장을 배경으로 집필하는 장면을 찍어 보내달라는 요청도 있다. 그런 청은 주로 거절하는데, 아직 남아 있는 체면의식 같은 거라고나 할까. 그 연유는 이렇다.

　　젊은 날에는 어려운 책이 좋은 건 줄 알았다. 가벼운 책이나 즐거움을 목적으로 한 책들은 조금 무시했던 것 같다. 이런 책들은 웬만하면 빌려서 보거나, 사더라도 읽고 팔아버렸다. 그런데, 정작 한 번 이상 읽게 되는 쪽은 재밌는 책들이었다. 소설 아니면 만화책. 그때 사둘걸, 하고 후회하는 책들도 대부분 이쪽이다. 반면에 제목부터 딱딱하고 골치 아파 보이는 사회과학이나 인문학 책은 내내 먼지를 뒤집어 쓰고 있었다. 주로 젊었을 때 읽던 책들인데, 이사할 때 빼고는 아마도 20년, 30년간 한 번도 꺼내보지 않았던 것 같다.

이 허무한 사실을 발견한 어느 날 이후, 난 골치 아픈 책들을 아예 책장 깊숙이 묻었다. 지식을 늘리는 책 구입은 최소화했다. 소설을 책장 전면에 배치했고, 웬만하면 사서 읽고 소장했다. 재미있었던 만화책은 딸이 언제든 손만 뻗으면 읽을 수 있도록 눈에 띄는 대로 사두었다. 헌책방 사이트도 가끔 뒤적인다. 그러니 거실 벽을 책장이 온통 차지하고는 있지만, 소설책이 절반, 만화책이 절반이다. (다시 말하지만, 만화책은 분명 딸을 위한 거다.) 뭔가 '있어 보여야' 하는 작가의 책장일진데, 소설과 만화책만 잔뜩 비치게 되니, 그걸 배경으로 사진을 찍어달라는 요청에 질색하게 되는 것이었다.

어떻게 보면 내 나름으로는 겉치레보다 실질을 택한 셈이다. 나는 심각한 책보다 재밌는 책이 좋다. 지식보다는 감성이 좋다. 지성적이어야 한다는 강박관념에 짓눌렸던 청춘의 허세를 거쳐 이제야 나를 조금은 인정하게 된 것이다. 조그만 책 취향을 솔직히 받아들이는 데에도 세월이 필요했다. 아마도 책에 국한되는 얘기만은 아닐 것 같다.

판타지와 현실 사이

소설가 김동인의 작품 중에 내 기억에 남은 건 《감자》나 《배따라기》가 아니라 《광염소나타》였다. 불우한 청년 작곡가 백성수는 어떤 계기로 방화를 한다. 불이 활활 타오르는 장면은 숨겨져 있던 그의 광기와 천재성을 이끌어내고, 백성수는 즉석에서 소나타 선율을 만들어 미친 듯이 피아노를 친다. 그는 계속 범죄를 저지르면서 작곡을 하고, 급기야는 살인을 저지르고 만다. 그를 옹호하는 작중 평론가 K는 이렇게 말한다. "사람은 그의 예술의 하나가 산출되는 데 희생하라면 결코 아깝지 않습니다. (중략) 천재를, 몇 개의 변변치 않은 범죄를 구실로 이 세상에서 없애버린다 하는 것은 더 큰 죄악이 아닐까요."

1980년대 MBC 〈베스트셀러극장〉은 명작의 산실이었는데, 그중에서도 김내성 원작 〈악마파〉는 충격적이었다. 악마적인 화풍을 추구하는 두 화가 유인촌과 조경환은 황신혜를 두고 다투는 연적 관계였다. 유약한 유인촌은 거친 조경환에게 일방적으로 얻어맞고 모욕당한 뒤 사라진다. 진정한 악마는 누구였을까. 마지막에 절벽에 매달려 살려달라고 울부짖는 황신혜를 싸늘히 내려다보며 그림을 그려대는 유인촌. 거기서 '빈사의 마리아'라는 걸작이 탄생하지만, 그 그림은 황신혜의 목숨을 대가로 얻은 것이었다.

이 픽션들과 비슷한 사건이 현실에서 일어난다면 어떨까. 1983년, 배관공이자 사진작가인 이동식은 이발소에서 일하던 20대 초반의 여성에게 "사진 모델로 삼고 싶다"고 제안했다. 산 중턱으로 여성을 데리고 간 이동식은 여성을 속여 청산가리 캡슐을 먹였다. 여성은 그 자리에 쓰러져 목을 쥐어뜯으며 고통스럽게 죽어갔고, 이동식은 그 장면을 21장의 사진으로 남겼다. "나는 예술사진을 찍은 것이다. 이런 것을 늘 동경해왔다"고 범인은 말했다. 하지만 사진을 본 사람들은 범죄 현장검증사진인 줄 알았다고 말했다.

앞의 두 작품에 비교하는 것조차 미안할 만큼 이 범죄는 역겨움만을 일으킨다. 판타지가 현실로 구현됐을 때는 전혀 다른 것이 되고 만다. 판타지는 판타지로 남겨두어야 할 것 같다.

사과는 조건 없이

재판에 대해 대중이 갖는 가장 큰 오해는 판결할 때 망치를 내리친다고 생각하는 것이다. 법정에는 아예 망치가 없다. 두 번째 오해는 이것이라 말하고 싶다. "먼저 사과하지 마라, 그러면 잘못을 인정하는 꼴이 된다"는 속설. 과연 그럴까.

회사 간 손해배상 소송이 있었다. 1천 원 단위까지 치열하게 싸웠다. 그런데 마지막에 원고 측 회사 대표가 털어놓은 말은 의외로 이러했다.

"상대방이 진심으로 사과만 했어도 여기까지 오지 않았을 겁니다."

미안하다는 한마디만 제대로 했어도 법정에 오지 않았을 사건들이 많다. 소송의 원인을 알고 보면 돈 문제만은 아니다. 마음이 상한 것이 진짜 이유인 경우가 더 많다. 이렇게 생각해보면 더 분명하다. 좋아하는 사람을 상대로 몇 푼 받으려 소송을 거는 사람이 과연 있을까.

잘 알지 못하는 사람과의 다툼도 마찬가지다. 교통사고를 일으키고도 일단 우기고 보는 사람들이 있다. 그렇게 해서라도 과실을 줄이고 싶겠지만, 블랙박스와 CCTV가 있기에 아무 소용 없다. 상대의 분노만 살 뿐이다. 접촉사고를 냈을 때, 잘못을 인정하고 진심으로 사과의 말을 건네보시라. 분기탱천했던 사람들이 보험처리도 필요 없으니 그냥 가라고 할지도 모른다. 사람은 감정의 동물이고 한국인은 특히 더 그렇다는 걸 법정에서 여실히 느낀다.

사과할 때 '당신이 불쾌하게 느꼈다면' 같은 사족은 굳이 달지 않는 게 좋을 것 같다. 이런 말로 자존심이 지켜지는 것도 아니고 실리도 없다. 사과는 조건 없이 해야 한다. 20년간 법정에서 본 바로는 그렇다.

이 책에서 다루는 사건과 판결들

» P. 15

사라진 변호사 사건	2004.7.29	33세의 젊은 변호사가 실종되었다. 약혼자의 증언을 바탕으로 단순한 잠적으로 여겼으나, 이후 약혼자에게서 여러 수상한 점이 발견되었다.	
	2005	지방법원	징역 10년
	2006	고등법원	징역 2년

» P. 23

이태원 살인사건	1997.4.3	한국계 미국인 에드워드 리(Edward Lee)와 혼혈 미국인 아서 패터슨(Arthur John Patterson)이 일행과 함께 이태원의 한 건물 4층 술집에 모여 있던 중 같은 건물 1층의 버거킹에 내려왔다. 버거킹 화장실로 들어간 두 사람은 그곳에서 우연히 마주친 피해자를 잭나이프로 9군데 찔러 살해했다.	
	1997	지방법원(에드워드 리)	무기징역
	1998	고등법원(에드워드 리)	징역 20년
	1998	대법원	파기환송
	1998	고등법원(에드워드 리)	무죄
	1999	대법원(에드워드 리)	무죄 확정
	2016	지방법원(아서 패터슨)	징역 20년
	2016	고등법원(아서 패터슨)	징역 20년
	2017	대법원(아서 패터슨)	징역 20년 확정

» P. 34

낙지 살인사건	2010.4.19	22세의 여성이 남자친구와 술에 취해 모텔에서 산낙지를 먹다 숨졌다고 알려진 사건. 처음에는 단순 사고사로 보였으나 여러 의문점이 발견되었다.	
	2012	지방법원	무기징역 선고
	2012	고등법원	무죄 선고
	2013	대법원	무죄 확정

» P. 44

캄보디아 아내 보험살인 의혹 사건	2014.8.23	고속도로에 정차해 있던 화물차와 달려온 승합차의 추돌사고로 승합차 조수석에 타고 있던 운전자의 아내(캄보디아인 이주여성)가 사망한 사건. 처음에는 교통사고로 보였지만 여러 의문점이 발견되었다.
	2015	지방법원 · 무죄
	2016	고등법원 · 무기징역
	2017	대법원 · 파기환송
	*진행중	

» P. 55

시흥 딸 살인사건	2016.8.19	어머니가 아들과 합심하여 악귀가 씌었다며 애완견을 죽이고 그 악귀가 딸에게 옮겨갔다고 믿고 딸을 살해한 사건.
	2017	지방법원 · 무죄(어머니) 징역 10년(아들)
	2017	고등법원 · 무죄(어머니) 징역 10년(아들)

» P. 63

대구 여대생 성폭행 사망사건	1998.10.17	대구광역시의 고속도로에서 근처 대학교의 학생이 사망한 사건. 경찰은 고속도로 무단횡단에 따른 교통사고사로 수사를 종결했으나, 유족들은 여러 정황들로 보아 성폭행 후 일어난 계획적인 살인이라고 주장했다.
	2014	지방법원 · 무죄
	2015	고등법원 · 무죄
	2017	대법원 · 무죄 확정

» P. 73

김성재 살인사건	1995.11.20	인기 그룹 듀스의 전 멤버이자 솔로 가수로 데뷔한 김성재 씨가 첫 솔로 무대를 가진 후 호텔에서 약물로 인해 숨진 사건. 함께 있던 여자친구가 해당 약물을 구입한 사실이 밝혀지며 유력한 용의자로 지목되었다.	
	1996	지방법원	무기징역
	1996	고등법원	무죄
	1998	대법원	무죄 확정

» P. 103

부산 시신 없는 살인사건	2010.6.17	한 여성이 사망했고, 어머니가 시신까지 확인하였으나 알고 보니 사망자는 다른 여성이었다.	
	2011	지방법원	무기징역
	2012	고등법원	징역 5년
	2012	대법원	파기환송
	2013	고등법원	무기징역
	2013	대법원	무기징역 확정

» P. 112

동두천 암자 살인사건	2003.10	동두천의 암자에서 주지인 대처승의 아내가 살해당한 사건. 살인자는 같은 암자의 행자승이었으나 주지의 지시로 범행했다고 진술했다.	
	2004	지방법원(살인교사)	무죄
	2004	고등법원(살인교사)	징역 15년
	2005	대법원(살인교사)	무죄
	2013	지방법원(보험사기)	징역 7년 5개월
		고등법원(보험사기)	징역 7년
		대법원(보험사기)	징역 7년 확정

» P. 121

공릉동 살인사건	2015.9.24	술에 취한 현역 상병이 양 씨의 집에 침입하여 예비신부를 2살해한 후, 양 씨도 살해하려 했지만 양 씨가 정당방위를 행한 사건.	
		검찰	불기소처분

» P. 121

도둑 뇌사 사건	2014.3.8	한 아파트에 도둑이 침입하여 금품을 갈취하려다 집주인에게 폭행당해 뇌사에 이르고 사망한 사건.	
	2014	지방법원	징역 1년 6개월
	2015	고등법원	징역 1년 6개월에 집행유예 3년
	2016	대법원	징역 1년 6개월에 집행유예 3년 확정

» P. 129

역삼동 원룸 사건	2011.9.17	역삼동의 한 빌라에서 불이 났고, 화장실에 쓰러져 있는 피해자가 발견되었지만 의식을 찾지 못하고 숨을 거둔 사건.	
	2012	지방법원	징역 18년
	2013	고등법원	무죄
	2015	대법원	무죄 확정

» P. 139

약물로 아내 살해한 의사 사건	2017.3.11	현직 의사가 자신의 집에서 아내에게 수면제를 먹여 잠들게 한 뒤 치사량의 약물을 주사해 숨지게 한 사건.	
	2017	지방법원	징역 35년
	2017	고등법원	징역 35년

» P. 149

100억대 재산가 살해 암매장 사건	1995.1.1	100억대의 부동산을 보유한 남자가 운전기사와 함께 나간 뒤 소식이 끊겼다. 범인은 운전기사로 밝혀졌으나 그는 사모님의 사주를 받았다고 주장했다.	
		지방법원	징역 10년
		고등법원	징역 10년
		대법원	파기환송
		고등법원	무죄 확정

» P. 167

훈민정음 해례본 사건	2008.7	배 씨가 국보로 지정된 해례본을 발견했다고 신고했고, 가치도 충분하다고 감정되었으나 골동품 가게 주인 조 씨가 자신이 도둑맞은 물건이라고 지목한 사건.	
	민사재판	지방법원	해례본을 조 씨에게 반환하도록 명령
		고등법원	해례본을 조 씨에게 반환하도록 명령
		대법원	해례본을 조 씨에게 반환하도록 명령
	형사재판	지방법원	배 씨에게 징역 10년
		고등법원	무죄
		대법원	무죄 확정

» P. 177

《즐거운 사라》 사건	1992~1995	연세대학교 교수이자 작가인 마광수가 1991년 출판한 소설 《즐거운 사라》의 외설 논란으로 강의 도중 구속되어 유죄 판결을 받고 교수직에서 해직된 사건.	
	1992	지방법원	징역 8개월에 집행유예 2년
	1994	고등법원	항소 기각
	1995	대법원	상고 기각(유죄)

» P. 185

조영남 화투 그림 사건	2016. 5	가수이자 화가로 활동하는 조영남이 발표한 화투 그림 중 상당수가 대작이었다는 이유로 사기죄로 기소된 사건.	
	2017	지방법원	징역 10개월에 집행유예 2년
	2018	고등법원	무죄

» P. 195

청소년유해체물 지정 취소 판결	여성가족부가 노랫말에 '술'이 들어간다는 이유로 청소년 유해매체물로 지정한 결정을 법원이 취소하라고 판결하였다.		
	2011	서울행정법원	원고(SM) 승소 판결

» P. 204

서울역 노숙자 방치 사망사건	2010.1.15	한국철도공사 서울역 직원이 대합실에 쓰러져 있던 노숙자를 바깥으로 끌어내라고 지시하였고, 갈비뼈에 골절을 입은 노숙자가 혹한 속에 사망한 사건.	
	2011	지방법원	무죄
		고등법원	무죄
	2013	대법원	무죄 확정

» P. 212

셧다운제 결정	청소년 보호법에 따라 16세 미만의 청소년에게 오전 0시부터 오전 6시까지 인터넷게임을 금지하여 논란이 된 판결.		
	2014	헌법재판소	합헌 결정

» P. 221

대법원 이혼 '유책주의' 판결	이혼소송에서 "혼인파탄 책임이 있는 배우자는 법적으로 이혼을 청구할 수 없다"는 유책주의(有責主義) 판례를 대법원이 유지한 판결.		
	2015	대법원 전원합의체	유책주의 판례 유지 결정

» P. 236

KTX 승무원 대법원 판결	1995.1.1	KTX 고속철도 비정규직 승무원들을 채용하면서 정규직을 약속하였으나 코레일이 계약갱신을 거부하였다.	
	2010	지방법원	계약갱신 거부는 사실상 해고
	2011	고등법원	승무원과 코레일 사이에 직접 근로계약관계 성립 인정
	2015	대법원	파기환송(해고 인정)
	2015	고등법원	원고 청구 모두 기각

» P. 263

불법촬영 무죄 사건	2017	시민들이 지하철 불법촬영(몰카)범을 잡아 증거인 스마트폰을 경찰에 넘겨주었지만 무죄 판결을 받은 일.	
	2017	지방법원	무죄

» P. 271

치과의사 모녀 살인사건	1995.6.12	아파트에서 불이 났지만 곧 진화되었고, 그 집에 살던 모녀가 살해당한 채 뜨거운 욕조 물에서 발견된 사건. 남편이 유력한 용의자로 지목되었다.	
	1996	지방법원	사형
	1996	고등법원	무죄
	1998	대법원	파기환송
	2001	고등법원	무죄
	2003	대법원	무죄

» P. 280

김순경 살인 누명 사건	1992.11.29	순경인 김 씨와 애인이 여관에 투숙했다. 김 씨는 아침에 자신 혼자 나갔다가 오전에 돌아왔으며, 그 사이 애인이 죽어 있었다고 주장했지만 경찰은 김 씨를 범인으로 보았다.	
	1993	지방법원	징역 12년
	1993	고등법원	징역 12년
	1993	대법원	무죄

» P. 289

삼례 나라슈퍼 사건	1999.2.6	슈퍼에서 발생한 강도치사 사건. 3인조 강도가 잠들어 있던 일가족을 위협, 금품을 훔쳐 달아났고 이때 할머니는 질식사에 이르렀다. 같은 동네의 세 사람이 범인으로 지목되어 구속까지 되었으나 훗날 진범이 잡혔다.	
	1999	대법원	징역 6년(주범) 징역 4년(공범)
	2016	지방법원(재심)	무죄

» P. 298

인천공항고속도로 사망사건	2013.2.8	고속도로를 달리던 차에서 조수석에 탄 사람이 갑자기 뛰어내려 의식을 잃고, 뒤에 달려오던 차에 역과되어 사망한 사건.	
	2013	지방법원 (국민참여재판)	무죄
	2014	고등법원	징역 2년

» P. 330

대구 어린이 황산 테러 사건	1999.5.20	골목길을 걸어가던 여섯 살 김태완 군에게 검은 비닐봉지를 든 남성이 나타나 얼굴에 황산을 부은 뒤 달아난 사건. 태완 군은 얼굴과 전신에 화상을 입고 실명한 채 49일 만에 사망했다.	
	2014	지방검찰청	혐의없음
	2014	고등법원	재정신청 기각
	2015	대법원	재항고 기각
	2015.7.31	국회	살인죄 공소시효 폐지법(태완이법) 시행

찾아보기

판결의 재구성
유전무죄만 아니면 괜찮은 걸까

1판 1쇄 발행 2019년 4월 23일 **1판 3쇄 발행** 2019년 8월 26일
지은이 도진기
펴낸이 고세규
편집 이승희 **디자인** 홍세연

발행처 김영사
주소 경기도 파주시 문발로 197(문발동) 우편번호 10881
등록 1979년 5월 17일(제406-2003-036호)
구입 문의 전화 031)955-3100 **팩스** 031)955-3111
편집부 전화 02)3668-3292 **팩스** 02)745-4827 **전자우편** literature@gimmyoung.com
비채 카페 cafe.naver.com/vichebooks **인스타그램** @drviche **카카오톡** @비채책
트위터 @vichebook **페이스북** facebook.com/vichebook
ISBN 978-89-349-9551-7 03810 책값은 뒤표지에 있습니다.

비채는 김영사의 문학 브랜드입니다.
이 도서의 국립중앙도서관 출판예정도서목록(CIP)은 서지정보유통지원시스템 홈페이지(http://seoji.
nl.go.kr)와 국가자료공동목록시스템(http://www.nl.go.kr/kolisnet)에서 이용하실 수 있습니다.
(CIP제어번호: CIP2019014191)